庭

うらぎゅう

二階はしんとしていた。両親はもう寝たようだ。父親はかなり飲んでいたし、母親は目を泣き腫《は》らしていた。祖父は離れの自室で半ば寝たきりになっているらしかった。隙間《すきま》風が時折高い笛のような音を出した。それが連続すると祭囃子《まつりばやし》のように聞こえた。電灯の豆電球が黄色く光っている。私は大学に進学するまでの間、ここで毎日寝起きしていたのだが、それが信じられないような気がした。布団《ふとん》は重く湿っていて、いつまでも温まらなかった。私は何度も寝返りを打った。布団には湿気やかびの胞子だけではなく、もっと比重の大きい、くぐもった匂《にお》いのするものが染《し》みこんでいる感じがした。

全身を圧迫されるような感触の中、どうも悪夢を見たらしかった。具体的な筋も登場人物もはっきりしない、ただひどく動悸《どうき》がした。目を閉じたまま助けを求めて手を伸ばした。指先が隣に寝ている夫の肩に触れ、私は強くつかもうとした。「オウッ」低い声がして、それは私の手を避けた。ぎょっとしてはっきり目が覚めた。夫が隣に寝ているはずはない。ここは私の実家で、一人で帰っているのだ。私は目を見開いて薄暗い室内を見まわした。枕元《まくらもと》に人影が仁王立ちしているのが見え、思わず叫びそうになった。人影が電灯の紐《ひも》を引っ張った。「いつまで寝とんな」祖父だった。ジャージの上下にジャンパーを羽織った祖父が私を覗《のぞ》きこんでいた。私が夫の肩だと思ってつかんだのは、祖父の靴下をはいた足だった。ジャージも綿ジャンパーも靴下も、どれもくまなく毛玉だらけだった。

「行くぞ」祖父はジャージの股《また》をぐいぐいと引っ張り上げながら言った。私は半身を起こした。途端にさっと体が冷えた。「お祖父《じい》ちゃん、体調悪いんじゃないの？」祖父はいらいらと体を揺らした。「誰がそう言ったんか。お前が戻ってきとるのも、誰も知らせてくれんでから、サカタんとこの婆《ばあ》さんに今聞いたんだ」「今？」「普通だ。体は普通、年相応だわ。おい、分厚いもん羽織れ。外は冷える。小便もしとけ」「え？　なんで？」「いいから起きろ、行くんだ」祖父は地団太を踏んだ。天井がみしみしと鳴った。

「先に降りとんぞ」言い置いて祖父はトントン階段を降りていった。携帯電話を見るとまだ午前三時だった。がらがらと玄関の音がした。私は混乱しながら、学生時代に着ていた重たいウールのコートを引っ張り出して着た。廊下と階段は真っ暗だった。平屋だったのを増築した二階はほとんど屋根裏部屋で、そのせいで階段はかなり狭くて急だ。手すりもない。どうして祖父はあんなに小気味よく降りることができたのか。両親は気づいていないのだろうか。私が両手を壁に沿わせてようよう階段を降り外に出ると、祖父は白い息を吐きながら自転車を押していた。頭に丸いニット帽を被《かぶ》っている。犬の吠《ほ》え声がした。空気には煙の匂いが混じり、不思議とほのかに明るかった。「小便したか。行くぞ」「どこに？」「うらぎゅう」私はどきりとして祖父を見つめた。その目は光っていた。「うらぎゅう？」「後ろに乗れ」「二人乗り？　お祖父ちゃんが漕《こ》ぐの？　大丈夫？」「疲れたら代われ。そん時は言う」祖父は自転車にまたがった。私は恐る恐る後ろに乗り、薄い肩に手をかけた。「……お祖父ちゃん、いくつになったの」「ワイはどうでもかまんわ。もう八十いくつだ、元気でもなんでもかまんわ。今死んでもかまんしあと十年でもかまん」祖父は言い終わらないうちに自転車を漕ぎ始めた。私がまもなく四十になる。その祖父なのだからもう九十近いはずだ。そうは思えないほどその漕ぎ方は安定していた。すぐにスピードに乗った。祖父が「可哀《かわい》そうにな」と呟《つぶや》いた。

一人分の荷物ならずいぶん小さい鞄《かばん》で済んだ。この前実家に帰った時は、土産物で大きくなった荷物を夫が抱えていた。新幹線と在来線を乗り継ぎ、さらに午前午後それぞれ一本ずつしかないバスに乗る。何年振りかわからないほど久々に降り立った駅前の商店街には灰色のシャッターがいくつも見えた。その合間々々に、日ごろ見慣れたチェーン店が派手な看板を出している。昨日は夜半まで残業で手土産を買う余裕がなく、駅前でケーキでも買おうと考えていた。その洋菓子店はコインパーキングになっていた。

忙しいこの年度末近い時期に、やっとのことで取得した有給休暇を里帰りに費やすのはもったいなかったが、電話で済ませるのも悪い気がした。私は夫と離婚をする。そのことを両親に報告せねばならない。真新しいドラッグストアの前にあるバス停から午後の便に乗りこんだ。複数の路線を兼ねたバス停は混み合っていたが、このバスに乗ったのは私一人だった。最も山の方へと向かうバスだ。車内は昔と変わらなかった。幾何学模様を織りこんだシートも、店舗がどこにあるのか知らない婚礼家具店の吊《つ》り広告も同じだった。

座ってすぐ寝たらしい。目覚めると肌寒かった。時計を見ると、駅を出てから十五分ほど経《た》っていた。まだ先は長い。

「明日《あす》がうらぎゅうだな」大きな声がした。見ると、いつの間にか、一番前の座席に禿頭《とくとう》の老人が座っていた。大声で応じたのはバスの運転手だった。「もうそんなか。そうか。春だなあ」運転手もまた、老人だった。「春だよ」他に乗客はいないようだ。

私はまだうとうとしながら窓の外を見た。暦の上では春だろうが、外気はまだ寒い。まばらな人影は皆コート姿である。古い書店、コーヒーハウス、紳士服、どれもすすけている。たこ焼き屋、中が暗いレンタルビデオ、はっとした。記憶の中のバスの順路と違う。

「三月になるまでにな、剪定《せんてい》を済ませとこうと思っとったが、タケシが年明けにいっぺん、腰をアレしただろ。ワイ一人でいけるかと思ったが、まだ終わらんでなあ。今年は小さいと思う。もう野良《のら》は潮どきだなあ。両手がほら、これより上にいかんのだもの」「肩にくるよなあ」「首なんだと。指からしびれるのは首なんだと」

何となく知ってはいる風景なのだが、しかし、バスの順路としては通らないはずの道だった。数年の間に店が入れ換わり、入れ換わった店自体がすでに古び始めているのだろう、見覚えがあるようなないような感じで、バスが進むごとに頭が混乱した。

「ほいじゃ、引退するかい？」「引退なあ……さりとて他に道楽もなし」禿《はげ》の老人ががらがらした声で笑った。自動音声のアナウンスが「次は、オノセ、オノセ」と言った。知っているような地名だったが、私の思う行き先の途中ではないはずだ。しかしオノセの漢字も、それがどこなのかもはっきりわからない。ブザーは鳴らず、バス停には人がおらず、バスは減速もせず通過した。「次は、エイトク自動車学校前、エイトク自動車学校前。安全、安心、何より丁寧。免許取るなら、エエ、オトク。エイトク自動車学校御利用の方は次でお降りください」「そういや、ゴウソのな、長男が気の毒しただろ、車で。次男はあんなだろ。ゴウソも因果でなあ」

　私は頭の中に地図を描こうとした。もしかしたら乗り間違えているのかもしれない。だとしたらすぐに降りて、ここがどこだかうっすらでもわかるうちにタクシーを捕まえた方がいい。駅から実家、その途中にある母校、大きな馬の張りぼてのある中古車展示場、目印になる建物がばらばらと浮かんでは、互いに連結しないままかすんで消えていった。

「ゴウソの次男はまァだ、もぐっとるんか」「もぐっとるよ。過ぎた大学に出したのが間違いだな。戻ってきてからいっそ外に出んで。もうずっと顔見ん。都市に出してもいいことないな」「ない。いっこもない」運転手はクラクションをぷっと鳴らした。

「長男はずっとこっちにおったのになあ。ええ性根のもんから、行くな、正味の話」「んなら、ワイらは長生きするで」「次はショウノズ、ショウノズ」次のバス停はまるで聞き覚えがなかった。私は焦《あせ》って中腰になり路線図を探したが、見当たらなかった。「降りますかッ」運転手が叫んだ。ミラー越しに目が合った。銅色に焼けた肌から、鋭い目がこちらを見ている。私は「イエ」と答え、慌《あわ》てて座り直した。「降りるときは、言うてよ。どこでも、停まりますからね」運転手は言ってアクセルを踏みこみ、ちょうど赤に変わったばかりの信号を突き抜けた。故郷のバスは、降りる時も乗る時も、合図すればバス停でなくても停まってくれる。当然私はそれを知っているのだが、それをわざわざ説明されたということは、私がよそ者に見えたということだ。それが当然のような、うそ寒いような気がした。私は尋ねた。「あの、すいません、このバスは杉房の方に行きますか」「スギノボー？　そりゃまだだいぶん先だ」まだということはいずれは着くのだ。私は安堵《あんど》して座席に深く腰かけた。経路が変わったのかもしれない。私は窓の外を眺めた。幾重にも連なった山が見えた。色がくすんでいるのと黄ばんでいるのとがある。くすんでいるのは植樹されてから放置されている杉の山で、黄ばんでいるのは竹が混じった雑木の山だ。ところどころ白いのは、多分山桜だろう。

バスが停まり、一人の老人が乗車してきた。硬そうな白髪頭にジャイアンツのキャップを載せ、片手に白いビニール袋の口を縛ったものを持っていた。ジャイアンツの老人は禿の後ろの座席に座った。禿の老人がオウッと言って片手を上げ、「いろいろお疲れさんだったな」と言った。「いやその節は。心配かけた。あらかた済んだ。おとつい、四十九日した」「これから暖かくなるばっかりだけんな。おい、今年はうらぎゅうは行かんかい」ジャイアンツはゆっくり首を振った。「もうそんなか。ほうな、どうしょうか。そっちは？」「ワイは行かんなあ」「うらぎゅうなあ」「もう春なあ」老人たちの話し声がどんどん呪文《じゅもん》めいて聞こえた。うらぎゅうとは何だろう。廃《すた》れつつある方言、あるいは農業用語で、牛の飼育か何かに関わるものかもしれない。私が子供のころは近隣にも数軒、牛や山羊《やぎ》を飼っている家があった。今もいるだろうか。うちではチャボを飼っていたがもういない。チャボの卵をよく食べた。私はまた眠りそうになった。窓枠の金属が耳に触れて冷たかった。

「ねえさんもうらぎゅうで？」その声が私に向けて発せられたものだと気づくのに少し時間がかかった。私が頭を起こすと、禿の老人がこちらを見ていた。片足を通路に出して踏ん張り、体全体をこちらに向けている。白いTシャツの中の、胸や腹がげっそり削《そ》げているのがわかった。「ええと……」私が言いよどんでいると、運転手が早口で「他に何しに来るんだよ、こんな奥まで。よその若い人が」と言った。若い人に分類されたのは久しぶりだった。私が答えるより先に、禿の老人が「ほたら泊りで？まあ大層な」と言い、すぐさまジャイアンツが「ざらだよ」と言った。「よその県から観光バスでも来てだぞ。若い人だと、テントもおるがありゃいかん。一回、空き地に勝手に張って、そこに持ち主が車でわっとバックして入ったもんで、一人死んで一人重体で一人はどうなったか、とにかく三人どうにかなった」「しかし、だったら、スギノボーじゃ手前過ぎだろぉ」運転手がぐらっとカーブを曲がった。「いいや、歩いてでも行けらあ。三十分かからん」「ムリダロ。自転車ならすぐだ」「お前まだ自転車乗るかい、危ないからよしとけ。年寄りの自転車は一番迷惑なんだと」「免許もヘンノーさせられて、自転車もなけりゃどうする」「バスにお乗んなさい、どうせ老人パスだァ」三老人はどっと笑った。私のことは忘れたらしい。私は今さら、ただの里帰りなんですとも言えず黙って薄笑いを浮かべていた。道路に動物が飛び出し、運転手は急なブレーキをかけた。ジャイアンツのキャップが落ち、老人は片足でそれを引っかけて上に飛ばし手に取ろうとしたがうまくいかなかった。ジャイアンツはゆっくりと上体を傾け手を伸ばして拾い上げた。重たげな金属の時計が手首を滑って音をたてた。ジャイアンツはふうふう苦しげに息を吐きながら頭にキャップを載せ「おとついな」と言った。

「子と孫も帰るっちゅうから、支度しとったんだが、うちには泊らんで、日帰りするっちゅうて、ビールも飲まんの。経読みが済んだら折り詰め持って戻ろうとするんだ、あれはどういうことだろか」禿の老人がうなずいているらしく、赤い後頭部が座席の背もたれから見え隠れした。「ほんでな、そんとき孫に……先《せん》に孫は結婚しただろ、ほんでその嫁さんに、餅《もち》の支度はまだせんでいいかいなちゅったら息子が怒ってなあ。ああいうことを今の若い人に言うもんじゃないちゅうて、しかし、何がいけんので。餅はまだかいな、ちゅうて聞いただけぞ」私は苦笑した。赤ん坊ができた家は近所に餅を配る、そんな風習がまだ残っていたのか。確かに老人に悪気はなかろうが、そんなことをせかされれば怒る人もいるかもしれない。「ご時世でなあ」「ご時世だかなんだか、しかしひ孫のことは気になるだろお。こっちもいつまでも生きとらんのだもの。先のことも気になるで」「先の話は、でんかい」「でんこともないが……。そっちはええな、タケシがおるで、安心だ」「しかしな、その先はなあ。ワイだって孫はよりつかんよ。盆に孫、帰るだろ。盆ごろは収穫で忙しいだろ。だから手伝えっつったって、怒るんだ、タケシやら嫁の方が」「へええ？」「平素会社で働いとって疲れとるのに顔見せに帰ってくれとるんだから休ませてやれ、ちゅうの。顔を見せてもらっとるちゅうのよ、こっちが。そんな馬鹿《ばか》な話あるか。自分の孫の顔で」禿とジャイアンツはかすれた笑い声をたてた。運転手はヒュウと口笛を一吹きし「怒られてばっかりだな」と笑った。「怒られるのは別にかまんが、よそに出したら子でも孫でも他人よ。しかし、よそへ出るなと言うには、働くとこがないでなあ」「野良はせんか」「せんよ、せんせん。……親父《おやじ》ももう、やめよか、ちゅうとるのに」

私は両親と祖父のことを思った。一人娘は大学進学で家を出て以来盆暮れもろくに寄りつかず、多額の仕送りをしてくれるほど稼いでいるわけでもなく、三十過ぎてやっと結婚したと思ったら子供も産まず離婚する。挙句離婚届に証人として名前を書けと言う。彼ら三老人の身内ならぼろくそに言われているだろう。私は、両親にうらみがましいことを言われたことは一度もない。県外に進学すると言っても、その土地で就職すると言っても、そこで出会った長男と結婚すると言っても、親は何の文句も言わなかった。餅はまだかとも、どうしても帰って顔を見せろとも言われたことはない。それとも両親も、私の知らないところで、三老人のような語調で孫も抱けない人生なんてと嘆いているのだろうか。

子供ができなかったせいで離婚をするとは思いたくない。実際にそのせいなのかどうかもわからない。一言で言い表せるような理由を探すだけの気力は夫にも私にも残っていなかった。子供が欲しくなかったわけではない。でもどうしてもとは私も夫も多分思わなかった。年齢を考えれば、この先、再婚するにせよしないにせよ、子供を持つ可能性はかなり低い。自分が選ばなかったり得られなかったりした人生を一々考えている暇はない。結婚したらしただけの、子供を産んだら産んだだけの、苦労や不幸や気がかりがあるはずだ。禿の老人がまたくるりとこちらを向いて「ねえさん」と言った。私は「はい」と答えた。

「ねえさん。ねえさんは子供が欲しいんか」「え？」私は目を見開いた。「それで来たんか」口の中が渇いた。ジャイアンツがぜろぜろとした声で禿の老人に言った。「お前、そういうんキョウビ言うたら怒られるんぞって今ワイ言うただろ。若いんだから、縁結びかなんかかもしらんだろ」「受験かもしらんで」「ほうか、すまんすまん」禿の老人は頭に手をやった。てっぺんが鋭くえぐれたようにくぼんでいた。「ほたら、ええ、シンジンか、うらぎゅうは、なあ？」わけがわからなかった。黙っていると「やっぱりほうか。言わんでいい、言わんでいい、言うと減る」と禿の老人は手を顔の前で振った。「言わすな、言わすな。減る、減る」「しかし子供なら、相手のうらも持って来たかい」「うら？」「カミでもツメでも。写真でも」「骨《こつ》だっていい。燃《も》せるもんなら」ジャイアンツがこちらを向いて「シンジンはな」と言った。顔が焼けただれたように赤かった。「シンジンは、心持ちぞ。どうであっても、正直な、素直な、心持ちで」ジャイアンツの声がかすれ痰《たん》がからんだように途切れた。ジャイアンツは激しく咳《せき》こみながら私の目を見ている。その黒眼が咳に合わせて小さくなったり大きくなったりした。私は思わずうなずいた。真っ赤な顔の老人はウン、ウンと言って前を向いた。

田んぼの真ん中に大きな白い建物が建っていた。バスはその敷地に進入した。病院らしかった。バスは駐車場をぐるっとまわり、車寄せのところで停まった。二人の老人が立ち上がった。ここもバス停ではないだろうに、何の挨拶《あいさつ》も合図もなしに停まったということは、いつも彼らはここで降りるのだろう。今日のバスはこれで最後だが、帰りはどうするのか。バスの出口が、引きちぎられるような音をたてて開いた。「ほいじゃ、ねえさんまた。シンジンが上首尾になるようにな」禿の老人が私に言った。ジャイアンツも息を荒くしながら「心持ちだからな」と言った。そして老人らは私の肩を叩《たた》くような仕草をした。席が離れていたので届くわけもないその腕はどちらもよく焼けていた。私は頭を下げた。二人はゆっくりとバスを降りた。二人の足が地面につくやいなや、運転手はバスを発進させた。「毛虫、シロアリ、ムカデ、水道管……お困りのことはいつでもご相談。オオノサムに御用の方は次でお降りください」

「ほんでねえさんはどこで降りるの。スギノボーのどこ。農協前のバス停でいいの」「はい」運転手がぎゅっと加速し、私の頭はぐらりと動いた。景色は、徐々になじみのあるものになった。子供のころに菓子を買った商店、歯医者、小学校。麦藁帽《むぎわらぼう》の老婆が数人道端に座りこんで話をしていた。

バスが停まり、出口が開いた。私は運転手に礼を言って降りた。バス停に、母親が迎えに来ていた。野良仕事の時の格好で、首筋や手が焼けないように布をあてていた。私は「ただいま」と言った。母親は黙って、視線を走り出すバスの方に向けていた。今まで気づかなかったが、一番後ろの座席に、若そうな女性の後ろ姿が見えた。「お母さん、元気？」「普通。アンタは？」「まあまあ」母親は家に向かって歩きだした。枝々の先端に透明な芽が吹いていた。下草には小さなつぼみをつけているものもあった。母親の地下足袋がそれらを踏んで歩いた。「お父さんは元気？」「お父さんも、普通」「今、畑？」「そう」「今は何？」「タマネギ、エンドウ」青い小花、紫の小花、白い小花、枯れ葉のような翅《はね》の蛾《が》がふらふらと飛んでいた。「ねえ、お母さん。私離婚することにした」意を決して、しかし平然と聞こえるように言ってみると、母親は急にかがみこんで、地面から頭を出していたフキノトウを一つ摘んで「本当？」と言った。「うん。ごめんね。それで、離婚届に名前を書いて欲しいんだけど」「私？」「お父さんでもいい」母はもう一つフキノトウを摘んだ。

家の前まで無言で来ると、ポケットにフキノトウを二つ入れたまま、母は畑に戻った。私は家に入り、二階の自室へ行った。昼間でも暗い階段を上ると、部屋は明るかった。カーテンも窓も開き陽光が部屋中に満ちていた。窓から、母親が庭を横切り、道一つ渡ったところにある畑に向かって行くのが見えた。部屋には布団が畳んで用意してあった。それにもたれかかって、昔のままの自室を眺めた。必要なものや好きなものは家を出る時持って出てしまった。ここにあるのは残骸《ざんがい》ばかりだ。捨ててしまってもかまわない、と思っているし母親にも告げているのだが、そうもいかないらしい。といって、自ら、わざわざ段ボールに詰めてまわる気にもならなかった。遠くでかすかに犬の吠え声が聞こえた。私は、一度だけこの部屋に来た夫が、アルバムを引っ張り出しては面白そうに眺めていたのを思い出した。私はピンクの布張りアルバムを開いた。赤ん坊のころ、幼児のころ、ランドセル。芋掘り、キャンプ、セーラー服。どの私も同じ顔をしている。振り袖《そで》の写真があり、結婚式をしなかった、その代わりの親族の食事会の写真が最後だった。アルバムを閉じて棚に差そうとすると、足元に数枚の写真が落ちた。拾い上げるとどれも食事会の時の私と夫の写真で、そのすべてに黒くて丸い焼け焦《こ》げがついていた。煙草《たばこ》の灰か何かが落ちた痕《あと》のように見えたが、父はずっと前に禁煙したはずだ。私はその写真をアルバムに挟み直して棚に差した。なぜか鳥肌が立っていた。

窓の外から大きな声が聞こえた。「さっき一緒に歩いとったでしょお？　帰ってきとんの？」気づくと窓から入る日がすっかり減り、辺りは暗くなっていた。そっと覗くと、庭先で、人が寄り合っている影が見えた。声からすると、そのうち一つは近所のお婆さんで、それに両親が返事しているらしかった。久しぶりに見る父親は心なしか縮んでいた。母親は父親に私のことをどう言ったのだろう。息を潜めていると、影がこちらの窓を見上げたような気がした。犬の声がまた聞こえた。今度は遠吠えだった。影がばらばらにほどけた。母親は玄関へ、父親は納屋《なや》へ、近所のお婆さんは庭を出ていった。

夕食の席に祖父はいなかった。食膳《しょくぜん》の支度もされていない。尋ねると、母親は「具合が悪いからずっと寝とんの」と言って芋をつついた。両親が育て、掘った芋だった。芋はぴょこぴょこ鉢の中で滑り動いた。「大丈夫なの？」「ちょっと呆《ぼ》け出しとるふうで、危ないで」父親はうつむいて電子レンジで燗《かん》した酒を飲んでいた。二人が何も言わないので、私は「お父さん、お母さんから聞いた？」と言った。父親は黙って首を縦に振り、片手を振ってもうヤメロというような仕草をした。私は小声で「そういうことなので」とだけ言った。誰もそれに返事をしない。黒く煮締まっている芋にはまるで味がなく、味噌汁《みそしる》には舌に慣れない甘さがあった。誰も見ていないテレビでは、幼児が踊りまわっていた。

「ねえ、うらぎゅうって知ってる？」私は聞いてみた。母親がちらっと私を見、また手元の食器に視線を下げ「そら知っとる」と言った。父親がブロロ、と音をたてて息を吐き、酒を一口吸った。私は驚いて「でも私、知らないよ」と言った。そんな単語を実家で聞いたことなどなかった。勝手に両親も知らないものと思いこんでいた。母親はふんという顔をして、「アンタも知らんはずない」と答え、箸《はし》を芋に突き立て、かじった。煮汁が母の赤い塗り箸に垂れた。「はずない？」「だって毎年ウチとお父さんはアンタのために」「だまれ」父親が言った。母親はのっそりと父親を見て煮汁のついた指を舐《な》めた。父親は徳利《とっくり》に紙パックの酒を注いでいた。手が震えて酒が父親の膝《ひざ》にぼたぼたと零《こぼ》れた。母親は父親から徳利を受け取って電子レンジに入れた。父親はティッシュで手と膝の上を拭《ふ》いた。そして「子供はできんかったのか」と言った。「え？」「そのせいで離婚するんか」私は箸を置いた。テレビからは老若男女《ろうにゃくなんにょ》の笑い声が聞こえた。「いらんかったのか」母親がほうと息をついた。「いらない、わけじゃなかったけど」父親はぼそりと「できんかったのか」と言った。私は小さく首を傾《かし》げてみせた。父は「ほうか」と言い、膝の上を何度もティッシュで叩いた。父親の濃紺のジャージに白いけばがたくさんくっついた。湯気の立つ徳利が父の前に置かれた。ちりちりとした痛みがへその下あたりにぱっと散った。父親はうつむいて酒を注いだ。「判子つく書類はどこな。今すぐ出せ。ワイの名前がいるんだろ。書いちゃる、酔いきらんうちに」その指にも無数にけばがへばりついていた。

祖父は無言で自転車を漕いだ。まばらな家々の窓はどれも暗かった。祖父の脚の動かし方が急にぎくしゃくし、私はとっさに祖父の肩を握りしめた。すぐそこに骨があった。祖父はやや息を荒らげながら漕ぐのを止《や》めた。脇《わき》をバスが追い越していった。隣県ナンバーがちらっと見えた。「大丈夫？」「こっからお前漕げ。道まっすぐだ」私はサドルに腰を下ろした。サドルはまったく温まっていなかった。後ろに乗った祖父は、あの薄い肩からは想像できないほど重かった。自転車を漕ぐのも久しぶりの私はよろめいた。辺りは薄く煙っていた。ぱちぱちという火の音が聞こえた。私は自転車を漕ぎ続けた。祖父は急に「ワイはな、別にどっちでもかまん」と言った。「え？」「ワイは別に、お前がどうしようとかまんかったんだ。戻ってきても、こんでも、子を産んでも、産まんでも、どうでもかまん、ワイには先がないからな。でもお前の父さん母さんはワイとは違うでな」返事をしようとしたが、重たい、くぐもったような匂いのする煙を吸いこんでうまく声が出せなかった。「おい、もう着くぞ。あの家だ」赤い幟《のぼり》が立った、ごく普通の民家の前だった。幟に白く『本日うら灸』と染め抜かれていた。辺りに人がたくさんいる気配を感じた。私は長い行列の末尾についた。無数の老人が着ぶくれて庭中をうねるように並んでいた。所々に若い女性や、青白い顔の青年が混じっていた。テディベアを妙に重たげに抱えている中年女性がいた。ビニール袋に小さな丸いものをたくさん入れている老人がいた。ピンクのアルバムを持った老夫婦がいた。庭に放し飼いされているらしい小さな犬が人々の間を駆けまわり、くるくると回転してはゴウゴウと吠えた。体中から湯気を立てている。私は隣に立つ祖父を見た。祖父は向こうの山を眺めていた。山の端から空が白みつつある。山はまだ黒い影だった。「お祖父ちゃん、どうして私を連れて来たの」私は祖父に囁《ささや》いた。祖父は顔を遠くに向けたまま言った。「おい、信心は、心持ちぞ……いくら父さんと母さんが思うておっても、うらでもって頼んでも、最後は本人の心持ちだ。お前はほんで、都市へ出て、何がしたいんな」「え？」「離婚して、何が欲しいんな。ほれだけだ。ほれがあるなら、何も言うことないで」遠くを見ていた祖父がこちらを見た。目が黄色く濁っているのが夜目にも見えた。行列がぞろりと前に進んだ。何人かずつ民家の中に入っていった。窓や障子が外されていて、揺らぐような白い煙が空に立ち昇っていた。火の形がちらちらと見えた。室内で火を焚《た》いているらしい。犬が私の足元に寄って来て靴を嗅《か》ぎ、脛《はぎ》の辺りを嗅ぎ、コートの裾《すそ》を嗅いでから顔を見上げて吠えた。いつの間にか祖父はいなくなっていた。

焚かれていたのは思いのほか小さな火だった。畳が外されてシートで覆《おお》われている上に木枠のようなものが置かれ、その真ん中で黄色い火が燃えていた。壁には時計やカレンダーがかけてある。割烹着《かっぽうぎ》やエプロン姿の老若の女性が火の脇に座りこんだり紙の束を持って来たり木切れのようなものを用意したりなどして立ち働いていた。女性らの顔は皆どことなく似ていた。火の脇に座った女性が時折火の中に粉を投げこんだ。そのたびに煙の色と匂いが変わった。エプロン姿の女性が私に白い半紙を差し出した。私はそれを受け取ったがどうしていいのかわからない。戸惑っていると女性はつっけんどんな口調で「ここにうら置いて」と半紙を指さし、私の隣に立っていた老人の手元を顎《あご》でしゃくるようにした。老人は提げていたビニール袋から小さな丸餅を取り出して半紙の真ん中に置いてエプロンの女性に差し出した。その隣の若い女性は半紙に小さな写真を載せた。笑顔の男女が写っているようだった。エプロンの女性はうなずいてそれらを盆の上に載せ、火の脇の女性に渡した。半分眠ったような目つきをした火の脇の女性は練った黒い塊を餅や写真の上にちょんと置き、それに長い箸で火を移した。ぱちっと音がして、ほんの針の先ほどの炎が立った。苦いような甘いような匂いが、細い煙とともに立ち昇った。老人と若い女性は手をすり合わせるようにして何事かを呟いた。すぐに炎は消え、小さな焼け焦げができた餅と写真を受け取って、老人と女性は頰を紅潮させ一礼し去って行った。別の人々が私の隣に立った。煙の匂いが腹に溜《た》まって重くだるかった。白髪の男性が粉を吹いた、白灰色《しろばいいろ》の、かりんとうのようなかけらを半紙に置いた。中年女性がテディベアの胸部を示して「ここに」と言った。それぞれの上に黒い灸が据えられ、炎と煙が立った。白灰色のかけらはことりと動いた。テディベアの長い毛が燃えてはらはらと足元に散った。中年女性の目に涙が浮かんでいた。ひん曲がった車のキーを置いた人もいた。自分の髪の毛をついと抜き取って載せた人もいた。手のひらを差し出した人もいた。それぞれがそれぞれの匂いの煙を立ち昇らせて去って行った。

「あなたは？」色とりどりのアルファベットがアップリケしてあるエプロンの女性が苛立《いらだ》ったように私に言った。「あなたは？」部屋中の人が私を見ていた。窓の外に並んでいる人々も私を見ていた。半紙を手に立ちすくむ私の足に、いつ入ったのか小さな黒い犬がやってきて、片脚を上げて熱い小便をかけた。

彼岸花

町なかにある、レンガ色の分譲マンションと赤い宅配ピザの間に挟まれた妙にぴかぴかした感じの寺で父方の祖母の何回忌かの法要を済ませ、墓地に参ると、遠目からも何か赤いものが群れているのが見えた。我々は訝《いぶか》しみながら近づいた。彼岸花がうちの区画にだけ、植えたかのように何十本も生えていた。ほかの家の墓の周りには一本もない。かつてこの墓の周りにそんな花が咲いていたという覚えもない。夏に盆参りをしたときには影も形も、茎もつぼみもなかったはずだ。私や母や祖父ははっと息を飲んだが、父はその光景を見て激昂《げきこう》し、「なんだってこんなものがうちにだけ咲いているんだ」と言いながら、素手でその茎をつかみ、引き抜こうとした。彼岸花は簡単には抜けなかった。「何も今日みたいな日に抜かなくっても……」母は困惑したように言った。父は「どうしてうちの墓所にだけこんなものがこんなに咲くんだ」吐き出すように繰り返しながら、その細い、一見弱々しげな茎を引っ張り、何度か逆に引っ張られて、細長い真紅の花弁をばらっと散らした。「シビトバナとも、言うな」祖父はぼそっと呟《つぶや》いたが、父を手伝いはしなかった。黒いセーラー服を着た私もむろん黙って見ているだけだった。

花を全《すべ》て抜き去り(後日スコップでもって掘り返したのだったかもしれない)、その後は墓の周りに彼岸花が咲くことはなかった。「急に種が飛んで来てひょっくり咲くような花じゃないだろうにな。タンポポじゃあるまいし」と囁《ささや》いたのはおそらく祖父だったろう。その後、祖父が死んで埋葬されたのちも、二度とあのように彼岸花は咲かなかった。奇妙な、不吉な花であると私は思った。

その次に彼岸花を見たのは夫の実家の庭でだった。そのときはまだ婚約者であり夫ではなかったのだが、ともあれその実家を初めて訪ねたときだ。私や夫が住んでいる土地から夫の実家は遠く、私の実家は近かったので、夫は私の両親に何度も会っているものの私は先方と初対面だった。結婚の挨拶《あいさつ》というか両家の顔合わせで、私は両親と新幹線に乗ってそこへ向かった。新幹線で三時間強、在来線で数駅移動してそこからタクシーを使った。夫は昨日のうちに自分の実家へ帰っていた。「約束の時間通りに着きそうだって、博之さんにメールしたら？」「時間通りならいいんじゃないの」「でも一応……あっ、ねえ見て養鶏場だって。この辺そんなのあるのねえ」「なんだか町工場みたいだな」「私養鶏場なんて初めて見た。朝なんてうるさいでしょうね」「そりゃそうだろう、一羽いたって……」「そうでもないですよ」タクシーの運転手が低い声で言い、なぜか私たちは黙った。

夫の実家に近づくにつれ、空が青く、高くなっていくような気がした。夫の苗字《みょうじ》の表札の出ている家の前でタクシーを降りた。夫の口ぶりと私の想像より一回り大きな家屋の庭の一隅に、真っ赤な彼岸花が咲いていた。記憶の、墓の周りに咲いていたものよりいくぶん茎が太く見えた。墓で見たときはただただ不気味と思ったが、日本家屋とそれを取り囲む庭木の中で見ると自然で素朴な秋の花にも見えた。庭の端、隣家との間にある狭い路地のきわにその群生はあった。ものすごくたくさんあるように見えたが、一輪一輪の色が強いだけで、株としては十もなさそうだった。

墓の周りに咲くような、父が半狂乱で全て抜いてしまうような、シビトバナとも呼ばれるような花を、庭に咲かせておくというのはどういうことだろう。私は父と母を見た。自分の一族の墓に咲いたそれを怒り狂って抜いた父は。まして今日は両家の顔合わせであって。しかし、両親は小声で、家が大きな平屋であること、庭が広く緑濃いことなどを楽しげに語り合っていた。「広いわねえ」母は感に堪えたように私に囁きさえした。父もうなずいて「立派だ立派だ」と言った。「この辺りは、どのおうちもこんなだけど、ここは特に立派ねえ」「昔からの家ばかりなんだろうなあ」「高いビルもマンションもないものねえ」私は、二人が彼岸花に気づいていないのか、気づいていないのなら気づかぬままがよいと思いながら、そこにたたずんでいた。タクシーの音を聞いたのか、夫が玄関から出てきてお辞儀をした。わざわざスーツを着ていた。私たちもお辞儀をした。私は、普段あまり着ないような色味のワンピースを着ていた。それを誰に強制されたわけでも勧められたわけでもないのに選んだ自分を殊勝だと思っていた。少し嫌だとも思った。

玄関の脇《わき》には、背の高い、一鉢一鉢丹精しているのが明らかな大菊が並んでいた。まだつぼみだったが、母と父はそれについても「まあ立派な、素敵」「どなたのかな、おとうさんか、おじいさんのか」と感想を漏らした。それを聞きつけた夫が「これは、祖父の趣味だったんですが、父が受け継いだらどうも夢中になってしまって」と説明した。「じゃあゆくゆくは博之さんも」「いやあ自分はいいです。あっ、でもどうかな。父も元々は全然興味がなかったですからね。だから自分も、あと何十年経《た》ったらわかりませんね。盆栽なんか始めたりするかもしれないですね」「いいねえ、盆栽も」「せっかくこんな自然の中で育ったんだもの、自然に触れる趣味、いいわよ」樹木を矮小《わいしょう》化《か》した盆栽や、支柱まで立てて垂直に伸ばした菊の栽培が、自然に触れる趣味なのかどうか私にはわからなかった。私は、通された畳敷きの客間で正座をしながらも、真っ赤な一群れの彼岸花のことが頭から離れなかった。座敷の床の間には、名前を知らない薄紅色の花と銀色に光る若いすすきが活《い》けてあった。こちらは私と両親の三人、向こうは夫と両親、そして低い椅子《いす》に座った祖母の四人だった。蓋《ふた》つきの湯呑《ゆのみ》が出されてから向こうの父親が口火を切った。

「本来ならば結納というかたちで、私どもがそちらにおうかがいすべきところ、本当に遠いところをおいでいただきまして申し訳ありません。年寄りがおりましてね」

「ごめんなさいねえ、私がいるせいでこんな田舎まで、ねえ」夫の祖母が言って、なぜかくすくす笑った。私の両親はいえいえ、と言いながら手を目の前で振った。その仕草が夫婦でそっくりだったとおふくろが笑っていたとあとから夫が私に言った。母が興味深そうに「おばあ様、とてもお元気そうで。あの、おいくつなんですか」と聞いた。「私、八十六」義祖母は口を手で覆《おお》ってまた笑った。指や手の甲や顔は、全体に粉をまぶして磨いたように白く、柔らかそうだった。「お若く見えますわ」「こればっかりはねえ、自分でどうなるもんじゃないけれど、お迎えが来るまではなんとか元気にいたいもんですねえ」「まだまだ大丈夫ですよ。……それにこちらはいーいところですねえ。お庭もおうちも立派で緑が多くて、とてもじゃないが、こんな広いお宅にお住まいの方に、うちになんて来ていただいたら恥ずかしい。狭いし、ごみごみしているし……逆によかった、うん。こういう、畳の広い部屋は、いいですね」「そう、まるで旅館みたい」「田舎なだけですよ。そちらは高層マンションなんでしょう？」義母が愛想よく言い、父が「三十二階建ての、うちは十階なんです」と応じた。義父は大仰に目を見開いた。「三十二階！　いやあ、我々はそんなところに行ったら目を回しますわ、なあ？」「本当。博之はお邪魔させていただいたことが何度かあるそうで、私も一度拝見したいです」「ぜひいつでも、都合がついたら……」父は言いかけて口をつぐんだ。都合がついたら、というのは、すなわち義祖母が死んだら、ということを示していた。私は夫を見た。挨拶を始めた直後は伸びていた背筋が、もう丸まり始めていた。客間からは、庭の彼岸花は見えなかった。

その日は駅前のホテルに親子三人分二部屋を取っていたが、私は強く勧められて夫の実家に泊ることになった。部屋はあり余っているようだったし、布団《ふとん》はきちんと干してあった。私のための新品の寝巻（ピンクのチェック柄）まで用意してあった。両親はどうしてもホテルに泊ると言った。「田舎じゃ普通なのかな」父は去り際《ぎわ》に呟いた。「顔合わせの日で、まあ一応結納の代わりのつもりで、その日のうちに新婦が家に泊るっていうのは……」「まあいいんじゃないの。私も、こっちに泊っても構わないけど」母は苦笑いをしたが父は渋い顔をして首を振った。「ホテルの浴衣《ゆかた》で寝るつもりで、何の準備もしてないいんだろう」「貸して下さるっておっしゃったじゃないの」「誰のをだよ。亡《な》くなったおじいさんのでも出されてみろよ」翌朝、駅前まで義父か義母が私を車で送ってくれるという話をしてから、両親は去った。私はくつろぐ気分にはとてもなれないワンピースを着たまま、勧められるままお茶を飲みお菓子を食べた。義母は嬉《うれ》しそうに、刺身をあつらえると言って出かけ、夫は疲れたのかスーツを脱ぐと昼寝を始めてしまった。義父だけがあれやこれやと私の仕事のことなど話しかけてくれ、私も大菊栽培について質問したりしたが、ほどなく気まずく黙り合ってしまった。義祖母がゆっくりと立ちあがり「どら」と言った。「ゆきちゃん、私の部屋へ来る?」

義祖母の部屋は六畳間で、大きなガラス戸の網戸越しに庭がよく見えた。彼岸花も見えた。「こんないい人が博之のところに来てくれるなんて、本当に安心した」義祖母は何度か言ったことをまた繰り返しながら、網戸際の籐《とう》椅子に敷いてあった座布団を私に差し出した。「ゆきちゃんはごめん、このおざぶで畳に座ってね。私はもう脚が悪いから畳には座れないの」「わかりました」義祖母は籐椅子に座った。私は義祖母のお尻《しり》の形に凹《へこ》んだ座布団を当てて正座をし、少し迷ってから膝《ひざ》だけを崩した。部屋にはほかに、白い電動リクライニングベッドと薬袋や湯呑が載った小さな机があった。

「もう秋になったねえ、この庭もね、おじいさんが元気だったころはもっときれいにしてあったんだけど、最近はなかなかねえ」「彼岸花が咲いてますね」私が言うと、義祖母は嬉しそうにうなずいた。「そう。彼岸花はね、薬になる」網戸越しに微《かす》かな風が吹いているのが感じられたが、花は動かずに細い花弁を絡《から》ませるように広げていた。「薬ですか？」「そうよ。でも花じゃない、茎でもない、根っこをね。すりおろして、油紙にのせて、湿布にしてお乳にあてがうの」「オチチ？」私が頓狂《とんきょう》な声を出すと義祖母は面白そうな顔をして続けた。「そうお乳。おっぱい。腫《は》れたり、硬くなったりしたときにね。とってもよく効いた。私はね、お乳の出が良くて、それで、結局子供が六人あったの。一人は子供のうちに死んだんだけれども、それを、みいんなおっぱいだけで育てて、しかも余って困るくらい。もう、出て出て」「すごいですね」妊娠したことのない、母乳を出したことのない私にとって、それがどのような感覚なのか想像もつかない。「それだもんだから、もらい乳に来る人もおられたのよ。今みたいに栄養がいい粉ミルクがある時代じゃないし……自分でも不思議なくらいよく出るの。自分の子でも、人の子でもねえ」わあ、すごい、という私の相槌《あいづち》を待たず、「だからゆきちゃんもそんな風だといいねえ、お乳が出ないのは辛《つら》いものと思うよ。赤ちゃんは欲しがって泣くし、自分でも、何よりふがいないでしょ。ただ、出が良すぎるのかね、たまーに、硬い石が詰まったようになって腫れることがあってねえ。そんな風になるとね、おとうさんが、彼岸花を一つ掘り返して、その根っこ、お芋のような根っこなんだけれど、それを一生懸命すりおろして、湿布を作ってくれるんだけど、でもねえ、彼岸花は毒でもあるの」「毒？」義祖母は自分の乳房に手を当てて痛そうな顔をした。「そう、毒。彼岸花の根っこには毒があるの。だから、お乳に直《じか》に触らないように油紙にのせるんだけれども、でも、すりおろす人は触らないわけにいかないでしょう。だからいつも、あとで手が真っ赤になってね、ぷっぷと小さなミズブクレができてね。ああ、申し訳ないなあと思いながら、おとうさんもお乳のためだから、一生懸命にね」「だから、彼岸花がお庭に植えてあるんですね」義祖母は目を細めて彼岸花を眺めた。葉も脇芽もない、茎と花だけの彼岸花は言われてみれば確かに薬効あらたかなようにも、猛毒なようにも見えた。「植えてるわけじゃないの。昔から自然に、あそこに生えるようになっただけなの。でも重宝でね。まあ今はね、そんなことする人いないでしょうけど、でも、ゆきちゃんのお乳が腫れたら、私が湿布を作ってあげる。もう私は、手が荒れて困ることもないもの」

義祖母はどういう意味か、乳房をあけすけに揉《も》むような仕草をした。薄い紫と茶色の花柄の服の中で、豊かな、垂れさがった乳房がくねくねと動いている感じがした。私は曖昧《あいまい》に笑って目をそらした。「毒なのに、薬にもなるんですね」「なんだってそう、薬は毒でしょう。私が毎日飲んでる薬だって」義祖母は小さな机の上に置いてある、ぱんぱんに膨れあがった薬袋を指さした。「若くって健康なゆきちゃんが飲んだら、毒よ」「お義母さんも、彼岸花をお使いになったんですか？」「ケイコさん？」義祖母は少し黙ってからうっすら笑い「ケイコさんは、昔は細うい、転んだらそのままぽきぽきに折れちゃいそうな娘さんでね、腰なんてこれっくらい」と言って義祖母は両手をくっつけて輪を作った。「しかないのよ。私ははあこれはなあと思ったけれど、まあ当人同士が気に入って結婚するっていう話でね、反対するでもなかったんだけれど、でもね案の定、なかなかできないわ、難産だわ、お乳は全然出ないわでねえ……彼岸花湿布どころじゃなかったのよ。出ないんだもの、そもそも。だからケイコさんはさっさと粉ミルクにして、まあ、便利なものよと思ったけれど、私は昔を思い出して悔しくってねえ。よその子にもあげたお乳よ、孫にやったって構わないでしょうに、さすがにもう出なかったわねえ。そりゃそうよねえ、もうおバアちゃんだったんだものねえ」

義祖母は笑いながら、湯呑を口に運びかけ、飲まずに膝に戻して「あのね」と言った。体をかがめて私に顔を寄せてきたので私も身を浮かせ伸びあがった。白粉《おしろい》の、甘い匂《にお》いがした。眉《まゆ》は灰色に塗り潰《つぶ》され、口には薄赤い口紅が塗られていた。義祖母はクックと、面白そうに笑って「薬にも毒にもなるのはね、お乳もなのよ」と言った。「お乳も？」義祖母は口の薄い染付のスンナリした形の湯呑を両手で包むように持って体を震わせて笑った。「それもね、なんの薬と思う？」「えーと、なんだかお腹《なか》とかには良さそうですけど」「飲むんじゃないの」飲むんじゃない、ならば「塗り薬ですか」「いいえ。答えはねえ……目薬」「めぐすり？」私がぽかんと口を開けると、義祖母はほうら面白い、という風にフウフウ息を吐いて笑った。一緒に乳房も揺れた。どうも、下着をつけていないらしい。「目に、お乳を、入れるの。それもね、器にとって指から垂らすんじゃ駄目なの。顔の上にお乳を持っていって、そこで搾《しぼ》って、目に直に入れるんじゃなくちゃ、駄目なの」「えっ……」よく意味がわからなかった。お乳を、直に、目に入れる？「出たてのお乳を、搾ったままで垂らすとね、ものもらいにすぐ効く。ぱあっと治るわよ。次の日になればもう、腫れていたことも忘れるくらい。でも、指にとって垂らしても、効かないどころか、染《し》みて、染みて、痛いの。そうなると、毒みたいなものよ」「……それは、手のばい菌が入っちゃうせい、とかですか？　だったらスポイトを使うとか」「さあねえ。とにかく直にって習ったから ねえ、私も私の姑《しゅうとめ》に」

義祖母の、白と黄がかった灰色、黒が入り混じった頭髪が網戸越しの風にほつれて揺れていた。風には秋の匂いと、田舎の緑と土の匂いと、白粉の匂いと老人の匂いとが混じっていた。「不思議よね、誰が思いついたのか知らないけど。そう、だからね、私はお乳がよく出たから、家族中の目にお乳を点《さ》してあげたことがあるわよ。自分の子供から、姑から舅《しゅうと》から夫から」「えっ、でも……お乳を、直に目に垂らすなら……見えちゃうじゃないですか、男の人にも」義祖母は肩をすくめた。「まあ気持ちのいいもんじゃないけれど、しょうがないわよね。治すためだもの。でもね、舅の目が腫れたらね、姑が頼むのよ、あんたのお乳を、この人の目に入れてやってくれって。舅じゃなくて姑が頼んでくるの。しょうがないから、私も、舅を布団に寝かせて、その上に、枕《まくら》の側から、かぶさるようにしてね、お乳を搾ってねえ。一滴、ぽとり、と落とすのはなかなか難しいのよ、ピューと出ちゃうといけないし」私はその情景を想像してぞっとした。いくら義母に乞《こ》われても、義父の顔の上に乳房を突き出して搾る……そんなこと絶対にしたくない。できない。「でもね、頼んだくせにね、姑はその間、もう、それはすごい顔で睨《にら》みつけながら私を見ているのよ。私は縮みあがってね、なんとか、首尾よくぽとりとやってお乳を仕舞いたいんだけれど、焦《あせ》れば焦るほどね……そりゃ姑にしたって、気分がよくはないわよねえ、舅も目を逸《そ》らすわけにはいかないし。それにね、変な話、私が夫の目にお乳を入れるでしょ、私の夫よ、だから、姑の息子よね」「はい」「そのときもね、姑は睨みつけるのね、おんなじように」「ただいまー」玄関から義母の声がして、ガサガサ、というビニール袋の音もした。私は義祖母に会釈《えしゃく》をしつつ立ちあがり「おかえりなさい」と言いながらふすまを開けた。秋とはいえ日差しはまだ強い。義母は濃紺のサンバイザーをつけて両手に大きな包みを抱えていた。義祖母が、がりがりだったと評した義母は今ではごく普通の、肩やお尻の辺りにもったりとした肉をつけた中高年女性の体をしていた。「ああ、ゆきちゃん、ごめん、遅くなっちゃって。博之は?」「なんだか寝ちゃって……」義母は目を剝《む》いて大きな声を出した。「えー本当? ゆきちゃんほっぽらかして? まあひどい。ごめんねえ」「いえ……あ、荷物、持ちます」「いいよ、……ああ、でも、お願いしようかな。あのね、まだ車の中にあるの。一緒に来てくれる?」

義母は持った荷物を玄関先に置いてからまた車庫へ戻り、キーをつけっぱなしにしてある自動車の後部座席ドアを開け、大きな袋を持ちあげて私に手渡した。中には老人用紙おむつが入っていた。私がどぎまぎしていると、「今日はポイントが倍の日だったから、ついでにまとめ買いしてきちゃった、結構馬鹿《ばか》にならないのよね」と言って笑った。あれだけしゃんしゃんと喋《しゃべ》る義祖母がおむつをしているというのは私には変な気がした。義母は車からキーを抜き、「おばあちゃんとお話ししてくれてたの？」と言った。「はい。面白いお話をうかがってました」「まあ。年寄りの話はつまんないでしょ。こう、右耳から入れて左耳へ抜いとけばいいのよ、うんうん聞いてもらえたらそれだけで嬉しいんだから。体の自由がどんどんきかなくなるのに頭はシャンとしてるから、暇で仕方がないのね」「はあ」一枚一枚はそう重いとも思えない紙おむつは、大袋だと手に食いこんだ。庭を歩くと真っ赤な彼岸花がさっきよりも鮮やかに見えた。私がそれについて、今義祖母から聞いた話をしようと思うと、義母が先に「ほら。あれ、彼岸花」と言った。「今年も咲いた。毎年あそこに咲くのよ」「そうなんですね」「私ね、あんまり好きじゃないのよね、彼岸花。ちょっとゾッとしない？　真っ赤でどぎついっていうか。でも、おばあちゃん、抜いちゃ駄目だって言うのよ。好きなのかしらん。一回私が知らん顔で抜こうとしたら、おばあちゃんも素知らぬ顔して、彼岸花は毒だから触るとかぶれるよ、ってぽそっと言うのよ」「でも、彼岸花は……」私は言いかけ、やめた。義母は、彼岸花の恩恵を受けてはいないわけであるし、そもそも、私だって、あれを不吉だと思ったのだ。袋をそれぞれ抱えて玄関に入ると、ふすまの向こうから義祖母の「おかえり」という声が聞こえた。さっきまでの声よりぼやけて聞こえた。義母は「ただいまあ」と高い声で答えた。

夫の入院している病院は大きく、外来には外科も内科もあらゆる種類の診療科があり、産婦人科もあった。どういうわけか、産婦人科の出入口とその他の科の出入口は別になっていて、うっかり、夫の見舞いへ行くつもりで産婦人科の方の出入口を入ってしまうと、『こちらは産婦人科（分娩《ぶんべん》、母乳外来、婦人科検診等）のエントランスです。その他外来、総合受付はアチラ→』という大きな注意書きで、間違えていることを知らされる。

私は、ここの婦人科に来たこともあった。結婚前の、婦人科の検診（ブライダルチェック、という名前だった）のためだったが、そのときは、この、出入口が別であることになんの違和感も疑問もなかった。しかしこうして入院患者を訪ねて来てみると、なんだか自分がまるでけがれたもの扱いを受けているような気がしなくもなかった。

死と触れあっているような重病人が、今から赤ちゃんを産もうとしているお母さんと同じエレベーターに乗るようなことがあってはならないという配慮なのだろうか。反対に、痛みや苦しみや絶望に包まれている病人が、新しい命を宿し希望に満ちた女性を見ることに嫌悪《けんお》を抱くのかもしれない。二つの出入口で区切られた建物は、実際色や匂いや、空気の重さが違うような気もした。

夫は複数箇所の骨を折っていたが命に別条はなく、意識もあった。交通事故であり、夫は被害者ではあったが、そのときに同行していた人物というのが不可解で、その不可解さを追及する間もなく手術になり、手術が終わった後は義父母が田舎から飛んで来てホテルに泊って付き添い、二人で話をする間がなかった。義父母は昨日田舎に帰った。一緒に事故に遭ったその人はごく軽傷で、入院もせず、翌日から職場に、夫と同じ職場に出ているということだった。彼女が救急車やら警察やらに通報してくれたのだ。夫の職場からは花や果物の見舞いが来た。果物はどれもまだ硬かったのでそのまま枕元に置いてあり、花は姑があまり気に入った風に言わなかったので「なんだかこれ、白っぽくって、お葬式に飾る花みたい」私が持ち帰って一応部屋に飾っていた。私は普通にきれいだと思った。白が中心ではあったが緑や薄いピンクの花が混じり、むしろどぎつい赤や紫を避けて柔らかい色味でまとめられた今風のアレンジメントに見えた。そのセンスの良さに苛立《いらだ》ちはしたが、別に彼女一人から贈られた花でもない。一つ一つは匂いのない花で、顔を寄せても無臭なのだが「そりゃそうよ。お見舞いに匂いのする花なんて、よけいに非常識だもの」一日家を空けて帰宅すると、部屋中に花の匂いが漂っているのが不思議だった。もう何本かはしおれ、枯れているのだが、その匂いは日に日に強くなっているような気がした。「来たよ」私が声をかけると、夫はテレビとつないでいたイヤホンを外して私を見上げ「うん」と言った。目元が眠そうに重たく見えた。

「どう？」「うん、まあ大丈夫」「頭の包帯取れたんだ」「うん、今日の午前中に」夫は顔を無事だった右手でごしごしとこすった。「ならよかった」「ゆきちゃんは元気？」「うん」元気じゃない、元気なわけがない、と言ってやりたかったが言いようがなかった。追及すれば、夫は私に謝罪をするだろう。それを本人も望んでいるのかもしれない。今まで、義父母が席を外している間に、そんなようなことを言いかけたように見えたときもあった。私は黙って夫の言葉を待ったが、夫は結局何も言わなかった。私が追及するのを待っているのだとしたら、それはとても不遜《ふそん》で傲慢《ごうまん》な考えだと思った。「お義母《かあ》さんたち帰っちゃって、不便じゃない？」「大丈夫。看護師さんとかすぐ来てくれるし、利《き》き腕が動くから……」「そうだね。右が折れてたら、不便だったね」「うん」病室はおとついから四人部屋で、夫以外は全員が老人だった。それぞれに付き添いや見舞いがいてかしましい日が多いのだが今は誰も来ていないようだった。互いのベッドを仕切るクリーム色のカーテンはどれも閉じられていた。私は付き添い用の丸椅子に座った。椅子に座ると夫の顔がすぐ近くに見えたので、私は目を逸らして手を伸ばし、籠《かご》の中のメロンに触れた。天辺《てっぺん》にリボンをくっつけられたメロンはまだ硬かった。陶製の作りものかもしれないほど硬かった。

ベッドの上に渡すように設置されている細長い机の上に、吸い飲みやお茶を汲《く》んでもらうときのマグカップ、薬一式、そして小さな黄色いプラスチック片が置いてあった。「これ何?」私がそれをつまむと、夫は「ああ、目薬」と答えた。「ものもらいできちゃって、夜にもらった。一回分ずつ使い切りになってるやつ」夫は右目を示した。言われてみれば確かに上下のまぶたが薄赤く膨れていた。眠そうに見えたのは、まぶたが腫れて目がちゃんと開いていないせいかもしれない。「へえ、大丈夫?」「まだ治らないけど……痛痒《いたがゆ》いし、仕事してたら気にならないかもしれないけど、こうやって一日横になってたらそういう細々した不調が気になってしょうがない」「そうなんだ」「脚とか腕が痛いよりも、目が痛いとか、耳が痒いとか、そういう方が断然気になるんだよな……もうすぐリハビリが始まったらまた忙しくなるんだろうけど」私と夫はしばらく黙り合った。ほかのベッドからは寝息も咳《せき》の声も聞こえなかった。息をひそめられているような気がしたが、老人たちが我々の話に固唾《かたず》を飲んで耳を傾けているわけもない。「じゃあ私、今から洗濯してくるね。何か買ってくるものある?」「ない。いや、ありがとう。ごめん」ベッド脇の、一人につき一つずつ割り当てになっているロッカーの中から、袋に入っている洗濯ものを抱えて病室を出た。

病室の並びの中にナースステーションがあり、テーブルセットやソファ、大きなテレビや電子レンジ、新聞雑誌類、そして金魚の水槽などがあるリラックススペースがあり、その奥に共用のシンクと洗濯場がある。廊下は明るく、入口が開け放たれた病室から子供の笑い声や、看護師さんだろう女性の励ますような明るい声が聞こえてきたが、全体としてはやはり沈みこんでいた。病院の匂いが私の髪や肌に刻一刻と染みつき、そのもっとも濃いものが、私が抱えているこの夫の汚れものの入ったビニール袋であるような気がした。幸い、二台しかない洗濯機は片方が空いていた。もう片方は動いてはいなかったが、中に脱水済みの洗濯ものが入っていることを示すランプが点《つ》いていた。洗濯機に病院の売店で購入したミニサイズの洗剤や漂白剤を入れスイッチを押した。激しい水音が聞こえ、私は少し呆然《ぼうぜん》とした。四十分後に脱水が完了し、それから、今度は上に置いてある乾燥機にそれを移して乾かす。全部で一時間半くらいはかかる。もっとかもしれない。私はしばらく、家の洗濯機とは違う水音を聞いていた。洗濯場は清潔なのに、絶えず漂うがい薬や消毒薬の匂いのせいで、つい今しがたまで何か陰惨な、水っぽい事件が起こっていたのを洗い清めて殺菌したばかり、というような感じがした。私はリラックススペースへ行って小さなソファに座った。

金魚の水槽の脇には大きな中華風の絵柄が描かれた花瓶があり、中に紅色の花が盛りあがるように活けてあった。地元の華道愛好家が毎週厚意で活けている、と掲示がしてある。新聞を広げている老人が一人と、テーブルでオセロをしている寝巻姿の若い男性と小学生くらいの男の子がいた。男の子が小さくアッと声を出し、オセロを一枚ぱちんと置いた。男性がおお、と言い、男の子はクスクス笑いながら次々とオセロを裏返す音を立てた。男性の腕や脚はげっそりと細く黒く見えた。くたびれた寝巻の布地が入院期間の長さを示していた。一度病室に戻ってもいいのだが、戻っても話すことがない。あるはずなのに、私の方にはない。それは、私が悪いのだろうか。もし私がずっと知らん顔をしていたら、夫は何も言わないのだろうか。「やられたあ」オセロの男性が大げさなため息をついた。男の子はけらけら笑った。新聞を読んでいた老人がぬっと二人を見た。私は目を閉じた。オセロを置く音と、大画面のテレビの絞った音量の笑い声、新聞をめくる音だけが聞こえた。私はしばらくそのままでいた。

もしかしたら少し眠ったかもしれない。急に苦しくなり、私はぱっと目を開けた。激しく動悸《どうき》がしていた。思わず胸に触れ、すぐに離した。胸が張っていた。痛み、熱を持っていた。今まで感じたことのない痛みで、下着の中の胸が、内側から何か力で押されているかのような、中で何かが膨れているような、それも空気でぽっかり膨れているのではなくて硬いコンクリのようなものが流れこんで体積を増しているかのような痛みだった。そしてそこがネットリと熱い。私の乳房全体が、まるで今までとは別のものになったように、私の体の一部ではないものになったかのように感じられた。私はもう一度そっと片手を胸の辺りにやった。ズンという痛みが走った。そして何かが動くような、張り詰めるような気配がした。まるで、今にも乳が、母乳が、ほとばしろうとしているかのようだった。今まで母乳を出したことのない私にも、それがありありとイメージできた。私は周囲を見た。誰も私に注意を払ってはいなかった。男の子は男性にもう一回やろう、やろうよと言い、男性は笑いながら首を振って「コーラ飲む？」と言った。「コーラいらない、もう一回」老人は広げた新聞紙に首を突っこむようにして貧乏ゆすりをしていた。金魚は緑色の水草の隙間《すきま》に漂っていた。紅色の花は造花のように静止していた。私は首を回した。一瞬で両肩が痛いほど凝っていた。私は立ちあがって病室に戻った。歩くたびに重たい痛みが両胸に走った。体中が汗ばんでいた。

夫はテレビを消していた。おそらく私を待っていた。やはり病室はしんとしていた。三人の老人はもう死んでしまったのかもしれない。寝息も呼吸も聞こえず、空気が動かない。夫は私がカーテンの中に入るやいなや「ねえ、ゆきちゃん」と言った。私は声を出さずに夫の方を見た。「ゆきちゃん、今回のことなんだけど」私は電源の入っていないテレビに視線を移した。暗くて平らな液晶画面に、私が映るかと思ったが映らなかった。何も映らないのだ。私の乳は最早《もはや》疑いようもなく張り、中からは、今にも、温かい、できたての液体が飛び出しそうだった。ここではないどこかの病室で、誰かが痰《たん》を吐いたのが聞こえた。「今回のことなんだけど……」夫は言い淀《よど》んだ。両胸がばたばたと脈打つようにそびえた。私は「ねえ」と言った。夫が私を見上げた。何かを期待している目をしていた。私は夫を見下ろしながらシャツの中、更に下着の中に指を入れた。乳房がガチガチに膨張し、触れると痛みが走った。先端からじわりと熱い液体がにじみ、丸味に沿って垂れた。私はそれを人さし指と親指にたっぷり絡ませ、服の外に抜き出した。まだるい匂いがした。「……ゆきちゃん、今」言いかけた夫の視線が揺れ、私から離れた。私は指先からしずくを滴《したた》らせながら振り向いた。カーテンの隙間から、昨日田舎に戻ったはずの義母の顔が見えた。義母は今まで見たことのない表情を浮かべていた。それは憎悪に見えたが睨みつけられているわけではなかった。むしろ無表情に近かった。義母ももちろん私を見ていた。義母は赤黒い顔をして、しかし何も言わなかった。私は乳房をそちらに突き出した。もう全体が濡《ぬ》れそぼっている。あとからあとから溢《あふ》れてくる。それがシャツ越しにもわかるかもしれない。義母はしばらく黙ってから「津田本さん」と私の苗字を呼んだ。それはもちろん夫の苗字でもあった。それは義母ではなく、夫が事故に遭ったと聞いて病院へ駆けつけた私の前にいたあの女性だった。見たことのあるようなないような顔の、聞いたことのあるようなないような名前の、若いような老いたような服装の「津田本さん。お洗濯、終わってましたよ」「え？」「お寝巻にお名前書いていて下さったでしょ、後がつかえていたから籠に移させてもらいましたよ」その人はあの女性ではなく、義母でもなく、中年の看護師だった。「すいませんね、勝手に触って」

看護師はつかつかと夫の枕元まで来て「津田本さん、どうですか。目はまだ痛い？目薬点《さ》しました？」と言った。夫の目はさっきより腫れて見えた。まるで殴られたあとのようにも見えた。私が殴ったのかもしれない。それだったらどんなにいいだろう。隣のベッドからチャッチャと唾《つば》を鳴らす音が聞こえた。向かいのベッドが咳こんだ。夫は小声で「点しましたけど、あんまり……」と答えた。看護師は苦笑した。「そう右から左にはね。菌ですから、これも。……奥さん、今乾燥機空いてましたから行かれたら?」私はお礼を言って、小走りで病室を出た。言われた通り、洗濯ものは備えつけのプラスチック籠に入れてあり、私が使っていた洗濯機には別の家の洗濯ものが入っていた。私は乾燥機に夫の衣類を入れ、スイッチを押し、そして自分の胸を触った。もう張ってはいなかった。熱くも痛くも、湿ってもいなかった。乾いた指先を舐《な》めると、少し塩からかった。

病院から帰宅すると、室内には花の匂い、それもユリのように甘い匂いではない、植物の葉や根やそれにくっついた土まで一緒にすり潰したような青臭い匂いがこもっていた。早々に枯れて茶色く乾いてしまった花に混じって、最後まで花弁を保っていた一本も気づけば脱色でもしたように白くなり茎をぐにゃりと曲げていた。とすればこれはもう腐臭なのかもしれない。手を洗ってうがいを済ませたところで、電話が鳴った。義母からだった。「どう? 博之は」

私は息を吸って、吐いた。「良さそうでしたよ。お昼は全部食べて、食後はフルーツも」籠の中からオレンジを一つ、夫は殊勝な顔で、果物ナイフを使う私の手元を見つめていた。あれから夫は何も言わなかった。「夕ご飯は一人で大丈夫みたいだったんで、今帰ってきたんですけど」「ならよかった。本当は退院するまで見ててやりたいと思ったけど、限度がね。ずっとホテルっていうのもしんどいし」「うちに泊っていただけなくて申し訳ありません」私が病室で何度も口にした謝罪を繰り返すと、義母は激しく首を振っているのがうかがえる口調で「いいのよ」と言った。「そっちじゃあ、こっちみたいに部屋が余ってないだろうし。それに私もね、こう言っちゃなんだけどホテルの方が気が楽。だけどそれも限度があるわね。芯《しん》から疲れが取れないもの」義母はため息と苦笑を混ぜたような音を立てた。「せっかくこちらにおいでになったんだからいろいろ見て回られたらよかったですけど……」「まあそれは気分的にちょっとね。本当に心配かけて、ごめんねえ」

義父母は夫が誰と事故に遭ったのかは知らない。夫が私のいないときに告白でもしていない限り知るわけがない。そんなことを夫がするわけもない。「でも本当、頭とかに影響がなくって、よかった。寝たきりになんてなられちゃあ、ねえ」「そうですね……あの、お義母さんは、ものもらい、ができたときってどうされます？」「へ？　ものもらい？」義母は訝しそうな声を出した。「いえあの、博之さんがものもらい、できてて。目薬出してもらったそうなんですけど効かなくて、すごく気にしてらして」「へえそうなの。私がいたときはそんなのなかったけど……でも博之、なんでだか、昔っからしょっちゅうものもらいになるのよ」「そうなんですか？」「うん、そんな体質ってあるのかしらん。まあ目薬点すしかないんじゃない」義祖母のお乳が豊富に出ていた時代を知るわけもない義母だから、その治し方も知らないのは当然だ。義祖母によれば義母はお乳が出なかったそうだし、とすれば義祖母の代でその治し方は絶えてしまったのだろう。「母乳が」私が言いかけると、義母は聞きとれなかったような問合いで「うん？」と言った。窓の外が急に暮れ始めていた。

「いえあの、母乳が、ものもらいに効くって、前に聞いたことがあって……」「へ？　母乳？　何それ？　誰に聞いたの？」私は「私の祖母からです」と答え、「私が子供のころに亡くなりましたけど」とつけ加えた。義母は「ヘエー」と高い声で言った。「そうなの。民間療法ってやつね。初めて聞いた。それは惜しかったなあ」「え？」「ゆきちゃん、私ねえ、ものすごく母乳が出てね、博之育ててるとき」私は息を飲んだ。義母は高い声のまま続けた。「ものもらいに効くなら使えばよかった。冷凍でもして取っとけばよかったわ。あり余ってたんだもの」義母はいつもより早口のように思われた。「飲ませたあと搾らないと痛いくらいにおっぱいが出て、出て。挙句に腫れて痛くなって熱が出たりもして。寝てる横を人が通るだけで痛いの。博之は粉ミルクが駄目でね、おっぱいしか飲まなくって。あれは辛かったなあ。治るまでヒイヒイ言ったのよ」私は思わず「その、おっぱいが腫れたのは、どうやって治されたんですか？」と尋ねた。義母は間髪入れず「病院に行って、あとマッサージもしてもらったかな」と答えた。「彼岸花は？」「は？　ヒガンバナ？」

いつの間にか部屋は暗くなっていた。見舞いの花の残骸《ざんがい》の白さだけが薄暗い室内で浮かびあがっていた。「あの、これも私、祖母から聞いたんですけど、お乳が腫れたら彼岸花が効くんですって」私は話しながら電灯をつけた。部屋中が黄色くなり、沈んでいた家具や机の上に散らばったままの化粧道具などが濃い影を作った。夫がいない間に夫がいない分だけ散らかっている。義母はまた一段声を高くした。「彼岸花が？　うそ、そうなの？　じゃあ残しとけばよかったなあ、ゆきちゃんのために」「え？」「うちに咲いてた彼岸花、あれ全部抜いて処分したのよ、ついこないだ。彼岸花だけじゃなくて庭全体をね。ほかの木もいろいろ抜いたりして、均《なら》してもらったのよ、せっかくだから。ゆきちゃん、いつか子供ができたらプールでも何でも置いて遊ばせられるわよ。かけっこだってキャッチボールだってできるわよ。もう一軒、小さなおうちを建てることもできるわよ」「そうですか」私の声を聞き、義母は笑い声を立てた。「ははは、別に帰ってこいって言ってるんじゃないのよ。あくまでも可能性としてね……」

電話を切ってから、花を捨てようとオアシスから引き抜いた。ぱりぱりに乾いたもの、茶色く粘っているもの、手の甲に花粉がぱらぱら散った。最後に今朝方までしゃんとしていたはずの花を抜きとった。やや太い茎の上に、まくれあがったまましなびた細長い花弁、伸びたシベがぐるりと冠のようについている。私はそれをしばらく見つめた。それは白い、彼岸花だった。

延長

納屋《なや》の掃除を頼まれ恋人の家に行った。結婚も考えぬではない仲で、恋人が両親と住む家への訪問はこれが三度目だった。一度目はケーキ、次は手巻きずし、酢飯を海苔《の》《り》で巻きながら父親がナイターに上品な悪態をついていた。母親は離婚していて、恋人にとって今の父親は継父だと聞いていたが、その悪態を聞く限り、彼らはすっかりなじんだ家族になっているように思われた。三度目が納屋掃除というのが適切な速度かどうかわからないが、先方も結婚を考えぬではないということはわかった。それは一年以内には起こらないだろうが、十年後には一人か二人子供がいるだろう。そういう幅の未来として僕の頭にあった。「納屋にはもう十年、誰も入ってないの」「うち十年前にリフォームしたのね。そのとき壊すつもりだったのに、いろいろあって手が回らなくて、先延ばししてたら十年経《た》っちゃって」「私その年大学受験でね、よく覚えてる。大変だったな」「そうそう、家はごたごた、あんたはナーバスで。私の再婚とかもあってまたばたばたして」「誰も納屋のことなんて思い出さなかったの」母娘は互いの言葉尻《じり》を待たないテンポで喋《しゃべ》りながら僕を納屋へ案内した。父親は居間のテレビでデーゲームを見ていて掃除には不参加のようだった。

母親が小さな鍵《かぎ》で納屋の戸を開けた。嫌な臭《にお》いがした。十年分澱《よど》んだ空気というよりは、今まで誰かが料理していて、古い肉魚、腐った野菜などを加熱してしまったような臭気、しかしそれは急速に薄まりすぐ乾いた埃《ほこり》の臭いになった。「入って」僕が足を踏み入れると、母娘がほう、と息を吐いた。中は想像より整然としていた。埃の積もった段ボールの角は揃《そろ》い、横腹の『食器①』『本』などの文字も几帳面《きちょうめん》だった。背後で恋人が母親に「なんか拍子抜けするね」とかすれた声で言った。「本当。意外と、そう、きれい。さっぱりしてる……じゃあ、出しちゃってくれる？　箱」「いいですけど」僕は振り返った。二人は戸口から一歩下がった辺りに立っていて、中に入ろうとしない。狭い納屋だが三人入れぬことはない。僕の視線に「埃だめなの。アレルギーでしょ」「アレルギー？」「そうよこの子は昔から埃アレルギー」「だからごめんね」「本当にゴメンネ。じゃあよろしく」僕は借りた軍手をはめ、黙って作業を始めた。横目で、母親が恋人の肩を払っているのが見えた。

奥の方に一つだけ何も書かれていない傾《かし》いだ箱があった。異様に重い。隙間《すきま》から白い紡錘《ぼうすい》形のものがもたれ合っていくつも入っているのが見えた。ボウリングのピンだった。「ボウリング？」僕が呟《つぶや》くと、母親が「えっ？」と聞き返してきた。「いえ、ピンが……」母親は顔をしかめて恋人を見た。恋人はこともなげに「いらない、捨てよう」と言い、僕を顎《あご》でしゃくるようにした。今まで見たことのない、可愛《かわい》げのない顔つきだった。「これも外に？」「ん」ようよう運んだがねぎらわれるわけでもない。結局二人は納屋に一歩も入らない、外で「これ不燃？」「見て、ドラえもん目覚まし」などと言い合いゴミ袋を広げたり段ボールを潰《つぶ》したりしている。ピンも箱のまま触れることなく、僕一人が汗をかいている。軍手に一匹の黒い蟻《あり》が絡《から》まっていた。

作業が終わったのは夕方だった。「お疲れさま！　お風呂《ふろ》沸いてるよ」シャツの替えはあるが下着がない。「汚れてるのは外側よ。パンツはそのままでいいじゃない」タオルを渡され風呂場に直行させられた。むしろ僕が汚れもの扱いされているような気がした。湯は熱く、風呂場は清潔だった。黴《かび》一つない。母親はきれい好きなのだろう。そういう資質のどの程度が恋人に反映されているのか、僕は知っているようでまだほとんど知らないのだ。僕にくっついてきたのか、湯に黒い埃が浮かんでいた。掬《すく》い取ろうとしたが逃げた。湯気が浴室を満遍なく曇らせている。肩まで湯に沈めた。また黒い埃が、いや、何か変だった。水面に無数の黒い、ぎょっとして目を凝らすと「蟻?」立ち上がった足の裏がざらりとした。浴槽の底にも蟻、水滴を伝って髪から、排水口、タイル、蛇口にも蟻、蟻だらけだった。雑に体を拭《ふ》き下着をつけ飛び出した。「どうしたの?」恋人が居間から首を伸ばした。「蟻が風呂に!」母親が台所から走り出て「蟻?」と叫んだ。「今、風呂に」言いながらも、僕の肌の上を歩いている。必死に両手で擦《こす》った。しずくが散った。母娘は白い顔で見つめ合っている。「あのときの」「あの真っ黒い……」恋人が膝《ひざ》から崩れ落ちた。母親は濡《ぬ》れた手を口に当てた。嘔吐《おうと》しそうに見えた。「十年経っても出るなら」ふいに低い声がした。「納屋を潰してもあいつは忘れないんだろうね」テレビの前の父親だった。僕が目を見開くと、父親がパチンと両手を打った。「え?」押し出しで一点! 実況が叫んだ。まさかの九回裏、試合は振り出しに戻りました! 何度も頷《うなず》きながら、父親は「こりゃ延長だな」と呟いた。

動物園の迷子

入場門を入って数歩、ヒヒ山が見えたかどうかというところでもう子供は両腕を上に突き出して抱っこをせがんだ。私がため息をつくと、夫がすかさず「じゃあお父さんが抱っこしてやろう！」と大きく子供を抱きあげた。子供は身長が百九十センチ近くある夫に持ちあげられてアハハアと言い、腕を伸ばして何かを指したが、その対象が何か私にはわからなかった。眼下のヒヒ山ではなさそうだった。動物園は山の上にあり、園内にはかなりの起伏が残されている。入場門からヒヒ山への道は下り坂で、ヒヒ山は山なのにとても低いところに見える。しかも山の周辺は低く掘り窪《くぼ》まされているので、この坂を下り切ってもやはり山は低い。私が子供のころここに住んでいたのは顔の赤いニホンザルだった。それが、私が動物園に来なくなっていた十代後半から二十代の間に顔が黒くて鼻筋が四角く通ったヒヒが住むようになり、その名前もサル山からヒヒ山に変わっていた。入場門からは途切れなく人々が入ってきて、その大半が家族連れだった。祖父母が加わったりきょうだいがずらりと並んでいたり数家族で連れ立っていたり、若い女の子二人とアイスを舐《な》める男児の組み合わせは従姉弟《いとこ》か何かだろう。春の動物園は鮮やかだった。木々は黄色い新芽から濃い緑色に変わりつつあり、入場門付近に作られた花壇では色とりどりのパンジーが満開、マリーゴールドの濃いオレンジ色の花弁も盛りあがりめくれあがり陽光を反射している。今日は私の子供が歩けるようになって初めての動物園だった。動物園で興奮すれば楽しく歩けるのではないか……子供は同年齢の子供に比べて歩くのが遅かった。ほとんど二歳になるまでかかった。歩きたいのに歩けないのではなく、歩くということ自体を思いついていないような感じで、同い歳《どし》や一歳近く年下の子供がよちよち、すたすた、ぴょんぴょんと歩いているのを見ても、それが自分と関係があることだとは思わないようだった。移動したくなればはいはい、急ぐときは腕を伸ばしてそばにいる大人に抱くように命じた。ようやっと自分の足で立って歩けるようになり、ただ、それは可能か不可能かで言えば可能だというだけで本人の歩こうという意思は依然として感じられず、私がやきもきしていても全く歩かない日もあってそのまま二歳の誕生日を迎えそして子供はいまだに意味のある言葉も口にしない。マンマとか言ったような気がすることもあるが文脈からしてそれはご飯でもママでもなさそうなただの意味のない音節、私の持っている育児書にはすべて個人差だと書いてありながら、一歳三ヶ月時点で九割の子供が意味のある語を口にすると印刷してある。ヒヒ山のそばまで来るとちょうど飼育員が一人ヒヒ山に出てきたところだった。片手に薄切りの食パンが入ったバケツを持っている。「ママ、マンマ！」ごくそばで声がした。顔を向けると抱っこ紐《ひも》の中の小さな手足が見え、「マンマ、マンマ！」「そうねおサルさんマンマね、パンね」長い髪を一つに束ねた飼育員は一見女性に見えたが、一礼して張りあげた声は男性のものだった。「今からヒヒに朝ご飯です。今朝のメニューは食パンにサツマイモ、ニンジン、レタスです」飼育員は地面にまずパン、奥へ戻り新しいバケツを持ってきてサツマイモとニンジン、最後にレタスを撒《ま》いた。ヒヒは行儀がよく、撒いている途中のバケツには手を出さず地面に落ちたものだけを拾ってかじった。餌《えさ》を撒き終わった飼育員はまた一礼して戻っていった。襟元にマイクがついているらしく、そしてそれがオフになっていないらしく、しばらく顎《あご》と服が擦れるような音とため息めいた音声が聞こえプツンと途切れた。三歳くらいの子供がおサル、パン食べてる！ と叫んだ。別の子供がサルおイモ食べてる！ 空からは園内放送も流れてくる。ご来園ありがとうございます春の動物園は動物の赤ちゃんや子供がたくさん見どころ盛りだくさん、あたりは声で満ちていた。あれサルじゃなくてヒヒなんだよヒヒってなぁにまあサルなんだけどちょっとほら走らない迷子になるよまあちゃんまだ歩かないの慎重派なんだねえうちの子歩いたのはいつだったっけなあ一歳前かなうちは八ヶ月ヤマアラシ、シマウマ、マレーバクの子供もデビューうちの姪《めい》なんて六ヶ月ちょっとで歩いて逆に大変だったってもう歩かない方が楽だよ逆に羨《うらや》ましい朝から晩まで喋《しゃべ》ってるの相手するのが大変ねえどうしておサルニンジン食べないのまずいのちょっと聞かないわよね二歳超えてもはいはいどうして今日動物園って決めてたのに二日酔いなの馬鹿《ばか》なのあんまり本人にプレッシャーかけてもねはいはいっていうのは人体にとってとてもいい運動なんですよその期間が長いなんてむしろいいことだと言えるかもしれませんしどうか焦《あせ》らないこと小さい子供って身体の発達と頭脳の発達が連動してるんだってだから早く動けるようになった子は喋ったりする知能が発達するのも早い何がそんなに不安なの大丈夫だってそんなに心配なら病院連れてくか三歳児健診までの間にもし不安が増すようでしたらいつでもかわいい赤ちゃんたちの名前募集中ですお母さんの焦りや恐れやそういうものを赤ちゃんは本当に敏感に感じとりますからねどうかおおらかにおおらかに焦らずに信じてかーらーすーなぜなくのー空から、他の放送とはちょっとトーンが違う古びた歌声が流れた。からすはやーまーに……「迷子のお知らせです。世界のサルゾーン付近にて、たなか、しょうごくんという男の子の姿が見えなくなりました。六歳です。白いシャツにドラえもんのリュックサック……」動物園には時々来るが、園内でこの放送を聞かない日はない。前奏なしでこの童謡が歌い出され、やまに、のところでフェイドアウトして迷子のアナウンスになる。天気のよい休日などはひっきりなしに流れてくる。親が見失った子供を呼ぶ放送もあるし、子供が保護されて親を捜すパターンもある。読みあげられる服装や持ち物、氏名年齢、動物園は広大だから結構大きい子でも親とはぐれたらそう簡単に見つからないだろう。「朝からもう迷子か、大変だね」夫は鼻息のような声を出し「まあこはまだ迷子にならないからいいなー」と子供の髪の毛で自分の鼻をこするような仕草をした。子供はアハハア、足をバタつかせほぼ無傷の靴底が私の頬をかすめたような気がした。「ねえまあちゃん、ちょっと歩いてみない？　せっかくおばあちゃんがくれたいいお靴履いてるんだし、いちに、いちにってしようよ」私が伸びあがるようにして言うと、夫は指から爪《つめ》からすべてが巨大な手で私から子供をかばうようにしながら「まだ今日は始まったばかりなんだからいいじゃないか」「でも……そうだ、ねえ、せめてカメさんのところまで歩こうよ。すぐ近くよ。カメさん好きでしょ？　絵本で見たでしょ？」夫からむりやり子供をうばって人の少ない脇道《わきみち》に立たせる。子供はすぐに膝《ひざ》を内側に入れて座りこもうとする。ぴかぴかのベビースニーカー、一万円近くする高級品は一歳のお誕生日プレゼント、一年も箱入りのまま寝かされていたのにサイズぴったりなのはやはり足の発達が。迷子放送の残響がぼわぼわと漂う中、私は子供の前に回りこんで両手を握って「いちに、いちに」子供の足は動かない。私の声が聞こえているのか、私のことを好きなのか、なぜ歩かないのか喋らないのか、大人の足でなら五分もかからないリクガメ運動場へはいつたどりつくのか、いつかたどりつくのか。夫が何か言いかけるのより一瞬早く、私は「いち、に!」と叫んだ。

リクガメ運動場は閑散としていた。園内はごった返しているのにここには数組しか人がいない。わざわざこのリクガメ運動場へ来るためだけに、ヒヒ山からゾウへと流れる順路から外れねばならないせいかもしれない。多分みんな飛ばすマイナーな展示、先頭に立って明るく楽しく元気よく歩いていく子供が確信を持って「こっち!」と言わなければ僕も多分飛ばした。カメの形の看板を見つけると、子供は「うわーい、カメさんだぁ!」と歓声をあげた。看板には『リクガメうんどうじょう』と書いてあり、低い粗い柵《さく》で囲まれた運動場、その隣には小さな長方形の建物があった。そこそこの面積がある運動場には一面さんさんと日が差していた。カメは一匹もいなかった。子供が「あれえ、カメさん、いないね」と言って首を傾《かし》げた。一緒に来ていた義両親はさっさと運動場前のベンチに座りこみ、妻は僕と子供から少し離れたところに立って携帯電話を見ている。僕以外子供に返事をする意思がある人間はいないようだった。ちょうど飼育員が一人空のバケツを持って通りかかったので駆け寄って尋ねると、「運動場と屋内飼育室は自由に出入りできるようになってるんです。中の方が暖かかったりすると、出てこないんですよ」「でも、今日暖かいじゃないですか」「僕もそう思いますけど」まだ大学生のようにも見える頼りなげな顔つきの飼育員、他人事《ひとごと》のような言い方に少しむっとした。一応客商売なのだから、演技でもいいからもうちょっと愛想よくできないのか。「こればっかりはカメの意思なので……外にいないなら屋内飼育室の中でご覧ください」帽子を取ってぺこりと頭を下げる。一つ結びになっている黒い髪がばらりと前に垂れ、つむじのあたりが汗ばんで光っていた。立ち去った彼と入れ違いに、女子大生風の二人連れが楽しげに笑いながらやってきて「あれカメいない」と顔を見合わせた。僕は子供のところに戻った。子供はカメのいない運動場を、何が楽しいのかそれでも熱心に見ていた。女子大生たちにも聞こえるように大きめの声で「カメさん、中にいるんだってさ」と言うと、子供はたじろぐほど子供らしい口調で「ふぅーん、そうなんだぁ！」最近子供の口調に違和感があるというか、妙な嘘《うそ》くささが感じられてならない。やったー、動物園、わーい、うっれしいなあ！　言葉を発し始めたころの、たどたどしいけれどまぎれもなく子供自身が世界に触れながら紡《つむ》いでいた言葉はどこへ消えてしまったのか。子供はどんどんつまらない、月並みな存在に変化しているような気がしてならない。もしくは演技をしているような、しかし、誰のための何のための演技なのか。幼児番組の子役口調にも思われて、つまりテレビの影響ではないかとも思うのだが妻に言っても取り合ってくれない。「は？　テレビテレビってね、テレビ見せないとご飯も作ってられないの！」見せるなとも言っていないのにすぐ激昂《げきこう》する。別に一分一秒も見せるなとは言わない。ただ事実として視聴時間とその内容を尋ねているだけ、しかし、冷静に論理的にそういうことを言えば言うほど妻は錯乱する。こちらは黙らざるをえない。「だいたい翔悟《しょうご》と話するのなんて週末だけじゃない。何も知らないくせに」平日に子供と喋れないのは僕の咎《とが》ではない。もともとそういう職場で働いている僕を選んで結婚し子供を産んだのだから当然の話……それももう口にはしない。もっと幼いころにそういうやり取りを何度もして妻はその度実家に帰り義両親がしゃしゃり出てきて君もどうかと思うぞ短気は損気と言うだろうあの子は今産後で不安定なんだから第一駐車場は満車です第二駐車場も満車です第三駐車場の縦列スペースなんでこんなに遅くなったんだろうね誰かさんが二日酔いで起きないのふつかよいってなあにカメ中にいるんだってこんなにいい天気なのにもったいないねなんで明日動物園って決めてたのに飲むの阿呆《あほう》なのあっほら見てカメ出てきたよほら見て偉そうに指示しないでよわあ大きい僕も嫌いな方じゃないがね自分の適量はわかっているつもりだよお父さん僕といっしょにあっそぼうようして他のカメ外に出てこないのかねえどうしてそんなに仕事が遅いのに飲み会にばっかり出るのカメ一匹だとなんかロンサムジョージみたいな感じだね何それ男の人も育休とれる時代なんでしょうもうちょっと家のことも子供のことを割と最近死んだんだけど最後の一匹になっちゃったカメえーさみしいもうちょっとうちの娘のことを大切にしてやってもらえんかねじゃ絶滅しちゃったんだ子孫残せないもんね僕動物園に行きたいよさみしいねでもね一人でさみしいのって慣れるからねでもさみしいよ日曜日に行こうよみんなで行こうよはぁなんで私が自分の親誘うのにあなたの許可がいるわけそろそろお昼にしよっか私明日の朝何時に起きてお弁当作ると思ってるのどうしてそんなに酔ってじゃあねジョージまたねーいちに、いちに、屋内飼育室の中から女性が低く腰を落としながら後ろ向きに歩いて出てきた。どうしたのかと思うとようやっと歩き始めたばかりらしい一歳くらいの幼児と向かい合い、手を引きながら歩いているのだった。脚と股関節《こかんせつ》と上半身の連動がまだ自動でないころ、うちの子供にもあんな時期があってそれは時間的にはついこの前のような気がするのにもう決して戻れない過去なのだ。母親の顔はひたむきで、その後ろからひょろ長い感じの父親がぴったりついて、子供を守るように腰を落としながら歩いている。目が合うと、お互い休みの日に家族サービス大変ですよねというような顔で軽く会釈《えしゃく》をされたので苦笑した。多分何かがそちらとはもう決定的に違ってしまっているのだ。「ねえお父さん、僕たちも、中に、入ってみようよ！」子供がたっとドアの中に駆けこんだ。妻も義両親も動かない。僕は待て待てと言いながら中に入った。なるほど中はむっとするほど暖かい。ガラスで隔てられた小部屋がいくつかあってそれぞれにカメがいた。巨大なカメにビー玉くらいのカメ、種類が違うのか子供なのかオスメスなのか、様々な大きさに模様に色のカメがオレンジ色のヒーターに群がりひしめいている。子供はろくにカメを見もせずガラスにぺたぺた手をくっつけながら狭い通路を行き来している。何か音が聞こえた。ゴッ、ゴッ、ゴッ、ゴッ、鈍い音、石同士をぶつけるような、断続的な、乾いた重たい音だった。子供も気づいたらしく急に不安そうな顔になり立ち止まると「おかあさーん」妻が慌《あわ》てて飛んできて真っ先に僕を睨《にら》みつけた。僕じゃない。「変な音がするよ！」「音？」妻は眉間《みけん》にしわを寄せたまま首を捻《ひね》り、子供が「こっちだよ」と言って妻の手を取り、狭い屋内飼育室の通路を走った。音は途切れない。とても重たい、悪意を感じるような音、「あ……」妻が異物を飲みこんだような声を出した。「ねえお母さん、カメさん……」妻がすぐに「けんか」と言った。けんか？　僕も近づくと、灰色のごつごつした甲羅のカメが一匹、同種のカメの上に乗っている。そして下半身というか、甲羅が途切れたその下の部分を下のカメに打ちつけるようにしている。「けんか？」「そう」「痛そうだよ、かわいそうだよ」甲羅と甲羅が擦れ合う音、上のカメも下のカメも丸くて黒い目を開いたまま、今分泌《ぶんぴつ》されているのか関係ないものなのか、二匹のカメの下の地面が黒く濡《ぬ》れていた。僕は思わず妻を見た。妻は子供の手を乱暴に引っ張りながら「ほらもう、ご飯にするよ、さっさと行かないと日が暮れるよ、こんなカメなんかに時間とって……」そして歩き出しした僕をぎろりと睨みつけた。ゴッ、ゴッ、ゴッ、ゴッ「どうしてカメさんけんかしてるの？」「カメ語習ってカメに聞いてほら行くよお腹空《なかす》いたでしょ！」まるで連れ去られるかのような顔をして子供が僕を見た。僕は大きな声で「おいしいご飯の後はゾウさんだぞ！」声は狭い飼育室に妙に響き、甲羅の音は途切れない。

まゆのお弁当はびっくりするほど簡単で、ゆで卵に炒《いた》めウインナーにおむすびときゅうり。おむすびは具なしで上にふりかけが撒いてあってきゅうりは縦二つ割りを四等分くらいに切ったのの下にマヨネーズが敷いてあった。それと、みかん二つ。「これ最後のみかんよ」「そうなの？」「うん、箱に二個だけ残ってたの」私は、卵焼きだけでもチーズとパプリカ入りでカラフル、その上ピクルス作ってハムで巻いてみたり、白ご飯と混ぜご飯でおむすびも二色、フライドチキンなんて昨日の夜から下味に漬けこんで朝揚げて髪が油くさくなったからシャワーを浴びて、その気合いが恥ずかしくなったけどでもまゆは屈託なくこれ何、わあこれも作ったのすごいね、などと言いながら食べてくれた。「チキ料理が上手だね。どれもおいしい……はい、ご馳走《ちそう》の後はみかんがさっぱりするよ」手渡された、色は鮮やかだけどしなびかけたみかんは、甘くなくて酸《す》っぱくもなくて水気もなくてキシキシしたけどそれでもおいしかった。私がヘタを取ってピックを添えて別容器に保冷剤つきで持ってきた大粒のいちごより全然おいしかった。恋ってそういうものだ。「食べたら暑くなった」と言いながら薄い色のシャツを肘《ひじ》のあたりまで捲《まく》りあげる、その手首にある腕時計は、前付き合った彼氏からもらったものだと聞いていた。感じのいい一年先輩の男の人「付き合ったらそうでもなかったよ、割と横柄《おうへい》だった」私が、時計は今まで通りつけててと言ったのだ。嫉妬《しっと》していると思われるのが怖かった。いや、ただ嫉妬と言い切れるものだけじゃなくてもっといろいろ怖かった。生まれて初めての恋人、初めての、大学の行き帰り以外のちゃんとしたデート、幸せすぎて怖いというのだったらいいのに多分ちょっと違う。お昼を食べて次はアフリカゾウだったのだが、大人気ですごい人だかりだったので通り過ぎながら横目で見るだけにした。ゾウがいるのは檻《おり》ではなくて広い砂地で、岩があったり木が植わっていたり、浅く水が溜《た》まったプールのようなものは水浴び用だろうか。ゾウがいる場所と私たちがいる順路との間には土手のような高低差があって遠く、ゾウはとても大きいはずなのになんだか大したことがないような、せいぜいワゴン車くらいのような感じ、肩透かしをくらった気がしてそれを口に出そうとした瞬間、子供の甲高い声が「わーっ、ゾウ、とっても、大きいね！」と叫んだのが聞こえたのでハッとした。ゾウを見ているきっとまん丸な目、澄んだ黒目、子供の目に大きいならゾウは大きいのだ。それが正しい。その新鮮な驚きを私はいつなくしてしまったのだろう。それとももともと持ってなかったのだろうか。好天気の休日で、あたりは家族だらけだ。家族しかいないと言ってもいい。はしゃいだ子供、微笑《ほほえ》むお母さん、走る子供をつかまえて抱きあげて高く掲げるお父さん、ベビーカーを押すおばあちゃん、孫に引っ張られるおじいちゃん。親はなんとか子供たちを動物と同じ画面に入れて撮影しようとあちらに立たせたりこちらに動かしたりしていて、でも人は多いし動物は遠いしお互い動くしでなかなかうまくいかなくてその度に笑顔を作ってピースをしなおす子供たちの健気《けなげ》さ「子供も大変だね」とつぶやくとまゆが「あ、さっきのカメのところの?」と声をひそめた。「カメ?」「あれ、違う? ロンサムジョージのところでさ、なんかお母さんとお父さんが仲悪そうでソッポ向いてたの、子供の目の前で。ああいう家族にはなりたくないよね」ああいう家族にはなりたくないのならああでない家族にはなりたいということで、それは当たり前だ。当然だ。だってまゆは普通の女の子で、私だってもちろん、普通の女の子ではあるのだが。私が初めて恋をしたのは中学にあがる少し前で、それから何度か失恋(というか、玉砕はなくてただ片思いが終わっただけ)した相手はみんな女の子で、そして、大学で一緒になったまゆが先輩と別れたと聞いた飲み会の帰りに思い切って告白したら、まゆは「そんな風に思われてると思ってなかったから普通にびっくりしたけど。チキのことは好きだから、いいよ」と言ってくれた。もう三ヶ月、新歓関係も落ち着いたし気候もいいしでやってきた動物園、溢《あふ》れかえる家族、カップルなんてほとんどいないし女の子同士なんて皆無だ。「みんな楽しそうだね」「え、私らも楽しいじゃん」笑うと見える小さな八重歯、ゆるくゆるく巻いた髪がゾウの糞《ふん》混じりの風になびいて毛先が私の頬に触れる。私はとても楽しくて幸せでないといけないのにどんどん薄暗い気持ちになってくる。大声で呼ぶ子供たち、呼びかけられる親たち、のんびり鼻を揺らすゾウ、三頭のうち一頭が小柄で多分子供なのだろう。ゾウの親子、動物園には檻の中にも外にも家族しかいない。ゾウ餌やり体験コチラというボードを持った飼育員さんが立っていて、その周囲にさらなる人だかりができていた。子供が一人「わあ僕も餌やりする！」と叫び、飼育員さんが困った顔をして「すいませんこれ整理券がいるんですよ」「え、その整理券っていうのはどこでいただけるんですか？」母親がきびきびした口調で尋ねた。気弱そうな飼育員さんは「開園と同時に入り口のところで配布して……でももう満員なんです」と言いながら頭を下げた。「それってどこで告知されてたんですか、新聞？」「いや……園のホームページですとか」飼育員さんの困った声と母親の早口が遠ざかってからまゆが「今の飼育員さん見た？　結構男前だね」と言い、私はどきりとしたが普通の声で「バンドでもやってるのかな」と答えた。「バンド？　どうして？」「だって今時髪長かったよ」あはは今時ってでも長髪でバンドっていうのも今時どうなの発想としてチキって最近まゆと仲いいよねまゆ先輩と別れたって本当なのどうせまゆが振ったんでしょまゆって絶対もてるもんねえこっち見てはいチーズほらチーズねえチユキあんた彼氏とかできないのできたらすぐ紹介してよ連れてきてよ私おうちに娘の彼氏招いてご馳走作るの夢なんだからゾーウさんゾーウさんねえゾウさんどうして鼻長いのおいいらんこと言うなよ大事な一人娘が変な男に引っかかった方が困るだろ進化かな進化って何まゆさあバイト先の社員の人から告られたけど振ったって聞いた環境に適応したやつだけが生き残って子孫残すからそういうのを進化っていうのえーわかんないわかんないよなお父さんもわかんない今付き合ってる人いるって言ってたよえーまじで誰それ誰年上年下最近まゆってチキとばっかり一緒にいるねまゆがそう言ったの嘘でしょ本当だって本当にもう歩かないのねえそれってでもだってチキってゾウさんくさーいくさくないようんちくさいだってチキってたいやそもそも付き合って三ヶ月で陥る不安じゃない。学生カップルなんて大概卒業までに別れてしまうのだ。袋小路、こんなことを一人でぐるぐる考えるなんて無駄だ。今を楽しめ。だったら告白なんてしなきゃよかったのだ。ずっと片思いをして、多分今まで通りに幸せだったのに。自分だけの恋、自分だけの気持ち、相手の幸せなんて別に願わなくてもいい。さみしいのにはちゃんと慣れる。「ねえなんでこの曲が迷子なんだろうね」急にまゆが言った。「え？　迷子？」「かーらーすー、なぜなくのーって、今、迷子放送」言われてみれば今日何度目かわからない迷子放送が終わるところだった。全然頭に入っていなかった。「迷子だったらほら、まいごのまいごの子猫ちゃんとか」「まいごのまいごのじゃちょっと……迷子はさみしいからさみしい曲なんじゃないの」「チキなったことある？　迷子」「ない、多分」ゾウの展示は広いというか長い。通り過ぎようとしたのにいつまでも終わらない。途中に売店が出てアイスやジュースを売っているくらい長い。家族連れも途切れない。あらゆる場所から狙《ねら》われるシャッターチャンス、かわいい我が子とゾウの鼻「私も多分ない。私ね、すぐどっかに一人で走ってっちゃうような子供だったはずだけど、でもうちのお母さん、いつも気づいたら後ろに立ってるんだよね」まゆからはみかんのにおい、化粧品のにおい、あたりがどれだけ糞くさくても毛皮くさくても漂ってくるまゆだけのにおい、肌に触れ合ったことはまだないけれど、友達として隣に立っていたときには気づかなかったような湿度を持った気配「ねえチキさあ」まゆの顔がとても近い、黒目に映る私、精一杯おしゃれをしてきた私、まゆの鼻の脇にある小さな小さなほくろ「何？」まゆは笑って不意に私の手を取った。こんなにたくさんの家族の中で、まゆと手をつないでいる、ぐいと引っ張られる、私の胸がちょっと止まった。「今日は最後までいようね」「閉園するまで？」「ううん、最後まで」まゆが私の手を引っ張りながら言い、まるで見知らぬ生き物のようなまゆの手、冷たくて熱くて柔らかい、いつの間にか手首から腕時計が消えていた。

飼育員になって真っ先にしたのは二つ、タテガミのある珍しいサルについて先輩に尋ねることと展望台に登って景色を見ること。前者はそんなもん聞いたことがないしましてこの動物園にはいたことがないと一蹴《いっしゅう》された。後者も簡単なようで、もちろん客として訪れた動物園で展望台に登ることはなんでもないが、僕が見たかったのは夕暮れの景色、閉園は十六時半だから春夏にそれを見ることができるのは飼育員の特権だ。仕事の合間を見て駆けあがり、見下ろした動物園、人波は消え動物たちは小さなおもちゃのよう、僕は何度も息を吐いた。戻ってきた、いや、もしかして、僕はあれからずっと動物園にいたんじゃないか、ずっと動物園の中を走り回っていたんじゃないか。それはとても珍しいサルで、体は黒白の模様の毛皮に覆《おお》われ、尾が長く鼻先が尖《とが》り、目がまん丸い。一番の特徴は頭頂部から背中にかけてタテガミのような毛が生えていることで、根元は毛皮に準じた黒白なのだが、それが先端にかけて鮮やかなオレンジ色になる。高い檻の中には丸太が転がしてあったり上からぶら下げてあったり、ハンモックや吊《つ》り橋状に編まれたロープも渡してあった。そこに十匹前後いただろう、ぶら下がったり駆けあがったり毛づくろいをしたり、一番小さくてまだタテガミのない子ザルは母親の胸にしっかりしがみついていた。僕はそのサルにしばらく見とれ、そして感想を告げようと思って息を吸いこんで笑顔を作って振り向いた。そこには誰もいなかった。いや無数に人がいて、しかし、そのどれもが知らない人だった。確かに後ろにいたはずの両親はどこに行ったのか。僕は一度、何事もなかったかのように前を向いてまたサルを見あげた。ギャッギャッと鳴き声が聞こえ、一匹がロープから逆さにぶら下がって僕を見た。小柄だが赤ん坊ではないサル、ぱかっと開いた口の中がピンク色をしていた。僕はもう一度振り向いた。やはりいなかった。母親でも父親でもない人しかいなかった。僕はそっと檻の前から離れた。待ち構えていたように別の男の子が僕がいた場所に滑りこんできて「お母さん、変なサル！」と叫んだ。僕は今来た道を見た。緩い坂を下りてきた、だからここから見ると登り坂、びっしりと人人人、そして先の道も見た。別のサルの檻がいくつか並び、茶色いサル、赤いサル、真っ黒いサル、その前にもたくさんの人がいて、僕はリュックの肩紐を両手で握りしめた。後ろから来た別の子供が「もう歩けない！」と言った。おしっこしたいホワイトタイガー買って抱っこしてサル怖い外食したい遊んで遊んで遊んでケンカしないでこっち見てねえ見て助けて僕は走り出した。来た道ではなくて新しい方の道、誰にもぶつからずに人混みの中を高速で走る、僕の得意技なのに母親はいつも嫌な顔をする危ないでしょ迷惑でしょシュッシュと人を避け、ぶつかる寸前でかわす、背負ったリュックサックがカタカタ鳴り悲しそうな女の人の歌声が空から聞こえてきてびくりとした。なぜ泣くの。からすは山に……迷子のお知らせです。脚が止まった。すみよし、あかねちゃんという女のお子さんを保護しています……僕はすみよしあかねじゃない、その瞬間、ホッとしたので驚いた。僕はまた走り出した。動物園には何度も来ているけれど、こうして一人で走っていると全然違う場所のような感じがした。ツキノワグマは丸太を両手で抱えてガリガリとかじっていた。横たわったライオンにクルミほどもある巨大な虫がたかりぶつかりパチパチという音をたてていた。白黒のバクがおしっこを霧のように吹きつけ観客が悲鳴をあげていた。何度も迷子の音楽が流れたが、どれも僕の名前を呼びはしなかった。小鳥舎の檻の網目に顔をくっつけた子供が歌に合わせて「からすはやーまぁーにーぃ、とーじこめられちゃったぁー」と歌っていた。小さな鹿《しか》が狂ったようにぴょんぴょん跳ね回り互いの尻《しり》を噛《か》んでいた。小さな小屋の中に無数のハクビシンが折り重なって眠っていた。白く隈取《くまど》られたような目、閉じていると思ったら不意に一組が開いてパチリパチリ、隣り合ったフクロウとハヤブサが小声で何かを言い合い、緑色の池はそばを通っただけで無数の魚が浮かびあがって丸い口をポカポカ開けた。気づけば人気のない方ない方へと走っていた。細くて急な階段を駆けあがった先には見たこともないほど大きなツノを生やした動物がのっそり水浴びをしていた。動物園は夕暮れだった。あちこちがオレンジ色になっていた。その動物はゆっくり首を揺らしながら立ちあがり、軽く身震いして水を散らすとこちらに尻を向けて歩き出した。尻に赤い禿《はげ》があった。さらに奥にあった階段を登った。誰もいなかった。誰もいなくなっていた。もう動物園が閉まる時間なのかもしれない。階段が終わるとそこは開けたところだった。動物園が見下ろせた。山のてっぺん、申し訳程度の空き地にあずま屋があってベンチがあった。空はいよいよ濃く赤く、ゾウもキリンも豆粒のようだった。その隙間に灰色の埃のようなものが見えた。ぞわぞわと動いて、あれが人なのだと思った。どこかへ向かっているというよりこの中で循環しているもののように見えた。あの中に両親がいるのかもしれない。いるだろうか、いやいないのではないか。もう帰ってしまって、だって僕は迷子じゃなくて捨て子なんじゃないか、急に閃《ひらめ》いて僕は笑い出しそうになった。だから誰も僕を呼び出さない。僕も捜さない。いろいろなことが腑《ふ》に落ちた気がした。両親のいさかう声、不機嫌な母にくたびれた父、すり抜ける僕の笑顔、言葉、息を吸って吐いた。草のにおいとかすかな動物のにおい、全然くさくなんてない。僕はいつまでもそこで立っていた。遠くに山が見えそこに夕日が沈んでいった。ウォーォロロン、ウーォーォーロン、何かの動物が吠《ほ》え、あたりは薄暗く、空に星が光りだした。ケ、キャーケ、ケ、キャーケ、ケ、ケ、ケ、ケ、ホーゥホーゥホーゥ、ギャギャ、僕はベンチの上に立ちじっと目を開いていた。動物園内はほとんど真っ暗で、ところどころに赤や緑の光があった。月が大きかった。誰かが遠吠えをした。うっすらあたりが白み始めたころ、急に人の声がした。山はまだもやがかかっていて、空に朝日が見えるかどうか……ズックのつま先が露に濡れて冷えていた。「あれ」階段を登ってきたのは若い女の人二人連れで、僕を見て目を丸くした。「先客がいた」「本当だ、あれ、ねえ一人?」見つかったと思った。逃げ出したかったが道はその細い階段だけで、女の人に塞《ふさ》がれている。僕は「迷子じゃないよ!」と叫んだ。「え?」「僕迷子じゃないよ」女の人たちは顔を見合わせてから「でも、一人?」僕は頷《うなず》いた。「一人で来たの?」咎める風でもなく、どちらかというと笑みを含んだ声だった。僕は首を振って、そして説明した。両親と来たこと、しかし捨てられたこと、でもそれで自分は満足しているということ、ここで一夜を明かしたが何の問題もなかったこと、だから大丈夫だということ……二人はまた顔を見合わせ、そしてけらけら笑いだした。「ちょっと僕、背中見せて……ほら、リュック、ドラえもん」「本当だ……君、捜されてるよ、何度も放送、あったよ」僕がきょとんとすると、二人はつないでいた手をほどいて、僕に差し出した。「お母さんたち心配してるよ、戻ろう」「でも」風が吹いて、女の人の髪の毛がさっとなびいた。僕ははっとした。あたりはすっかり明るかった。日がきらきらと二人の髪の毛に光った。早朝の光ではなかった。「アイス食べよ、私たちここに登ったらアイス食べて帰るつもりだったの、一緒に行こう」僕は手を出して、両手をそれぞれの女の人とつないだ。片方は冷たくて片方は温かかった。階段が狭いので女の人は体をねじって難しそうな体勢だったが面白そうな顔をして「でも君なかなかやるね、展望台にあがって全体を見渡してみたわけね」「どうだった、上から見たら。絶景？」「なんかみんなぐるぐるしてた」三人で手をつないでいる僕たちを、時々人がじろじろ見ていったが女の人たちは平気そうだった。「ねえ……今何時？」「時計ないからわかんないな」かーらーすーなぜなくのーからすはやーまーに……「ほら」迷子のお知らせをいたします……僕は空を見あげた。どこにあるのかわからないスピーカーの音は鮮明だった。僕の名前が呼ばれ、白いシャツを着ていること、ドラえもんのリュックサックを背負っていることなどが告げられた。「お見かけになった方は動物園事務所までお願いいたします」「事務所って入場門のとこよね、ほら君、ちゃんと心配されてるよ」途中、ゾウのそばの売店で女の人はバニラアイスを二つ買って一つを僕にくれ、歩きながらもう一つを二人で舐め始めた。僕が目を丸くすると「私たち、家族だから」「家族？」姉妹なのかと思って僕はアイスを舐め舐め先へ進んだ。動物園に入って最初のサル山のところまで戻ってきた。サルは日陰に入って毛づくろいをするか、日向《ひなた》で眠っていた。二人はアイスを食べ終わっていたが僕のはまだ残っていた。入場門は坂をあがってすぐで、その脇にあるドアが多分事務所なのだろう。「食べ終わったら一緒に事務所に行ったげるね。おいしいでしょ」「おいしい」「自由の味がする？」「へ？」「いや何でもない」女の人の片方が照れて、片方が笑い、「家族の味がする？」その後僕は両親に引き渡され二時間も迷子になっていたのだと告げられ帰宅した。たった二時間、濃いオレンジ色にはまだ間がある園内を見下ろしながらゴムを解いて髪の毛をなびかせる。園内の客は一人残らず帰宅したはずだ。そうでなくてはならない、でもそんなことがあり得るだろうか。夜までそして朝までここにいたかったがそうもいかない。僕はまた階段を駆け下りて、檻の中の動物たちのもとへ急いだ。

うかつ

オートロックを解除すると、集合の郵便受けの前に若い男性が立ちすくんでいた。見覚えのあるようなないような、とはいえオートロックの内部にいるのだから住人だろう、僕は軽く会釈《えしゃく》をした。Tシャツにジーパン、素足にサンダル履きの若い男性は薄笑いを浮かべて僕に「あの……」と言いかけた。「は？」「あの、うち、二〇二、なんですけど……」「はあ」男性は二〇二号室の郵便受けをゆっくり指さした。その取り出し口に細長い甲虫がとまっていた。親指ほどの大きさの甲は黒地に白い斑《まだら》、長い触角がゆらゆら揺れている。「あ、虫？」「すいません、自分虫が駄目で……中に郵便入ってるんですけど、多分役所からの通知、急ぎで……」大の男が、虫が怖くて郵便が取れないというのも情けない気がしたが、ちょっとかわいくもあった。僕は別の住人が捨てていったらしい投げこみの不動産チラシが下に落ちていたのを一枚手に取り、その虫と郵便受けの隙間《すきま》に差しこむようにした。一瞬、虫は思いのほか強い力で郵便受けにしがみつこうとしたが、すぐに諦《あきら》めチラシに六本の脚を移動させ、心地いい向きを探すように少し尻《しり》を動かしてからじっと動かなくなった。僕はチラシを元あった場所に置いた。湾曲し垂れさがった触角がチラシに触れ細かく震えていた。若い男性はホッとした風に息を吐き、片手で自分の口元を撫《な》でた。左手の薬指には結婚指輪が光り、鼻の辺りにニキビの痕跡《こんせき》がある。僕より十は若いだろう。「や、すいません……」「いえいえ。オートロックの中に入っちゃったんだね」若い男性はまるで毒液でも残されているかのように爪《つめ》を立てて郵便受けの暗証ダイヤルを回しながら不満げに「自分最近越してきたんですけど、ここ虫多くないですか」と言った。「まあ、郊外だし、一晩中電気がついてるし、寄せるんでしょうね」僕は答えて自分の部屋番号の郵便受けを覗《のぞ》いた。今虫をどけるのに使ったのと同じ投げこみチラシが入っていた。建て売り二階建て二千万円台〜「いやちょっと本当、物件見にきた時は全然思わなかったんですけど、夜とかほんとに……虫とかコウモリとかわけわかんない小さいとかげみたいのとか」「ああ、結構いますね」「何か勘弁して欲しいんですけど」若い男は封筒に入った郵便物、不在連絡票らしい小さな紙などを次々取り出した。「こないだとか、部屋に蛾《が》入ってきて嫁と子供とパニックになって」「お子さん、いるんですか」「三歳のボーズが」三歳の子供がいるようにはとても見えない若い男は無造作に不動産チラシを下に落とした。さっきの虫が今捨てられたチラシに触れて飛び立てば面白いのだが、静かに触角を震わせているだけだった。「網戸閉めてれば入らないですよ。入ってきたところで、別に嚙《か》んでくるわけでもないし毒もない」「毒、ないすか」「多分ね。というかね、気にしなきゃいいんですよ、僕らもう四、五年になるのかな、住んでますけどね、実害はないです。逆にきりがないですよ、気にしてたら。勝手にわいてくるもんなんだから、見なければいないのと一緒」「見ないって……難しいですよ、多分、いやでも、本当、すいませんでした。助かりました」大事そうにいくつかの封筒を胸に抱き、ぺこりと頭の先だけ下げるようなお辞儀をして、若い男は一階に停まっていたエレベーターに乗りこみ中から首を突き出して「乗ります？」と言った。「いや、どうぞ」僕は若い男がいなくなってから郵便受けのダイヤルを回し、中のチラシを取り出した。要らないものでも、共有部分にごみを放置するのを僕はあまり好まない。新築、中古、駐車二台可、不動産チラシの青いゴシックのフォントを握りつぶし僕はさっさと一段飛ばしをして四階まで駆けのぼった。いくら多いといったって、革靴でなら踏んでも気づかないような細かな虫ばかりだ。生きているのか死んでいるのかだって判断できないような生物、今の彼だって多分じきにその存在を忘れる、それは鈍麻ではなく成熟と呼ぶべきだ、何かが小さくチチと鳴いた。頰に粒のようなものが当たってすぐに落ちた。食事の匂《にお》いがする階もある。まだ明かりのついていない部屋もある。間取りから考えてまず単身者は住んでいない。夫婦共働きで残業の家々……常夜灯を見上げればきっと飛んでいる無数の小さな羽虫らが目に入る。わざわざそこまで高く見上げねばいいのだ。

「ただいま」ゴトッと重たい音がして玄関に電気が点《つ》き、ゆらゆらと妻が出てきた。巨大な腹を抱えている。「おかえり」「体調は?」「うん、大丈夫」妊娠前はまず選ばなかったような明るい空色にぷつぷつと白い結び目のようなものが浮いた布地のワンピースが腹のところで丸く膨らんでいる。もうできないのかと思っていたさなか唐突な感じで授かったのは双子で、妻は体調を崩し一時入院していたが今は自宅安静、産育休を前倒しで取得していた。家にいるようになってから徐々に妻の顔色はよくなり、今は動くことの億劫《おっくう》さとひどい空腹を訴える以外はむしろ健康そうに見えた。料理もできるようになった。野菜と卵を入れたインスタントラーメンからの解放……僕は日課になっている、妻の腹に手を当てる仕草をした。「今日はすごく動いて……昼寝してたけど起こされて」妻はそう言って薄く笑ったが、僕の手には何の振動も感じられない。ただ丸く熱く張り詰めているということだけが感知された。本当にこの中に我々の子供が、しかも二人も存在しているのだろうか。てんでに蹴《け》ったり動いたり大きくなったりしているのだろうか。「もうすぐご飯できるから待っててね」僕は手洗いとうがいをしジャケットを脱いで食卓に座った。「チャンネル変えていい？」「うん、見てないからどうぞ……あっ、その前に窓開けてくれる？　寝室の」「いいよ」六畳間、僕の分の布団《ふとん》は畳み壁際《かべぎわ》に寄せられているが妻の方は今や万年床になりかかっている。上がけが中に犬でも寝ていそうな形に乱れ膨らんでいた。それをまたいで手を伸ばし窓を開けた。地上では感知できなかった風がふっと室内に吹きこみ、いつの間にか模様の白い水玉があせて溶け消えそうになっている黄色いカーテンが揺れ僕を撫でた。

　結婚によって取得できた休暇は一週間、それに盆休みを足した約二週間で我々は結婚式と披露宴と新婚旅行と今住んでいる部屋への引っ越しを済ませた。当然ながらばたつき、寝室のカーテンがないことが判明したのは引っ越して数日後だった。いや、内覧の際に計測した数値ではそれまで妻が一人暮らししていた部屋で使っていたピンク色のカーテンがちょうどいい大きさだったはずなのに、いざつけてみると全くの寸足らずで、窓の下数センチが覆《おお》われないことになってしまったのだ。とりあえずそのカーテンを間に合わせにつるし、きちんと正しい大きさのものを買わねばと思ううちひと月ふた月経《た》ち、気づけば夫婦そろって寸足らずのカーテンに慣れてしまった。四階の窓は外からの視線も気にならない。朝日が射《さ》して眩《まぶ》しくて困るという方角でもない。積まれたままの引っ越し段ボールがいつしか家具めいて部屋に馴染《なじ》むように、下が剝《む》き出しになった窓もそういうものとして我々の生活が回り始めていたある日、僕が帰宅すると上はブラウス下は部屋着ズボンという格好の妻が駆け寄ってきて「やもりが！」と小さく叫んだ。「やもり？」「窓に、寝室の窓にくっついてるの」窓の下部、ちょうどカーテンが途切れたところには確かに四足の生物がとまっていた。妻の狼狽《ろうばい》からてっきり室内側の窓にくっついているのだと思ったが、こちらに見えているのはガラス越しのその腹だった。僕には生物がとかげだかいもりだかやもりだかよくわからなかったが、妻は確信を持っているらしく「やもりよ」と言った。顔を近づけると白くぽてっとした腹には微《かす》かなたるみのひだがあり、手足の付け根には赤ん坊のそれのようなふくらみがあった。僕が軽くガラスを叩《たた》いても動かない。目を凝らしたが、呼吸をしているような動きも見えない。「死んでるんじゃないの」「昨日の夜からよ」「え？」「昨日の夜からくっついているの。もう丸一日になるの」だったらなおのこと死んでるんじゃないかと口にする前に妻が「取って」と言った。「どうして？」「カーテンで隠れないし、窓も開けられないし、こんな裏側見るの嫌なの」妻は異様に重々しい顔をしていた。僕はジャケットを脱ぎながら思わず笑った。「取るったって、窓の外側で、そんなわざわざ」勢いよくカーテンを開けてみたが動かない、どんどんとかなりの力でガラスを叩いても、窓枠を持って窓全体を揺らすようにしてもワッと叫んでもぴくりともしない。もしかしたら精巧なフィギュアかもしれないと思ったが、ガラスにくっついた五本指、その先端の質感は人工物ではなさそうだった。「まあ、かわいいもんじゃない、小さいし、一日二日窓開けなくたって」台所では何かが煮立っているぶくぶくという音がした。酢のような匂いもした。総じて妻の方が帰宅が早い。僕の方が早ければ夕食を調理する気持ちはあるものの、実際にはほぼ妻が作っていた。その方がおいしいし健康的なのだ、僕には酢の使い方なんてわからない。「一日二日かどうかわからないじゃない。ずっといるかもしれないじゃない」「まさか。まああとで考えよう、そりゃ取るのは簡単だけど、取ってみて、死骸《しがい》だったらそれこそ気味が悪いじゃないか」「生きてるよ、生きてるからああやってしがみついてるの」ピーピピーピピピ、炊飯器が鳴った。妻ははっとしたように僕に手を伸ばし「先にお弁当箱出して」と言った。その手はわずかに濡《ぬ》れていた。

布団に体を横たえるとやもりの白い指先が青黒い夜の大気に浮かび上がった。それは存在というより気配とか空気に混じった匂いとかそういう種類のものだと思った。僕は昨夜も今朝もそれに気づかなかった。そもそもマンションの外壁に蛾やカメムシがとまり窓にやもりがくっついているような場所だからこそ街中より数万円単位で家賃が安いわけだし、我々が新居として、そしていずれ生まれる子供を育てる場所として選びえたわけだ。緑が多いし、すぐ近くには児童公園があり、駅までは遠いものの車を使えば十五分で大きなショッピングモールも家電量販店もある。日本に今無数にある郊外の住宅地、治安もいいし高層建築が少ないので日当たりだっていい。最初は僕もその虫の多さに驚いたし、そういうものが苦手な妻は身をすくませた、しかしすぐに二人とも慣れたのだ。窓に一匹生物がくっついていようがいまいが……妻が消灯すると窓ガラス全体が月明かりでか鈍く白く光り、やもりは見えなくなった。僕がおやすみと言うと妻もおやすみと言った。朝になってもやもりはまだ窓にいた。裏側から見る限り全く同じポーズをとっていた。

その日の夜になってもやもりはいた。外気は徐々に寒くなっていく。朝、夜、朝、夜、やもりは何かを食べている風でも水を飲む風でもなくじっとしている、どう考えても死んでいる。「なら、どうしてこんなにくっついてられるの。落っこちないの。

干《ひ》からびたり腐ったりしないの」僕は黙ってやもりについてインターネットで調べた。やもりはとかげの一種つまり爬虫類《はちゅうるい》、十センチくらいの体長、尾は敵に襲われると切り離される、毒はない、主食は昆虫、個体数は減少傾向、民家のそばにも生息、春から秋にかけて卵を一度に二つ産み、冬には姿を消す。「ほら、冬にはいなくなるんだって、生きてるんならもうすぐいなくなるよ」妻はいつしか窓に背を向けて寝るようになった。僕に背を向ける向きだ。朝、夜、朝、夜……僕は通勤用にショッピングモールでコートを買った。妻も買った。結婚を機に引っ越す際、僕はそれまで着ていた服の大部分を処分した。どうしてかはわからないがそうすべきだと思った。そして郊外での新生活、子育てを視野に入れた生活にふさわしいと思われるものを買っていった。綿百パーセント、洗濯機で洗える素材、薄くて軽くて丈夫、試着をし意見を言い合うまでもない、消耗品とわかっているような衣服、量販店の家具、家電「どうして取ってくれないの、簡単なことじゃない」どうして何の害もない小動物の死骸をわざわざ身を乗り出して手を伸ばして取らねばならないのだろう。「だから、やもりは生きてるの」強固に妻は言い募った。「だったら自分で取ればいいじゃないか」台所から妻が言葉を返したらしいが、何か硬そうなものを砕くか刻むかしているらしいバリバリという乾いた音のせいで聞きとれなかった。結婚祝いに実家から羽毛布団が届き、妻はそれにかけるための綿カバーをショッピングモールで買い、朝、夜、朝、夜、やもりが現れてから何度目かの休日の朝だった。「あっ」と妻が声を上げた。明るい声だった。「やもりがいなくなってる！」僕は薄目を開けた。久しぶりに長寝ができるはずの、しかし一度目を開けると寸足らずのカーテンからあふれ出る光に目を刺され眠気が遠のいた。今は何時だろう、早朝ではなさそうだった。「ん、よかったじゃない……」窓に寄りかかるようにしている妻の尻が妙に太く丸く見えた。「ね、ほら見て、いない！」妻が嬉《うれ》しそうに窓に顔を添わせた。まばゆい光、僕は眉間《みけん》に皺《しわ》を寄せて妻の指さす辺りに焦点を合わせた。消えてなどいなかった。そこにはやもりがいた。それまでと全く同じ色形で、先細りしている尾がわずか右に曲がっている様子も寸分たがわぬ、僕は妻が冗談を言っているのかと思い、その顔をまじまじと見上げた。既に寝巻から着替えエプロンを巻いている妻、雑にまとめられたせいで耳の辺りで広がっている髪の毛の輪郭の中にあるのは笑みの顔だということは明白なのにその細部が読みとれない。ただ口だけがにっと横に広がり中から薄赤い歯茎と歯が見えていた。「言う通りだね、ちゃんと冬までに消えるんだね。ああよかった、私夢にまで見て、やもり」妻の声なのだが耳に遠い音声がその歯の奥から聞こえてきた。「夢でね、やもりがいっぱい出てくるわけ、やもりはざらざらしているの。乾いてるの、それがざらざらさら部屋中に出てきて、私寝てるのにそこらにくっついて」「ちょっと待って」「乾いてるのにくっつくわけ」「いや」「指の先がペトッペトッって私の髪とか皮膚とか」妻には僕の言葉が聞こえていないようにしか見えなかった。僕は寝転んだまま手で自分の口を覆い「ああ」と言った。手の平が振動し湿り耳が詰まったようになった。「やもりに目も口も耳も覆われて、そんな夢なの。でもよかった。ねえ、今更だけどちゃんとしたカーテンを買わないとね、年内に買おう、セールをしないかな、カーテンは安くならないかなあ。何色にする？　私は黄色がいいと思う、男の子でも女の子でもいいし」「おんなのこ？」妻はすっとこちらを見た。「だって、いつかここは子供部屋にするかもしれないでしょ」いつもの妻の顔だった。「あ……そうだね」「薄い、緑とかでもいいかもしれない、ねえ今日お休みだし買いにいく？　車で」「そうだね」不意に窓ガラスにくっついたやもりが膨らんだように見えた。その腹のざらつきや、指先のぺたりとした感じが眼前に迫ってくるような気がした。ぎょっとして半身を起し凝視するとやもりがぶるりと震えた。そして「あっ」「どうしたの」「いや……」やもりはぎゅうぎゅうと震えた。その腹の先から何かが出てきた。まず粘液のようなもの、糸を引くそれにまみれた、何か、白い、「窓の、やもり……」僕の声に妻は窓、寝床でうずくまったようになっている僕、そしてまた窓を訝《いぶか》しげに見た。窓に顔を近づけた。まさに妻の鼻づら辺りに、白い丸いものがひしぎだされた。一つ、続いてもう一つ、「いなくなってよかった、よね？　もしかして寂しいの？」妻は笑みを浮かべて僕を見下ろした。そして急に屈《かが》みこみぐっと僕に顔を近づけた。僕は思わず目を閉じた。頰に何か冷たい柔らかい乾いたものが当たる感触があった。「……でもそうね、消えたら、確かにちょっと寂しいかもしれないみたい」耳元で聞こえるその声は非常に優しかった。「じゃ、今日買い物にいくのでいい？　今から朝ごはん作るからね」さっと立ち上がった尻が微かに僕の肩に触れ、その張り詰めた柔らかさも僕は知らないと思った。僕が窓に目をやると、やもりは震えを止め、粘液をまとった白い卵が二つ朝日に輝きその向こうに青い空が既に高かった。

「赤ちゃんが生まれたら、どこで寝るのがいいかな、今私たちが寝てる部屋は、大人二人に赤ちゃん二人だと入らないだろうし……」妻は野菜が大量に入り煮物のようになっている味噌汁《みそしる》を掘り返しながら言った。鉄分、葉酸、カルシウム、何せ栄養素ももう二人分必要となれば、妻は家事復帰後相当気を遣い毎日の食事を作製しているらしかった。小皿には煮干しまで出してあった。食後に、テレビを見つつこれをかじるのだ。そして僕が食器を洗う。「私と赤ちゃんは離れられないし、とりあえずそっちがリビングで寝るか、でも暖房のことを考えたら、そっちが寝室を使って、赤ちゃんと私がリビングで寝た方が効率がいいかもしれないね」「そうだね」今までも何度か話題に出ながら結論が出ない、一度に二人も生まれてくるなどこの部屋を契約した時は想像しなかったのだ。もっと広い部屋に越すかということもたびたびどちらかの口にのぼるものの何となく散漫な話題にとって代わられ、気づけば決断するには手遅れになっている。「ああ、ごめん、ごぼうがちょっと硬かったね」「全然、このくらい歯ごたえがあって……料理もっと手を抜きなよ、僕が総菜買って帰ってもいいんだし、いつでも何でも」「お総菜ね、あ、そろそろ窓閉める？」「いいよ、座ってて」見たい番組がなく仕方なく選んだテレビ番組に、妻が声を上げて笑った。僕もつられて笑った声を出しながら、犬の形に膨れている布団を再びまたいで窓を閉めた。蛍光灯の光に白い丸いものが反射してちかちかと揺れたように見えた。実際は揺れない。窓のやもりは動かない。いまだ声一つ上げない。静かに産卵と孵化《ふか》と消滅あるいは退去を繰り返し今は八匹になっているやもり、各四本足に五本指計百六十粒の先端が全《すべ》てガラスにぴったり密着しているのを見過ごしながら、僕は丁寧に黄色いカーテンを閉じた。背後から急にざらりとした寒気を感じ肩が震えた。

叔母を訪ねる

呼び鈴を鳴らすと名乗る間もなく扉が開き、「イカリ！」と言いながら髪の短い中年女性が出てきた。「イカリがいなくなっちゃったの！」「イカリ？」「私の犬よ」彼女が指さす先には耳の垂れた小型犬が尾を振っていた。「その犬は……」「これはイカリじゃないわ！」言い捨てて中に戻ろうとする。慌《あわ》てて「あの、僕、電話で」「上がって。適当に座って」ソファ、食卓の椅子《いす》、ラグの上に座布団《ざぶとん》、僕が選んだ椅子の肘《ひじ》掛《か》けには薄く埃《ほこり》が積っていた。僕は初めて会う母の妹つまり叔母、の顔をしげしげ見た。セーターから伸びる刈り上げたうなじが細く、母とは全く似ていない。「イカリはね、猟犬。筋肉質で滑らかな赤銅色《しゃくどういろ》……」台所の脇《わき》に座りこんだ犬はふわふわした金色の巻き毛だった。「この犬とはかなり違いますね」「全然よ、それ私の犬じゃないもの」薬缶に水を注ぐ音、ガスに点火する音、それから急須の蓋を置いては外しているらしいかちかちという音がした。

母から電話があり、若いころ出奔して以来音信不通の妹が僕の近所に住んでいるらしいから会ってきてくれと言う。どんなに捜しても見つからなかったのに、偶然会った古い知り合いが平然とああ彼女なら〇〇に住んでいるよ……「年賀状までやりとりしてるって、信じられる？」「自分で行けばいいだろう」母は鼻で笑うような音を出した。「お父さんお母さん置いとけないわ、呆《ぼ》けちゃって」「え、そうだっけ？」「二人とも最近どんどんひどくなるのよ」「いや、でも」そもそも僕は母に妹がいることすら知らなかったのだ。「だって私が独身のころの話よ、あんたまだ影も形もない……ハイ、今から電話番号と住所言うわよ」「電話番号？」僕は思わず大声を出した。「電話なら自分でしろよ！」「電話じゃわからないわよ」母は急に咳《せ》きこんだ。しばらく咳いてから、空気の絡《から》んだ声で続けた。「電話じゃわからないのよ。本当に本人だかどうかも」「そんなの僕が会ったって」「会えばわかるわよ、少なくとも今幸せかどうか、困ってるかどうかくらい。会えさえすれば」

「イカリはね、美容院に預けている間に消えたの」沈んだ声に、沸いた湯を注ぐシュウシュウという音が重なった。「私、二三日ほど会社の保養所に行ったの」犬は巻き毛で膨らんだ前足を揃《そろ》えお座りしたまま僕をちらちら見ている。「年に一度無料で利用できるの。夏なんかすぐ予約で埋まるんだけど、私はいつも冬……海っぺりだからよけい寒いのね。人もいなくて、いいのね。でもペット連れてっちゃ駄目なの。だからいつも美容院に預けるの。シャンプーとトリミングと爪《つめ》切りしてくれて、ホテルでもあって泊れるの。しょっちゅう行ってて私もイカリもお気に入り。でも、三日経《た》って引き取りに行ったら、イカリはいなくて、この犬を連れて帰るようにって」「どうしてこの犬じゃないって言わなかったんですか」「言ったわよ。でも向こうがこれがあなたの犬です、私たちが預かってたのはこの子、しっかりしてください、この子があなたのイカリちゃんです、ほら、イカリって呼んでください、ちゃんとお返事しますよって何度も何度も……」「イカリ！」僕は犬に向かって呼びかけた。犬は聡明《そうめい》そうな黒い目をこちらに向けてハアッとよだれを垂らした。叔母が白いカップを差し出し「どうぞ」と言った。口をつけると沸きたての湯だったはずなのにぬるい。紅茶のような穀物のような草のようなはっきりしない匂《にお》いと味がした。澄んだ赤茶色だった。「イカリってこんな色ですか」「ううん。もっとずっと……あなた何もわかってないのね、ところであなた誰だっけ」「僕は、あなたの姉の息子です。甥《おい》です」叔母は目を丸くし、それからすうっと細めた。「私、姉なんていないわ」「え、でも電話で……」

「電話くらい毎日何本だって誰からだってかかってくるわ。……誰？」糸のようになった目が光った。「……イカリ？」僕はぎょっとして椅子を引いた。犬が僕の靴下を嗅《か》ぎ小さく唸《うな》った。ウウウ、ウウ、叔母が急に立ち上がって部屋を出、手洗いらしき小さな扉の中に入りがちゃんと鍵《かぎ》をかけてしまった。しばらく待ったが何の音も聞こえない。椅子の背にかけた僕の上着に金色の毛が絡みついていた。僕は仕方なくそれを着て玄関に出、靴をはいた。犬が鋭く吠《ほ》えた。ワンワンワン「では、あの、これで」戸口を見据えながら激しく尾を振る犬に呟《つぶや》きドアノブを回すとちょうど若い男性が呼び鈴に手を伸ばしていた。僕を見て驚いた顔をしたがすぐに微笑《ほほえ》み「あの、時間が早かったでしょうか？ 僕、先日電話した甥の者ですが……」「いや僕は……」背中に気配がした。出ていきしな小さく振り返ると、さっきまでとは似ても似つかぬ女性が手洗いの扉から出てくる姿がちらりと見えた。僕は困惑しているらしい若い男性に目礼してその脇をすり抜けた。冷たい乾いた風が頬を打ち僕は勃然《ぼつぜん》と、今ちらりと見えた女性が母にそっくりだったことに気づいた。

どじょう

目の前を歩く中年女性の後頭部に一匹の蜂《はち》がとまっている。一体どこから飛んできたのか、羽が透明で胴体が金色の蜜蜂《みつばち》だった。女性は並んで歩いている僕の妻に喋《しゃべ》りかけていて蜂には気づいていないようだった。髪の毛の膨らんだ形からして、蜂が胴体を差しこんで針を伸ばしても女性の肌には到達しないだろう。蜂はうろうろとセットされた女性の髪を歩き回った。縞《しま》模様が伸び縮みして、細い腰がくいと右に曲がった。それと同時に「こちらを右に曲がっていただいて」女性がそう言って振り返って僕を見た。振り返った頭の動きについていけず、おっとっというように蜂の羽がぶるぶる動いた。僕は笑いを堪《こら》えた。妻が僕の口元を訝《いぶか》しそうに見上げた。

妻が妊娠しそれまで住んでいた部屋が手狭になることを予想した我々は引越しを検

討していた。妻の条件は子育てに適した環境でありオートロックなど防犯面が配慮されていて優良な保育園やスーパーや小児科等が近いこと。僕の条件は多少職場から遠くなっても構わないからその分安くて広い物件、といって交通があまり不便なのは困る……二人で不動産会社を回ったが、紹介された物件はどこも一長一短あり、迷っている間にどんどん妻の腹がせり出し予定日はすでに三ヶ月後に迫っていた。数軒目に訪ねた小さい不動産会社が提案してきたのは中古の二階建て一軒家だった。子供が独立し夫が亡《な》くなりここ十年ほどは残った母親が一人暮らしをしていたのだという。「ずっとお元気だったんですけれど、ご高齢のお一人暮らしを息子様ご一家が心配なさって。そうしましたら息子様のお宅の近くの施設に空きが出たので円満にお引越しになったんです。それで、賃貸物件として弊社が管理を始めたところです」不動産会社の中年女性は言いながらプリンターを操作した。目線を下に向けた瞼《まぶた》に影の色が塗られ、唇が赤い。チー、という音を立てながらプリンターが紙を吐き出した。事務所の奥で禿《は》げた男が自分の額をしきりに叩《たた》きながら紙に何か書いている。カウンターに置いてある水槽で肌色のメダカがぷつぷつ泡を吐いている。チー、チー、チー、女性はカウンターに印刷し終わった間取り図や外観写真や住宅地図などを並べた。「築年数は多いですが五年前にリフォームされていて外観内観ともに美麗です。駐車場一台、オール電化、閑静な住宅街、耐震……」一階は玄関にダイニングキッチンと続きの居間、庭に面した広い和室、風呂《ふろ》手洗い、収納も多そうだった。それでいて家賃は我々がマンションに想定していたものと同程度、二階には大小の洋室が三部屋に納戸《なんど》と手洗い、三部屋のうち大きい一室を夫婦の寝室にして一つは子供部屋、もう一部屋を僕の部屋にすることもできるかもしれない。今は置き所なく段ボール箱に詰めこんである本とDVDをきちんと並べていい椅子《いす》を一脚……「いいじゃないか、ここ」「でも……」妻がもごもご言った。「一軒家だと防犯が……オートロックとか」「一軒家にいらないだろ。富豪かよ」「でも……あの、この住所って治安的にはどうなんですか」中年女性はニッコリ笑って頷《うなず》いた。「わかりますよ」たっぷり塗られた口紅に蛍光灯がぬらりと光った。「ご夫婦様に初めてのお子様がお生まれになる、ご心配ですよね。ですけれどね、このあたりで物騒な事件というのはそう簡単に聞きませんね。静かな場所、昔からのお宅が多いですから、いい意味で落ち着いて。町内も清潔で。スーパーや小学校、保育園も近いですし緑も多いですし」「逆に近所づきあいが必要だったり……」「どうでしょう、ご近所トラブルとかも存じませんけども、無理に干渉してくるようなお宅があればおっしゃっていただいたら対処いたしますし。よろしかったら今から見学に参りましょうか。車で近くまで行って、近所を歩いてみません？雰囲気がわかればまた気持ち的にも、ね？」「いいですね」僕は妻を見た。神妙な顔をしてこっぽり膨らんだ腹に両手を当てている。妊娠してから妻は何かを決める時に腹に手を当てるようになった。中で子供が蹴《け》ったり動いたりする、それを感じているのだという。「母親の感覚を胎児は敏感に感じてるんだって。だから自分でも気づいてない深層心理みたいのがわかるかもしれないでしょ？　それにこの子の意思だって尊重したいし」僕は軽くため息をついて、不動産会社のタバコ臭い車に乗りこんだ。

門についていた大きな南京錠《ナンキンじょう》を外して中に入ると、狭いが数本の木が植わった庭があった。地面はむき出しの土で、そこに数枚の葉がつやつやした緑色のまま落ちていた。女性は僕の視線に従って「庭はお好きにしていただいていいそうです。掘り返して肥料を打って家庭菜園なんかなさっても構わないそうですよ」「それもいいですねえ、情操教育にもなりそうだ」家の前の道を白髪の老女が通りかかった。庇《ひさし》のように前髪を膨らませてまとめ、背筋がやけに伸びている。すっすっと歩きながらちらりとこちらを見、目があうと会釈《えしゃく》をしてきたので僕も返した。老女は薄く微笑《ほほえ》んでまた前を向いた。古武術か舞踊でもしているのか、上半身がほとんど上下に動かずに前に進んで行く。女性ががらがらと玄関の引き戸を開け「ではどうぞ、中を」と言った。

一瞬、じめっとした湿気を感じたのは錯覚だったらしい。一歩足を踏み入れると、室内には戸外と同じような乾いた空気が流れていた。タイル敷きの玄関、靴箱、上がりかまち、ダイニングキッチンに居間、室内にはちり一つ、汚れや傷跡一つ見当たらなかった。壁の日焼け、ピン穴、畳の変色や凹《へこ》みなどもない。僕は感心した。「相当きれいですねえ」「はい。一階は、ご覧の通りダイニングや廊下、水回りを除いて畳敷きになっています。畳って、実は小さいお子様にいいんですね。滑りにくいし転んでもフローリングより痛くありませんでしょう」「なるほどね」僕の相槌《あいづち》を遮るようにして妻が「あの、ここ、いつごろまでお住まいだったんですか、持ち主の方」と言った。「夏ごろまでは。何か?」「いや、何かきれいじゃないですか。人が暮らしていた気配っていうか、そういうのがあんまりにも……」女性は自信ありげな顔で微笑んだ。「もともと持ち主の方が清潔好きだったみたいですし、弊社でも、お預かりしている物件の清潔さについては責任を持って管理いたしておりますから」「清潔……」妻は困ったような顔で僕を見た。僕は安心させるような笑みを作って頷いてみせた。和室の掃き出し窓からは庭が見えた。「すごく日当たりがいいお庭ですよ」女性は窓を開けて回った。それから風呂、トイレ、押入れ、どれも申し分なく清潔で広く使い勝手がよさそうだった。僕は妻の服を引いてこちらを向かせると、小声で「いいじゃないか、ここ」と言った。「明らかに、今まで見た中で一番いい。広いし」「うーん……」妻は首をひねっている。腹に添わせた指先が、肌を揉《も》むようにかすかに動いていた。「何がそんなに嫌なんだ」「なんだろう、よくわからないんだけど……あのね、前住んでた人はこの家の持ち主だったわけでしょ？　なんだかきれい過ぎじゃない？」妻がしょぼついた目で僕を見上げた。「だからきれい好きな人だったんだろ。お婆《ばあ》さんの一人暮らしならそんな汚れないだろうし」「いや……きれい好きっていうか、ここに今まで住んでた人、まるで……」「まるでこちら新築か築浅物件みたいじゃありません？」気づくと女性がすぐそばに立っていた。妻が滑稽《こっけい》なほどびくりとした。女性はにこやかにつるつる続けた。「とても丁寧にリフォームなさっておられますし、壁紙なんかもモダンな色を選択なさっていて若いご家庭にも違和感ないですよね。壁材や床に関しては、ピン穴やシール程度の傷や汚れなんかはあまり気になさらないでくださいという持ち主様のご意向もお伝えしておきます。本当に、子育て世帯にはうってつけの物件と言えると思います。コンロもお掃除が簡単なタイプですし、ビルトイン食洗機、和室の欠点である暖房の効きづらさもこちらのお宅は気流のコントロールで解決なさっているんですよ。では、よろしかったらお二階に上がりましょう。奥様、お足元にお気をつけて」女性はスリッパをパタパタ鳴らしながら階段を登った。黒いズボンの尻《しり》ポケットに入っている薄い手帳のようなものが、年齢の割に形のいい尻が揺れるたび押し上げられていくのが見えた。階段には手すりがついていた。妻は手すりを握りながらゆっくり足を動かした。僕は、いずれ自分の部屋にできるかもしれない六畳の洋室を覗《のぞ》いた。窓から庭が見下ろせた。もし子供が男の子なら庭にバスケットゴールを立ててやってもいいかもしれない。鈍ってはいるだろうが子供に基礎くらい教えてやれるはずだ、女子でもバスケ部はあるわけだし……妻は別の窓から首を出して外を見ると「あ」と言って女性を振り返った。「ここ、ええと、家の裏手になるんですか、ちょっと空間があるんですね」「ああ、裏庭ですね」女性は間取り図を手に持つと、家とブロック塀の間にあるわずかな隙間《すきま》を指差した。「お庭からこう、ぐるりとお回りいただきますと入れまして、一階のお手洗いとお風呂の真裏になりますね。行ってみられますか」

肩をすぼめないと通れないような、家と隣家の隙間を通った先に裏庭はあった。日の差さない薄暗い地面に苔《こけ》がびっしり生え乾燥していた。靴底で地面を擦《こす》るようにすると、白っぽい破片が剝《は》がれてぼろぼろ砕けた。「この向こうが洗面所なんですけれども、リフォーム前はこちらに裏口があったんだそうですね。そしてここに、こう、井戸の手押しポンプと洗い場があったんだそうです」女性は身振りで、地面から突き出る今はないポンプをかたどった。その場所には丸い小さな穴が開いていて、中に灰色のコンクリが詰まったパイプのようなものがのぞいていた。「水はもう涸《か》れたか、おおもとのところで塞《ふさ》いだかなさってるはずです」「洗濯物干すわけにもいかないですね、こう日当たり悪いと」僕はその不景気な苔を靴の先でほじくりながら「ゴミ置場にでもするかな」「でもいい気持ち」妻が言った。「え？」「なんかここ、すごく気分がいい。いい匂《にお》いがするみたいな」今までこわばっていた妻の顔が急に幼く笑んで見えた。「匂い？」僕は鼻を動かしてみたが、冷たい乾いた空気で鼻腔《びこう》が痺《しび》れたような感じがするだけでよくわからなかった。「何の匂い？」「何っていうか……」妻は目を閉じた。目の下にある大きなホクロが滲《にじ》んだような変な形をしていた。「わかりますよ奥様」女性が頷いた。「私にはなんとなくわかります」「そう多分……あら蹴った」妻が目を開けて微笑んだ。「今、蹴った。今日ずっとおとなしかったのに」女性も笑った。にいっと持ち上がる唇が、色水を入れた袋のように揺れた。我々はその家を借りることに決めた。

妻は里帰りして子供を産んだ。その後二ヶ月ほど実家に滞在してから戻ってきた妻は開口一番「雑草がすごいね」と言った。日が長くなるのにつれ滲むように発生した名前のわからない数種類の草は、妻のいない間に庭中で芽吹き伸び茂り花開き、手が空いたら引き抜こうと思った翌日にはもう手の施しようがなくなっていた。「庭つきの家を借りたら雑草が生えるなんて思いもしなかったよな」「思いもしなかったことはないけど……すごい生命力。裏庭も、こんな？」「さあ知らない」妻は抱いていた赤ん坊を居間に用意したベビー布団の上に横たえた。白地にピンクの水玉模様の上で赤ん坊は深く目を閉じていた。「よく寝てるな」「うん、車乗るとよく寝るみたい」「よしよし、ここが君のおうちだよ」妻は持ち帰った荷物から、粉ミルクだの哺乳瓶《ほにゅうびん》だの授乳用だという三日月形クッションだのを取り出して広げた。部屋が一気にピンク色になった。「今日の夜はどうしよう、ご飯」「何か買ってこようか」僕が尋ねると、妻はそうねえと立ち上がって冷蔵庫を開け「あ」じろりと僕を見た。「なんだよ」「トマト」「トマト？」聞き返すと妻は大仰なため息をついた。「トマトくらい食べるかと思って、入れといたのがそのままなんだけど……野菜室じゃわかんないかと思ってわざわざ上に入れといたのに」「え？　冷蔵庫開けないから気づかなかった」「栄養ドリンクとなにこれチョコレート？　いっぱい冷やしてあるじゃない」返答できないでいると、妻はトマトを取り出し流し台のところでかじり始めた。「よせよ、二ヶ月前のトマトだろ」「そう思ったけど、大丈夫そう」妻は肘《ひじ》を突き出すようにして、汁が垂れないように首をひねったりしながらトマトを食べ、ズッズッと汁をすする音を立てた。「のど渇いてたの。おいしい」甘い青臭い匂いがした。確かに腐臭ではなかったが普通のトマトの匂いでもないような気がした。ふと見ると、赤ん坊がいつの間にか目を開け、のっそりと僕を見ていた。目の縁にまっ黄色い目やにがついている。我々はじっと見あった。自分が値踏みされているような気がした。生後二ヶ月の子供にはまだ視力らしい視力はないと知ったのはもっと後のことだった。しばらく見つめあってから、子供はアーともミャーとも聞こえる声で泣き始めた。手や足を、空中で泳ぐように動かしている。妻は残りのトマトをぐしゃりと口に詰めてから手を拭《ぬぐ》うと子供の側《そば》に座り「あーおしっこ、おしっこ」おむつを替え始めた。僕は冷蔵庫からチョコを取り出して食べた。中にウエハースが入ったチョコがぱきぱき鳴った。妻はおむつを替え終わると体の向きを変え、そのまま授乳を始めたようだった。「それで、何か変わったことなかった」部屋の空気が僕の知らないリズムでん、ん、と揺れた。「特に……あ、そうだ、一回、知らんおばさんたちが来て町内会に入れっていうから、断った」「町内会？」妻が眉《まゆ》をひそめたような声を出した。「そう、なんかゴミ捨て場の掃除とかを持ち回りでするんだっていうから、うち賃貸ですんでって断った」「ふーん。入らなくて困ることはないのかな」「でも、そりゃ、持ち家ならアレだけど……それで困るようなことがあったらそれこそクレームだろ」「まあ、ねえ……あ、お菓子の粉、ちゃんとゴミ箱の上で払ってよ」妻の声音が気乗りしなさそうなものだったので、それから数日して町内会に入ったと聞かされたときは驚いた。「今日訪ねてこられて、感じいい人、町内会長の杉本さん。ミヤのことも抱っこしてくれて、それがミヤ全然泣かなかったの！　私とかお母さん以外だと絶対大泣きするのに。なんかね、この家の持ち主の人もよく知ってて、空き家になってるのが切なかったから、入居してくれてありがたいみたいにおっしゃって」「ふーん」「郵便局あるでしょ、その奥の大きいお家《うち》、あそこがお宅なんだって」「でも、断ったのに来るなんてしつこいな」僕はスーツを脱いだ。一日働いた衣服には臭《にお》いと嫌な湿度がこもっていて、剝ぎ取るようにしないとしがみつかれているような気がした。「こんな、子供が小さくて大変な家に、わざわざ」「みんなが使うゴミ捨て場の掃除だよ、自分だけしないのはズルじゃない？　あと半年に一回、町内の大掃除とかもみんなでするんだって、側溝とか」「うへえ」「いいよ、あなたはしないでも。それに、私近くに知りあいいないから、近所の人の顔と名前わかったら安心かもって思って」僕はネクタイを手元で丸めた。指先のささくれに織地の凹凸が引っかかって指の方がきしんだ。「面倒臭がってたんじゃないのか。近所づきあいみたいなの」妻は肩をすくめた。「そりゃ、いいことばっかりじゃないかもしれないけど……でもとにかく、顔見知りが増えたら防犯にはなるでしょ」妻の考えがころころ変わるのはよくあることだ。僕は丸めたネクタイを哺乳瓶やら細々としたもので散らかったテーブルの上に置いて浴室へ行った。すっかりぬるくなっている湯船の残り湯を全《すべ》て流しながらシャワーを浴びた。水音の間隙《かんげき》に、子供の激しい泣き声と妻の調子っ外れな歌声が聞こえた。翌朝見ると片づいたテーブルの上に僕のネクタイだけそのままの形に残されていた。

あんなに広いと思っていた収納場所はみるみる子供と妻の物で溢《あふ》れ、傷ひとつなかった壁には子供の描いた絵が貼《は》りつけられクレヨンのいたずら書きが消しきれず跡になって残り畳の上にはどんぐりやらビーズやらが撒《ま》き散らされ僕の部屋になるはずだった小部屋には使い終わったベビーバスやベビーカーなどが押しこまれた。小さくなった服、おもちゃ、幼稚園の制服、工作の残骸《ざんがい》、おまる、僕は扉も開けなくなった。

休日にぼんやりテレビの前に座っていると呼び鈴が鳴った。カタカナでピンポーンと書いたそのままのような音で、一度押すと、行って帰るような感じで二度ピンポーンという。ピンポーン、ピンポーン、宅配の荷物だろう、僕は立ち上がりよれよれになっていたTシャツの裾《すそ》を引っ張った。妻と子供は出かけている。ダイニングテーブルの上に宿題のプリントが広げたままになっている。書き取り、計算問題、ちんまりして芯《しん》が通っていないような文字は妻にそっくりだった。どちらかというと妻より僕の方が整った字を書くのだが、子供は多分僕が手書きした文字自体ほとんど見たことがないだろう。ピンポーン、ピンポーン、先のリフォーム時に直さなかったらしく、呼び鈴の音は少し震えて聞こえる。

玄関には女性が二人立っていた。一人はお婆さんでもう一人は僕や妻と同年代か少し若いくらい、二人とも普段着で、手に小さなビニール袋を提げている。僕の顔を見るとお婆さんの方が「お休みのところ恐れ入ります。杉本ですけれど」と言ってお辞儀をした。若い方も頭を下げた。「はあ……」声がかすれた。僕は空咳《からぜき》をした。「ええと、ご近所の」「いつも奥様には大変お世話になっております。あの、奥様は？」「あ、すいません、出かけてるんですよ」二人は明らかに落胆した顔をした。「ミヤちゃんも？」「はあ」二人は落胆した表情のまま顔を見あわせた。僕は少しムッとした。「多分、昼過ぎには帰ると思いますけど」「昼過ぎ」若い方がつぶやいた。「じゃあ、あと……二時間とか、それくらい」「いや多分。わかんないですよ多分。駅前の方まで出るって言ってたと思うから、夕方なのかも」「ああ」若い方が青ざめた顔でため息ともうめき声ともつかない声を出した。しばらく黙ってから、お婆さんが少し改まった声で「あのご主人」と言った。「はい？」「実はですね、本日はお宅様で井戸をお借りしたくてうかがったんですけれども」「井戸？」若い方が粘るような目つきで僕を見ている。脂《あぶら》の浮いた額、無化粧、身なりに構わない感じ、僕は自分の妻を他人の目で見ているような気がしてゾッとした。「実はうちの孫の」お婆さんの言葉に若い方が軽く頭を下げた。とすると二人は祖母と孫らしい。「子供が熱を出しまして、お医者さんは今日お休みで、休日の担当病院は混んでいますし、体が弱いんです、うちのひ孫は男の子で」祖母は言葉を区切って僕を見た。そこまで言えばわかるだろうという顔に見えたがさっぱりわからない。「はあ」「ですから」「どじょうを掬《すく》わせてください」孫の方が言った。「は?」僕は目を剝《む》いた。「どじょう?」「お宅様の裏の井戸のどじょうです」どういうわけか急に、開けっ放しの玄関から差しこむ陽光を背に二人の姿がすっかり影になって見えた。口が乾いて舌がざらりとした。玄関に立つ二人の影がにゅっと膨らみ分裂した。「あ……」二人の背後から出てきたのは妻だった。「あら、杉本さん」妻が後ろ手に引き戸を閉めるとすうっと玄関が暗くなり人々の顔が浮かび上がった。妻は重たそうに膨らんだ買い物袋を提げている。前髪をとめてむき出しになった額に汗が浮いている。「あ……早かったね」「そう? だってそこのスーパーに行ってただけよ」僕はそっと孫の顔を見たが、孫は妻の方を見ていて僕には何も言わなかった。妻がだん、と音を立てて上がりかまちに荷物を置いた。祖母が嬉《うれ》しそうに言った。「お帰りなさい、あら、ミヤちゃんは?」「お友達と遊んでくるって」

「そうなの。それでねえ、奥さん」それまでとは比べ物にならない親密な口調だった。「今ご主人にもお願いしてたんだけど、井戸、貸していただけない？」「裏の？　ええどうぞ」妻が簡単に受けあったので僕はぎょっとした。妻は少し顔を曇らせて孫に「もしかして、シュンくんが？」と言った。「そうなの、また……」「あら大変。じゃあ表からどうぞ。私も荷物置いたらすぐ行きますね」妻の言葉に、二人はすっかり安《あん》堵《ど》した顔つきになって玄関を出て行った。妻は靴を脱ぎ、買い物袋を持ってダイニングに入った。「おい、どうするんだよ」妻は冷蔵庫に何かのパックを入れながら「何が？」と言った。「いや、おい、井戸って」「だから裏庭の井戸」妻は深緑色の巨大な瓜《うり》のようなものを両手で野菜室に滑りこませた。「いや、井戸ったって。もうポンプもないのに」「ポンプ？　ポンプは関係ないのよ」「関係ない？」「いいじゃない。杉本さん、いつもすごくお世話になってるのよ。こないだも立派な桃いただいたでしょ」「桃？」「剝いて切って食後に出したでしょ」「知らない」「嘘《うそ》」妻は少し髪の毛を直し、さっさと明るい庭に出て行った。僕は追いかけた。妻は僕がついてくるのを見て少し怪訝《けげん》な顔をしたが何も言わなかった。

　久しぶりに足を踏み入れた裏庭は涼しく湿っていた。苔がじっとりと黒緑色に水分を含み、小さな木の実のようなつぼみのようなもののついた茎を伸ばしている。僕のつっかけの下でじわじわと水気が滲《にじ》んだ。苔の上に二人がしゃがんで地面に手をついていた。同じ一点を見ているようだが、そこはポンプの跡ではなかった。孫の傍に置いてある小さなビニール袋には、熱帯魚の世話をするような小さな網が入っていた。「ああ奥さん。開かないの、私たちじゃ固くって」祖母が皺《しわ》だらけの白い指で苔の上を示した。苔の中に細長い黒い隙間が開いている。隙間？　地面に隙間？　「私も手伝います」妻もしゃがみこんだ。僕が呆然《ぼうぜん》と立っているのを尻目に三人の女性は「せえの」声をあわせると、その細長い隙間にそれぞれに指を突っこんでぐっと力を入れた。どう見ても相当の高齢らしい祖母までが必死の形相をしている。ゴリ、と音がして、苔の一区画がゆっくり四角く盛り上がった。地面だと思っていたものの一部が四角い蓋《ふた》になっていたらしい。「さすが奥さん！」祖母が短く叫んだ。「ああ」「もう少し」妻が囁《ささや》き、女たちはもう一度息を揃《そろ》えると、持ち上がった地面をひっくり返すようにしてその蓋を外しごとりと横たえた。側溝のコンクリ蓋のような、そう思うと細長い隙間もよく似ている。ただ上面に苔が生えているというだけだ。蓋があった場所にぽっかりと四角い黒い穴が開いた。穴の中は水だった。光が反射して揺れている。ぼうっと不思議な匂いがした。これは何か、井戸の名残か、しかし、井戸はもう涸れているると言っていたではないか？　ちゃぽんと小さな水音がして、何かが水面に跳ね白い光が散り散りになった。「いた！」妻と祖母が弾んだ声を出し、孫が苔の上にはいつくばるようにして網を水に入れた。真っ黒いと見えた水が透明に持ち上がった。網には何も入っていない。孫は何度も網をその四角い水に差しこんだ。水の揺れ方からして、下には非常に多くの水があるらしい。まるで足下一面が水であるかのような、とぶとぶと滑らかに揺れ動く水面が網が動かされるたびに乱れて光った。孫は熱心な顔で繰り返し網を差しこんだ。祖母と妻が応援するような声を出した。どのくらい時間が経《た》ったか、「あ」妻か孫かが小さな声をあげた。持ち上げられた網に小さな細長いものが入っていた。灰色の、ぬるり、つるりとした「いた、どじょう……」「いた、いた」「ああよかった」祖母が持参していたビニール袋を穴に浸して少し水を溜《た》め、中に孫が網からすべらせるようにしてどじょうを入れた。小指ほどの大きさのどじょう、それがするすると体を動かしているのが白い薄いビニール越しに見えた。孫はそのまま、二匹、三匹とどじょうを掬った。一度掬うと次は簡単なようだった。どじょうはビニール袋の底に溜まるようにしてゆらゆら動いた。墨を薄く溶いたような色をした粘液に包まれている。水に溶けかけているようにも、水が凝固してこうなりつつあるようにも見える。「もういいでしょう」祖母が袋の口を縛って立ち上がろうとした。膝《ひざ》が力なくよろめいたのをさっと妻が支えた。「ありがとう……」「いいえ、よかった、お役に立てて」妻はそう言ってにっこり笑うと、孫の肩を軽く叩くようにした。孫の頬が紅潮し、初めて見る笑みが口元に浮かんでいた。シャツの胸がすっかり濡れて黒い下着が透けている。「これでもう大丈夫」「熱が」「井戸は」「ここの井戸は」「ありがたい」「ありがとう」「ありがとう」二人は囁くように言い交わし、祖母らは僕にもおざなりに頭を下げるとぱたぱたと裏庭を出て行った。妻はしゃがみこむと、ひっくり返っている重たそうな蓋に指を入れ反対の手を添えた。僕が手伝うと言い出す間もなくその蓋は持ち上がり、どすん、と音を立ててまたもとの位置にはめこまれた。妻は蓋の周囲のめくれ上がった苔を手でならすようにした。すぐにどこに穴があったのかわからなくなり、ただ彼女らが指を突っこんだ細長い隙間だけが少しの間光って揺れ、中から一匹の小さなカニが走り出て重なりあう黒い苔の中に消えた。僕が一度瞬《まばた》きをするとその隙間も苔に覆《おお》われて見えなくなった。妻は手を軽くズボンの尻のあたりで拭って「あああ」と腰を伸ばした。「本当に重たい、蓋」「おい、今の」僕はどう言っていいのか言い淀《よど》み「どじょう……食うのかね？」妻はバカにしたような顔をして僕を見た。「食べてどうするのよ」「や、でも」「ただいま！」表から子供の声がした。「おかえり！」「あれ、お母さん、外？」「井戸のとこ、いるの、すぐ行く！」妻は叫んで応《こた》えると軽い足取りで表庭に戻っていった。僕はカニが走りこんだあたりの苔を何度か踏みつけてみたが、苔が沈むふかふかじめじめした感触がしただけだった。肩を家の壁に擦りながら表庭に出ると眩《まぶ》しくて目がくらんだ。薄赤くてクシャクシャした花が庭木に覆いかぶさるようにして咲いていた。家の中から妻と子供の賑《にぎ》やかな話し声が聞こえた。僕は庭に立ち、いつまでもそのちり紙のような花を眺めていた。

翌朝、家を出ようと靴を履くとガシャリと音がして革靴の下に干《ひ》からびたカニの甲羅が砕けていた。

庭声《ていせい》

——谷崎潤一郎「鶴唳《かくれい》」によせて

照子さんは私の仲良しでしたが、照子さんのお父さんが日本へお戻りになってからすっかり疎遠《そえん》になってしまったのです。照子さんのおうちにお父さんがおられないことには私も気づいていて、ご病気か何かでお亡《な》くなりになったのかと思っていましたら、母が「外国へおいでだそうよ」と教えてくれたのです。「外国へ？　お仕事？」私がそれならばどうして照子さんは私にそう教えてくれなかったのだろうと訝《いぶか》りつつ尋ねると、母は困った顔をして「もう何年も帰ってこられないの、あんまり長いから、あちらでお亡くなりになったのかもしれないと随分ご心配なさって……ですから照子さんにお父様のお話をしてはいけませんよ」と言いました。何年も、安否《いと》もわからず帰ってこないお父さん……私はそのことを知って、改めて照子さんが愛おしく、慰めてあげたい気持ちになりましたが、知らない顔をしているよう母に言われたので、それまでと変わりなく花を摘んだりおしゃべりをしたりして過ごしました。

私は小さな犬を飼っていました。コロという名前で、お友達の中で誰よりも照子さんによくなつき、待てをさせておいて私と照子さんとが少し離れたところ、コロとちょうど二等辺三角形を作るような位置に立って同時に「コロや」と呼びかけますと、どちらへ駆け寄ろうか決めかねてマゴマゴするのです。その様子が可愛《かわい》らしいと言って、照子さんはきゃっきゃと声を立てて笑うのでした。私が照子さんのおうちへいくこともありました。私のうちは西洋風の白い造りで、庭にはつるバラが門のところに絡《から》んでいるきり草花といえばごくさっぱりと……それはコロが掘り返してしまうせいもあるのですが……仕立てていたのですが、照子さんのおうちのは複雑に入りくみ凝った造りのお庭だったので、荒らしてはいけないと母がコロをあちらへ連れていくのを禁じました。お留守番のコロは私と照子さんが手を握り合って駆けていくのを恨めしそうにくうんくうんと鳴いて見送るのでした。「コロちゃんも連れてきたらいいんだわ、誰も見る人がいないお庭だもの」照子さんは幾度もコロを振り返って手を振りながらそう言いました。「私ヨウちゃんのお庭の方が好きよ、うちのはつまらないわ」

照子さんのおうちのお庭は、確かにボールで遊んだり犬を駆けさせたりするのには不向きでした。

　一見すると荒れたままにされた古い庭のように見えるのですが、あちこちにあるこみ入った茂みや岩や小さな崖、水気をたっぷり帯びた苔の一群などは全て元からそのように造られ置かれたものなのです。お庭を造ったのは照子さんの亡くなったひいおじいさんだそうで、崖の手前にはひいおじいさんの隠居所だった草庵も残されています。苔むし黒ずんだその庵の中には、今でもいろいろの御本が収めてあるのだそうです。「私は中を見たことがないし、もう崩れそうだから壊してしまえばいいと思うんだけれど、お母さんはこのままにしてないといけないと言うの。お庭だって、あそこが伸びすぎたからどうの、こっちが日陰になってどうのって、いつも気にしているのよ。どこもかしこも、変えちゃいけないんですって」「どうして？」私の質問に照子さんは黙って首を振りました。私は、お父さんのことがあるのかもしれないと思ってそれ以上尋ねませんでした。

照子さんは不満そうでしたが、私はそのお庭、ことに初夏のお庭が大好きでした。花が終わり葉を茂らせ始めている梅の木の根元、てっきりただの草かと思われていた細長い茎の群生に、筋の入った青い花弁が五枚ずつ一斉に開きます。お庭の南側に透けたように光っている芍薬《しゃくやく》はいつだってたくさんの蜜蜂《みつばち》を受け入れてふわふわ揺れていましたし、うねった枝振りの松の幹から直《じか》に生えている小さな小さな花、照子さんはそれを山の蘭《らん》だと言いましたが、米粒ほどもない白い花弁をうす赤く染めた蜘蛛《くも》の糸で縫い合わせたようなその花からは、どんなバラにも負けない強い甘い匂《にお》いがするのです……風が吹くとまっすぐ伸びた竹がぶつかってカンカン音を立て、もつれ合うように柳の枝が揺れます。とりわけ素敵だったのは小さな池、青い水草が浮かんだその水には絶えず細い流れが注ぎ落ち、あめんぼうや、その他の小さな虫が作る水面の輪っかがぽちり、ぽちりと揺れ動いて、耳を澄ますと、ちゃらちゃらという水音に混じってぷつぷつという何かが弾《はじ》ける音が聞こえます。池の端の藤棚《ふじだな》からは幾房もの花が池に垂れ水面に触れるかどうかというところで揺れ、小さな鰌《どじょう》がぽちゃんぽちゃんと飛び跳ねているのが見えます。私がその鰌のことを照子さんに尋ねると、照子さんは不思議そうな顔をして、そんなものが池にいるなんて知らないと言うのです。かくれんぼ……お庭でするかくれんぼなんてつまらないものですが、私は照子さんのお庭へゆけばかくれんぼをしないでは帰りたくありませんでした……の最中にじっとしゃがみこんでいると、深い山の、誰も知らない秘密の隠れ家でお友達を待っているような気持ちになりました。そのお友達というのも、人間ではなくて獣とか鳥、もちろん私だって人間の女の子なんかではありません。蝶々《ちょうちょう》、きらきらする甲羅を持った虫、あるいは小さい花だって苔の先についた玉だって構わない、吸い吐きする息があたりの空気と同じ匂いになるよう、私はいつもより深く呼吸をしました。お庭がどこまでも広がってスウスウ流れこんできます。鬼が私を見つけると「あら、ここはさっき捜したのでもういないと思ったのよ、ヨウちゃんは背が高いのに隠れるのが上手ね」私はがっかりしながらそれでもほっとしました。照子さんのお母さんはとても優しくて、遊び疲れた私たちにお茶を出してくださいました。「ねえ、私も犬を飼いたいの」照子さんはそう言いましたが、お母さんはにっこり笑って、黙ったままで首を振りました。「犬じゃなくたって、猫だって鳥だっていいんです」「そう」お母さんの笑顔はいつも優しく美しかったのですが、どこか寂しげにも見えるのはお父さんが帰ってこられないせいだろうか、そういえばその寂しそうな影は、ほかならぬ照子さんのお顔の上にも広がっているのです。帰りしな、お母さんは「コロちゃんにおみやげ」とおっしゃってパンの耳を乾かしたものをもたせてくださいました。コロは犬に似合わず、パンの耳が大好物だったのです。小さな牙《きば》を剝《む》いて目まで大きく見開いて、ガリガリと硬いパンの耳を齧《かじ》る様子は滑稽《こっけい》で、照子さんはその様子を見て笑い転げたものでした。私がお礼を言って、「これ少し、お池の鰌にやってもいいですか」と尋ねると、お母さんはかすかに悲しそうな顔になって「鰌はパンは食べませんよ」とおっしゃいました。

照子さんのおうちにお父さんが帰ってこられたのは寒いころのことでした。私と照子さんは何日も一緒に遊んでいませんでした。私が風邪で寝こんでしまい、うつすのを恐れた母がお友達のお見舞いを断ったせいです。私は本を読んだり長い夢を見たりしていましたが、夢には初夏の照子さんのお庭が幾度も出てきて、私は鰡になって跳ねたり、跳ねた拍子に揺れる藤の花にしがみついて（手もないのにしがみつくのはおかしいようですが、夢の中ではそう難しいことではありませんでした）ぷらぷら風に吹かれてみたり、松藻虫《まつもむし》の背中をぺろりと舐《な》めてみたり、深く沈んでから仰向けになって水草の隙間《すきま》から漏れる日差しを眺めたり、と思うと今度は小さな金色の蜜蜂となって、揺れる柳の枝をすり抜けすり抜けしてブンブンうなったり、何枚も重なった芍薬の花弁に体をこすりつけ花粉にまみれてみたり……夢から覚めると枕《まくら》が汗に濡《ぬ》れていて、それを取り替えるごとに風邪は治っていったのですが、そのうちに大晦日《おおみそか》近くになり、慌《あわ》ただしくしている最中に照子さんのお父さんがご帰宅なさったことを聞いたのです。「まあ、ご無事でお帰りになったのね」私が言うと、母はなんとも言えない顔をして頷《うなず》きました。「照子さん、お喜びでしょう。お母様も」私が続けると母はほとんど悲しそうな顔になって、「ご無事かどうかは、傍目からはわからないけれど……」「えっ、どこかお悪いの」「わからないけれど」母は一息言葉を区切ってしばらくためらってから「ひどくお疲れのようだったそうだから、遊びにいってうるさくするといけませんよ、あなたも病み上がりなのだし、しばらくは照子さんのおうちにお邪魔するのは遠慮なさい」と言いました。私はそれでもうきうきと、照子さんとまた遊ぶことを楽しみにしていたのです。

しかし、私の願いは叶《かな》えられませんでした。お父さんがお帰りになってから、照子さんは私と遊んでくれなくなったのです。私は、母の言いつけ通り、照子さんのおうちにいくことは控えていました。そうしていれば、照子さんの方からまた遊びにきてくれるだろう……コロとだって、もう随分遊んでいません……それなのに、待てど暮らせど照子さんはおいでにならない、久しぶりの家族水入らずで、私のことなど思い出しもしないのかしらと悲しくなりました。母に尋ねてもまだいけないと言うばかりです。

そのうち辛抱できなくなった私は、思い切って照子さんのおうちへいってみることにしました。迷いましたがコロを抱いていきました。もしかして、知らないうちに照子さんを怒らせるようなことを言ったのではないかしらと心配でもあり、それでも、可愛いコロの顔を見れば照子さんの気持ちも和らぐでしょう。毎日のように遊んでいたお友達と久しぶりに会うのは緊張するものです。私は温かく小さく震えるコロを抱きしめて照子さんのおうちへ向かいました。お庭は、古い、ところどころ崩れかけ蔦《つた》が絡まった石塀で囲まれているのですが、そこまでくるといつもお庭の、くぐもった水と植物のなんとも言えないよい匂いがするのです。しかし、今日はその匂いではなく、変につんつんした、鼻の奥がぴりぴり震える不思議な匂いがしました。と同時に、私の腕の中でコロがワンワンワンワン！　と大きな声で吠《ほ》え、身をよじらせて飛び降りようとし始めました。コロは滅多に吠えません。番犬にならないと母が嘆くようなおとなしい犬なのです。それが、よだれを流して吠え、自分の吠え声にまた興奮した様子でさらに吠えたてます。「これ、コロ、コロ！」普段は垂れている耳も横向きにぴんと張り、抱いている私の腕に噛《か》みつくそぶりさえ見えました。私がおろおろしていると、石塀の中から鋭い声が聞こえました。甲高い声、人の声でしょうか、それとも何かの鳴き声、楽器？　それを聞いてコロはさらに興奮したようにヒイヒイ言いだしました。「コロ、コロちゃん！」私はほとんど叫ぶようにして呼びかけましたが、コロの耳に私の声は聞こえていないようです。まるで言うことを聞かない毛むくじゃらの塊を両腕でねじるように抱えながら私は途方に暮れました。その時ふいにガリガリッという音がして、石塀の上から見慣れない、顔色の悪いおじさんが顔を出しました。肌も黄色ければ目もなんだか黄色い、顎《あご》に薄い髭《ひげ》を生やしたおじさん……黄色い目がどろりと垂れて私を見ています。いえ、見てはいなかったのかもしれません、少なくとも私は見られている気がしませんでした、確かに目はこちらを向いているのに……私は恐ろしくなり、騒ぐコロを抱きしめて駆け去りました。

うちに帰ってこのことを母に言うと、母は言いづらそうな顔で照子さんのお父さんがご帰宅になった顚末《てんまつ》を教えてくれました。それは照子さんのお母さんご本人からうかがった話ばかりでなく、近所中で噂《うわさ》になっているとのことでした。

なんでも照子さんがまだ五歳のころ、お父さんが支那《シナ》へいくと言って出ていってしまったこと。それはお仕事でもなく、ただただ彼の国へ憧《あこが》れてのことで、いつ帰るかいつか帰るかもはっきりしていなかったこと。残されたお母さんが照子さんを大切にお育てになり家を守ってこられたこと。それから七年経《た》って、何の前触れもなく帰ってきたお父さんは、なんと支那の女の人を連れておられたということ。もう五年も夫婦同然に暮らしてきたというその人と一緒でないと生きていかれないとおっしゃったお父さんを、お母さんはお受け入れになったということ。「それから鶴《つる》も連れてお帰りになったそうよ」「つる？」「立派な丹頂鶴を」母は深いため息をついて、自身のお友達でもある照子さんのお母さんの不幸を嘆きました。「あんなにしとやかでお優しいのに、どうして……あんまりおかわいそうよ。今では支那語っきりしかお話しにならないで、何を召し上がりたいのかも、何が欲しいのかもお母様にはおっしゃらないんですって。お庭に新しく小屋を建てて、そこで女の人と二人で暮らしておられるんですって。そのお庭を鶴が我が物顔で歩き回ってるんですって。大きな大きな鶴なんですって」とするとコロが吠えたのは鶴の匂いを嗅《か》いだからに相違ありません。あの黄色い顔のおじさんが照子さんのお父さんなのでしょう……それにしても、だとしても、照子さんが私のところに遊びにきてくれない理由にはなりません。「お父様は照子さんともお話しにならないそうよ。さぞかし照子さんはご心痛でしょうね……。しばらくしたらまた遊びにきてくださいますよ」そして私の両手を取って優しく上下に揺すりました。

それなのに、ひと月経ってもふた月経っても、照子さんは遊びにきてはくれません。私はだんだん頭にきて、もうこちらからは遊びにいってやるものかという気持ちになりました。他のお友達とばかり遊んでいると、アッという間に一年が過ぎました。夏になり秋になりまた冬がきました。梅が咲き桜が咲き、私が照子さんのことを本当に忘れかけていたある日、突然コロが口から泡を噴いて死んでしまいました。父はどこかの家で撒《ま》いたネコイラズか何か食べたのだろうと言い、庭の隅に穴を掘りお墓を作ってくれました。母はパン屋で新しいパンを買ってきてそこへ供えました。私は泣きながら咲き始めのつるバラを幾本も切ってお墓を飾りました。

私が泣き暮らしていると、照子さんのお母さんが訪ねてこられました。「これ、庭の芍薬……コロちゃんかわいそうでしたわね」私はなんとなく気まずくて、玄関でその声を聞くとそっと裏へ回り姿を隠しました。「ヨウちゃんは？」「庭にいたと思いますけれど」それから母と照子さんのお母さんは声を落として何事か話をしていました。私は裏庭にコロが好きだったボールが転がっているのを見つけてまた泣きました。涙がいくらでも出てきます。照子さんのお母さんがお帰りになり、コロのお墓を見ると、私の飾ったつるバラに混じってまだ開ききらない大きな芍薬が横たえてありました。硬い玉のようになった緑の蕾《つぼみ》の先から溢《あふ》れるように紅色の花弁がのぞいている美しさ、もう芍薬の季節になったのだ、あのお庭の芍薬……しばらくうっとりしてから我に返ると、花弁の上にはもう数匹の蟻《あり》が登っているのです。私はしゃくにさわって、その黒くて小さな蟻の上からジョウロで水をかけました。水はまだ柔らかいコロのお墓の土に小さな水たまりを作りました。

庭のつるバラはやがて満開になりましたが、そこにやってくるのはどういうわけか大きくて毛むくじゃらの熊ん蜂《くまばち》ばかりで、あの透き通った金色の蜜蜂ではないのです。熊ん蜂が蜜蜂を追い返しているのかしら？　照子さんのお庭では今時分芍薬がさぞ美しいでしょう、藤の花はすっかり終わってしまったかしら……そんなことを考え考えしているうち、気づくと私は照子さんのお庭の石塀のところに立っていました。中に入ってみたいけれど、門から訪《おとな》うのもためらわれ石塀を巡ってうろうろしていると細い隙間を見つけました。そっとのぞきこみあっと息を飲みました。

そこには変な小屋が建っていました。照子さんのひいおじいさんの草庵があったまさにその場所、壊してはいけないとお母さんがおっしゃっていたはずの庵が、細工物めいた小さな、でも二階建ての小屋に変わっているのです。紫檀《したん》でしょうか、全体が息苦しいような色の木でできていて、見たことのない格好に反り返った屋根はつやつやした瓦《かわら》で葺《ふ》いてありまるで玩具《おもちゃ》のようです。そしてその建物に向かい合って、これまた人形のように着飾った女の人が立っていました。細い腰を重たげな布地が覆《おお》っている後ろ姿、赤い布地は金色の糸でとりどりの刺繍《ししゅう》が施してあり、日に映えてちかちか光ります。きっとお父さんが連れてお帰りになった女の人なのでしょう。髪の毛はまとめられ、白いうなじの両脇《わき》に大きな翡翠《ひすい》の耳飾りが揺れているのが見えます。私はほうと息を吐きました。すると、その音が聞こえたはずもないのに、女の人は振り返ってこちらを見ました。それはなんと照子さんでした。「照子さん！」私は思わず声をかけました。照子さんはきょとんとしてあちらこちらを見回しています。私は石塀の隙間から目だけでのぞいているのです。私は慌てて門まで回り庭へ入りました。照子さんは目を丸くして私を見ています。目の上でぷっつり切りそろえられた前髪、見慣れない形に結い上げられた髪の毛には、鮮紅色の不思議な形をした飾り物が差しこまれています。コロにボールやパンの耳を投げてくれた細い手首にも耳飾りと同じ翡翠の腕環《うでわ》、池に浮かんでいた水草の緑色、表面には水面のような光が凝《こご》っています。異国風の姿でしたが紛れもない私のお友達です。私は懐《なつ》かしさに涙が浮かんできそうでした。「照子さん、長いこと……」私がようやっとそれだけ言うと照子さんは困ったようにうつむいてしまいました。「コロが死んじゃったの、お母様が芍薬を持ってきてくださったけれど」見れば、庭には手向けられたのと同じ鮮やかな芍薬がいくつも咲き、盛りをわずかに過ぎたその花弁がめくれ上がるように開いていました。そこに金色の蜜蜂が飛び交っているのが池の端からも見えました。「私コロがいなくなって寂しいわ、照子さんも遊びにきてくださらないし……」言いながら涙がこみ上げてきて、うまく声が出せなくなりました。見れば、照子さんも目に涙をいっぱい浮かべうつむいています。

私が照子さんに駆け寄ろうとしたそのとき、二人の間に、スッと白いものが通りました。鶴でした。大きな、ほとんど私たちの背丈ほどもありそうな鶴、尖《とが》った細い嘴《くちばし》が、こちらを向いているわけでもないのに妙な鋭さで私には感じられました。白い羽根は脂《あぶら》が浮いたようにぎらぎらと光り、まん丸い目には血色の隈取《くまど》りがありました。私が思わず一歩下がると、鶴はキィと鳴きました。ギィギィ、キキィ。甲高い声、鶴は数歩歩いてあの池に降り立つと、無遠慮に脚を抜き差ししながら歩き回り、水草をめちゃくちゃに乱しました。照子さんは何も言いません。ぷんと、いつかコロと嗅いだあの匂いが鼻をつきました。鼻の奥が痺《しび》れたようになり、快いような嫌なような匂い、再び鶴が鳴きました。と思ったらそれは鶴の声ではなく、はっと視線を上に向けた照子さんに倣《なら》って見上げてみれば、あの奇妙な小屋の二階から一人の女の人がこちらに身を乗り出すようにして話しかけているその声なのです。その女の人の格好は照子さんとよく似ていて、髪の毛の結い方などまるで同じです。女の人は続けて高い声で何か言いました。それは支那語らしく、私が戸惑っていると、なんと照子さんはその声に、支那語で返事をしたのです！　私はぎょっとして、だって照子さんは支那語など知らないはずなのですもの、しかし、さっきまでの気まずそうな顔が嘘《うそ》のように、照子さんはにこにこと笑いながら女の人に応《こた》えているのです。その声は確かに照子さんのものなのですが、何を言っているのかわかりません。その場に私などいないかのような振る舞い、二階から見下ろしている女の人がけらけら笑いました。日が燦々《さんさん》とさしていて、私にはその女の人の顔かたちが見えませんでした。照子さんもけらけら笑いました。二人はそっくり同じに見えました。池に両脚を突っこんだままの鶴もキイキイ鳴いて、口には鯔をくわえています。あの鯔！　池にいた小さな鯔でしょうか？　鶴は長い嘴をぐっと仰向いてのけぞらせ、喉《のど》を上下させながら鯔を飲んでしまい、私の方を向いてキャッと鳴きました。キャッ、キャッ、私はなんだか悲しくて口惜しくて、そのままお庭を出ました。背後から照子さんの声が聞こえましたが、それも私には意味のわからない言葉、そこに鶴の鳴き声も重なりました。みんなして私の……今思い出すと変なようですが、そのときは確かにそう思ったのです……私のお庭をめちゃくちゃにしてしまう。照子さんも鶴もあの女の人もみんなして。私はもうあのお庭のことは忘れてしまおうと思いました。照子さんというお友達がいたことも金輪際忘れます。私はずんずん歩いて、パッと振り返りました。石塀の向こうはもう何も見えません。何もありません。よそのおうちの塀と塀の間を、ステッキを持った背の低いおじさんがきょろきょろしながら歩いているのが見えました。道でも訊《き》きたいのか、おじさんが何か言いたげにこちらを見たので私は急いで前を向きました。

夏がそこまできていました。いえ、風は既に夏のものでした。芍薬はもう散るばかりでしょう。

照子さんが女の人を殺したのはその数日後のことです。照子さんは日本語で「お母さんの敵」と言いながら、今や自分と双子のようにそっくりな女の人の喉を刺したのだそうです。ちょうど芍薬の花のところで。散った花弁に埋もれるようにして動かなくなった体に幾匹かの蜜蜂が止まったことでしょう。遺体を見つけたのは照子さんのお母さんだったそうで、お母さんは最初、自分の娘が死んだのだと思ってすがりついて泣き、その後、短刀を持って現れた照子さんを女の人だと思って大きな悲鳴を上げたそうです。その悲鳴を聞いたせいかどうかはわからないが、飛べないよう羽根を切っていたはずの鶴がふいに舞い上がりそのままどこかへ飛んでいってしまったのが今でも不思議でならないと随分大人になって私のうちにお茶を飲みにきた照子さんが懐かしそうに語りました。

名犬

夫の運転で渓流沿いにある温泉へ行く途中、私はいつの間にか助手席で眠っていた。誰かが私に何か言った気がしてはっと目を開くと、フロントガラスの右側が暗くて左側が明るかった。暗い方には林があった。夫が静かな声で「な?」と言った。私が眠っていたことに気づいておらず話しかけていたのだろうか。「ごめん、寝てた」「知ってるよ」夫はぐらりとハンドルを切った。山らしいくねくね道が続いていた。対向車線に、黒と銀色の大きなバイクがやってきて、一台すれ違ったと思ったらもう一台、もう一台、数え損ねたが十台はあった。愛好家によるツーリングか、彼らはこんな田舎にどんな用事があるのか、走りさえできれば目的地などなくてもいいのか、ドッドッドというお腹《なか》に響くエンジン音が途切れると、ごうごうという瀬音が浮き上がるように聞こえてきた。首を曲げて寝ていたせいでうなじから両肩が硬く痛んでいた。首を回しながら体を伸ばすと、薄緑色の速い流れが遥《はる》か下の方に見えた。川原には灰白色で尖《とが》った大きな岩がごろごろ転がっていて、岩同士が組み合ったり支え合ったりしながら不思議な形を作っていた。その真ん中を水が勢いよく流れ光っている。岩が水によって転がされたようにも、岩から水が湧《わ》き出ているようにも見えた。「もうすぐダムがあって、そこ越えたら温泉、すぐだから」夫の声はやや冷ややかに聞こえなくもなかった。私は運転ができない。だから車移動は全《すべ》て夫に任せなければならない。その時眠ってしまうことを夫が喜ばないのはわかっている。私は熱心に川を見るふりをした。川が道路のカーブの加減か姿を消した。道の両脇《わき》が立ち木に囲まれ車内が暗くなった。「いい天気だね」「収穫日和《びより》だな」私は黙った。夫もしばらく何も言わなかった。

木立が途切れ、さあっと視界が開けた。緑色のとろりと濁った水が一面に広がっていた。ダムだった。濁っているのは水が汚れているのではなくて深すぎるのだろう。大型バイクの列とすれ違って以来対向車も後続車もなかった。夫がポツリと「ここお袋の実家だって」と言った。「え?」「この、ダムの下にお袋の実家の村があったんだって」私は驚いてダムを見渡そうとした。広すぎて見渡せなかった。ダムによって水底に沈んだ村というのはよく聞く。いまこの平らに濁った水の下に、義母の生まれ育った家があったのか。私は目をすがめてみたり開いたりしてみたが、何かが透けて見えるわけもなかった。「それ、前から知ってたの？」「いや……昨日の夜、ユウちゃんが風呂《ふろ》入ってる時に言われて。俺が生まれる全然前だから。母方の祖母《ばあ》ちゃん家《ち》は別にあって、そっちが故郷なんだとばっかり思ってたけど、それは引っ越した先だったんだって」「じゃあお義母《かあ》さんってこのあたりで育ったんだね」ダムの向こうは緑の山だった。この道路ができたのがいつごろかわからないが、もともとはここも緑色の山だったのだろう。山々に囲まれた渓流の村、私は子供の義母がきれいな川だか豊かな山だかで遊んでいるところを想像しようとしたができなかった。どんな子供の体にすげようとしても、素朴なおかっぱやお下げ髪で縁取ろうとしても、義母の顔は義母の顔のままだった。道路はダムに沿うように蛇行した。ダムの水面にたくさんの木が浮かんでいた。山の木を根元から折って浮かべたような、まっすぐで長い木ばかりだった。木は互いに引き合うのか、それぞれが平行に寄り添ったり、頭や尻《しり》をくっつけ合って三角形や四角形などを作ったりしていた。水面にさーっとさざ波が寄った。風が吹いたらしかった。木によって区切られた水面は、そうでないところより少し遅れてさざ波立った。夫が車の窓を開けた。水気を含んだ、山のとしか言いようのないにおいのする空気が我々を覆《おお》った。苔《こけ》とも青草とも違う、土や黴《かび》や朽木や、そういうものが混じった刺激的でもあるにおいだった。排ガスのにおいもした。ダムを過ぎるとまた川は細い渓流となり、それを見下ろすところにさるなし温泉郷はあった。

四角い、全体が白っぽい、温泉旅館というより何かの研修施設のように見える建物だった。駐車場には何台か車があったが、満車にはほど遠かった。「連休中なのに。ちょっと田舎すぎるのかな？」私が首をかしげると、夫がややとがった口調で「こういうとこは、田舎が売りなんだから田舎でいいだろう」駐車中の白いバンの窓から、一匹の犬が顔を出してこちらを見ていた。耳の尖った白茶色の犬だった。口元は弛緩《しかん》していたが、目が妙に鋭く光っていた。飼い主らしき老人が、大きなクーラーボックスを後ろの荷台に積みこんでいる。老人は目の覚めるような蛍光オレンジ色の上着を着ていた。「かわいいね、犬」「犬？」夫は白いバンの犬を見ると肩をすくめ「雑種だね」と言った。瀬音がごうごうと聞こえた。少し開けたところにススキのような猫じゃらしのような穂のある植物が生い茂っていた。舗装道路は延びていたが人家は見えなかった。田畑すら見えなかった。少し先に大きな柿《かき》の木があった。たくさんついた実が黄色く色づいているのが見えた。あれは誰かが育てているのか、それとも天然物か、柿は何百と実っている。千も二千もあるかもしれない。風が吹き、温泉の入り口のところに一本だけ立てられていた幟《のぼり》がはためいた。『名物・川魚料理』と書かれていた。植物の穂から白い綿毛のようなものが絡《から》み合いながら空へ飛んでいった。

自動ドアを通ると、大きな自動販売機がぴかぴかと光って並んでいたので覚えずホッとした。そこここに木製オブジェや木彫りの人形、鹿《しか》の角、竹ひご細工に渓流の写真などが配置されていた。うっすら木のにおいがした。ロビーには入浴券の券売機や売店などがあり、売店には瓶詰めや菓子類や干物《ひもの》、ドライフラワーのリースなどが並んでいた。アイスクリームの冷凍ボックスには『ジビエ冷凍肉部位応相談』と貼《は》り紙がしてある。人は誰もいなかった。「勝手に入っていいのかな？」私の声は自然とひそめたものになった。「券売機だろ。それとも先に昼飯にする？　こっちがレストランだって」「川魚料理？」「なんで？」「いや、名物だって……」私はフロントのカウンターの端に置いてある大きな水槽を見た。中には細長い形の川魚がたくさん入っており、全員同じ方向に頭を向けていた。「俺川魚好きじゃないし」「……好きじゃないの？」川魚の背には鮮やかな赤い点々がついている。『敏感な魚です。叩《たた》かんで！』という手書きの紙が水槽の脇に貼ってあった。

例年正月と盆休みに夫婦双方の実家へ帰省するのだが、今夏は私が体調を崩し夫の実家へ行けなかった。その埋め合わせに、秋の連休に夫の実家へ行く案が出た。いつもはせいぜい一泊くらいしかできないのを、この度三泊しようと夫は提案した。農家をしている夫の実家は他県にあり、移動だけで半日近くかかる。連休は四日間だった。「……そんなに長居しちゃ迷惑なんじゃないの」私が言うと夫は変な顔をして「子供が帰ってきて迷惑なことなんかあるか」「……まあ、そうかもしれないけど」私が適切な言葉を探している間に夫は義両親に電話をかけた。「もしもし直志ですけど。うん元気。今月連休あるだろ、カレンダー見て。……そう、そこでそっち、帰るから。土曜行って火曜日まで。うん？　火曜日。そう。盆は帰れなくて悪かったから。本当にごめんな。うん？　……今隣にいるけど。……もちろんもちろん」私は耳に携帯電話を当てている夫の膨らんだ小鼻を眺め、どうして盆休みに風邪など引いてしまったのだろうと思った。夫一人でも帰省していればよかったのだ。私は高熱に浮かされながらもそう勧めたはずだ。「え？　そうだよユウちゃんも同じカレンダー……え？　そんなわけないだろう」私は隣で聞いているのが嫌さに立って台所に入り薬缶《やかん》を火にかけた。「なんでそうなるんだよ。……そう。問題ある？　……そうだろ、うん。じゃあ。あ、親父《おやじ》は元気？　そう、じゃあまた、近づいたら連絡するから」湯が沸く前に夫は電話を切った。「大喜びだったよ、ほーけほーけって」夫は嬉《うれ》しそうに義両親の訛《なま》りを真似《まね》た。その口真似は下手くそだった。結婚して五年になるが、私は夫が方言を使うのを聞いたことがない。といってどこか標準語でもない。「それでさ、ま、長居するわけだしちょっと親孝行でもしてやろうと思って」「親孝行？」夫はノートパソコンを開き、その画面をこちらに示した。台所から首を伸ばして見ると、きちんとプロが撮影し編集している風の小ぎれいなホームページだった。緑の木々、澄んだ水の流れ、その景色を見下ろす露天風呂に浸《つ》かるきれいな肩、食卓いっぱいの皿小鉢、躍り串《ぐし》を打たれた鮎《あゆ》……映像が次々に切り替わった。夫がコマーシャルのつもりか妙な声音で「川のせせらぎ、こころの安らぎ。さるなし温泉郷」と歌うように言った。「さるなし？」「猿がいないんだろ、よく知らんけど。ここ検索してて偶然見つけたんだよ、昨日。実家からだと一時間と少しで着くと思うんだ。連休中だしもう泊まりは無理だろうから日帰り温泉、親をご招待、どう？」「ご招待？」「それでそこのレストランに川魚会席っていうのがあって、こんなのも親が好みそうだろ。塩焼きだけじゃなくて、揚げたり押し寿司《ずし》とかいろいろ出るらしい。子持ち鮎甘露煮とか、珍しいだろ」「……珍しいね」「俺が運転していけば親父は昼ビールも飲めるし」「……お義母さんたちには、言ってるの、そのプラン？」夫は不思議そうな顔をして「言ってないよ、聞いてただろ、今。言ってないよ」「ああそうね……」私はガスをひねって火を消し、用意しかけていた煎茶《せんちゃ》を仕舞った。別にお茶が欲しいわけではない。「サプライズじゃないけど、な、直前に言うのも、いいかなって」夫の小鼻がぴくぴく動いていた。そう得意になるほどの大計画かと思ったが言わなかった。夫は夫なりに、親に対して孝行をなせていないことへの後ろめたさがあるのだろう。ここで親孝行とは何かを夫婦で論じ合っても仕方がない。薬缶からまだ沸き切らない湯気が静かに立ち昇っていた。「ささやかだけど、俺ももう大人だし、たまには、な。あ、お茶俺にもちょうだい。紅茶でしょ、冷たくして俺の分」

里帰り初日、喜ばせるつもりで夫は夕食後までその計画を話さなかった。言いたくてうずうずしている小鼻で夫は卵を二回もお代わりした。夕食はすき焼きだった。夫はろくに嚙《か》まずに肉をどんどん食べ、口元に生卵を垂らしては舐《な》め上げた。食後、私は後片づけをしますと申し出て義母に断られた。「せっかく帰ってきてくれとるのにそんなんさせられん。ほら。ユウちゃんはあっち行って座ってテレビ見ておミカン食べ。もらいもんで甘いわ」義母は追い立てるように私を食卓からテレビのある居間の座布団《ざぶとん》のところまで誘導した。里帰りの度に繰り返している儀式なので私もさして抵抗せずそのまま座った。三泊ならこれがあと二日ある。ややうんざりした。夫と義父はもう座っていて、テレビの動物番組を眺めていた。どこか外国の乾いた崖《がけ》を、ヤギのようなシカのような動物がひょいひょいと登っていた。角が長く、蹄《ひづめ》が大きい。尾がうち振られ寄ってくる大粒の羽虫を払っている。私はミカンの尻に親指を入れた。ぷんと甘酸《あまず》っぱいにおいがした。座布団がやたらに分厚く柔らかかった。新品のようだった。義母はかちゃかちゃと音を立て食器を洗った。夫は「甘いなあ」と言いながらミカンを口に入れ舌をぺちゃぺちゃ鳴らした。私も「甘いね」と答えた。「早生《わせ》やけ」義父が一言押し出すように言った。「親父はミカンいらないの」「ん」義父はリクライニング座椅子《ざいす》を倒し気味にして座り、伸びをしたり首を回したりしている。「疲れてるんじゃないの？」義父は「普通な」と答えた。「あんまり無理するなよ」「何をな」「農作業」「無理はしとらん」そして私たち三人は黙って動物の生態を見た。乾いた土地には木も草も少ない。ほんの小さな緑色の芽を探しては、彼らは首を伸ばし前脚を持ち上げて食べようとした。体格はヤギに似ていたが顔つきはシカに近いような気がした。丸い目を長いまつげが縁取っていた。乾燥を防ぐためだとナレーションが説明した。食洗を終えた義母が手を拭《ふ》きながらやってきて夫と義父の間にぺたりと座った。義母は座卓の上の、夫と私が食べたミカンの皮をさっと掴《つか》むとゴミ入れに入れ、高い声で「あれ、ユウちゃんおミカン食べとる？」と言った。「あ……いただいてます。甘いです」「私もヨバレよ」義母はいそいそと一つを手に取って剝《む》き始めた。私はテレビ画面を見た。繁殖期が近づいている。メスはよいオスを見極めねばならない。オスはメスをほかのオスから勝ち取らねばならない。夫が「二人にちょっと話がある」と改まった声を出した。「へえ?」義母が夫を見た。義父がかすかに身じろぎした。肉をたらふく食べ、ビールも飲んだ夫の小鼻から脂《あぶら》が滲《にじ》み光っていた。うっすらヒゲが伸び始めた口元も青く濡《ぬ》れている。義母の目が大きく見開かれ、それがおそらく私の腹に注がれた。義母の顔が緩み、私はうつむいて、指の腹にくっついたミカンの筋を剝《は》がしているふりをした。夫が意気揚々と、自分が考えた親孝行プランについて語り出した。オスが結婚相手を争って角で突き合いをした。流血し死に至る個体もある。

義母が細く長く息を吐いた。老人の呼気とミカンが混じったにおいがした。何かチリチリチリという細かな音が台所の方から聞こえた。「で、鮎は塩焼きだけじゃなくててんぷらとか雑炊とか甘露煮」「それは無理ちゅう」唾《つば》を飛ばさんばかりの勢いだった夫の説明を遮って義母は首を振った。義父の肩が落ちていた。「無理な、無理無理」義母は言いながらミカンを一房口に入れた。今まで聞いたこともないほど冷ややかな声だった。夫はきょとんとして「なんで?」と言った。義母はミカンを飲みこむと元の声に戻って「収穫せんならん。そのごろは終日」義母いわく、来週あたり台風がくるかもしれない、それまでに今実っている畑の収穫を済ませておきたい、直撃すると大損害だ……」「一日くらいいいだろ」夫がこともなげに言うと、義母はとんでもないという顔の前で手をぶんぶん振った。「台風がきたら一日も糞《くそ》もあるけ。前かあとかだけの話ちゅう」「でも……」「雨風に当たってみ。落ちたら最後、落ちんでも色が悪なる。まだらに。今はミバで値が変わるわ。半値つかんわ。なァ？」義母が義父を見た。義父は喉《のど》で小さく痰《たん》を鳴らしてから体を起こし、「おまいらだけで行ってきたらええわ。おい。ワイにもミカン」「ハイハイ」義母は、食べかけていた自分のミカンを置き、新しいミカンを一つ手にとって剝き始めた。夫は不満そうな顔をしていた。口が真横に引き結ばれ、額に皺《しわ》が寄る、こういう顔をすると、新婚のころここで見せてもらったアルバムを思い出す。幼い夫はいつも、写真にこんな顔で写っていた。

「じゃあ俺らが収穫を手伝うから、明日にでも。それで二倍収穫しとけば一日空くだろ。んで、明後日《あさって》行こうよ」「なァん」義母はまた首を振った。「素人《しろうと》がうかつに触れて傷でもいったらそれこそハキよ。ハサミかってそうやすい動かんわ」「それくらい」

「今日採るか明日にするか見極めんならん。いちんちでどんだけ育つか知らんだろ。あっちゅう間ぞ。一個一個」「……」「ほれに悪いわ。なァ？　街で仕事してようやっとのお休みにこうやって遠いとこまで顔見せにきてくれとるのに。ほんな働かされん」義母はあっという間にミカンの白い筋まできれいに取り去り、四つに割って義父に手渡した。義父は四つ割をそのまま口に入れて噛んだ。「……だったら俺らも行かないよ」夫が子供の顔のままで言った。「そんな、七十前の親を働かせて自分たちが温泉なんて行けない」「七十前って！」義母がけらけら甲高い笑い声を立てた。「まだ六十半《はん》ちゅう。七十前て！　なァ！」「いや行け」義父が言って少し咳《せ》きこんだ。痰がゾロゾロ鳴った。義母がさっとティッシュを出した。義父はティッシュを唇にあてがって濃いオレンジ色の痰をぬぐった。「行てこい。おまいら都会で働いとるモンが骨休みする日よ。ワイらはそれ土日も祝日もなァわ。休めるときに休んどるから。もう手前勝手に」「ほうよ。ほれにこんな田舎に二日も三日もおってユウちゃんが退屈するわ。温泉連れて行ってあげ」夫が私の方を向いて「どうする？」と言った。義両親も私を見た。私は「はあ」と言ってうつむいた。義母が私に「あのねえユウちゃん」と言い少し身を乗り出した。

「子供でもできたら夫婦二人でゆっくり温泉なんて夢のまた夢ちゅう」私は目を上げ義母の顔を見た。義母は夫そっくりの丸顔の中で、口をにっこり笑った形にしていた。口唇《こうしん》が左右に伸び広げられていた。意図的に笑んだ義母の唇と、無意識に不服そうな夫の唇の引き結ばれ方はよく似ていると思った。唇の片端に縦に皺が走り、そこにえくぼとは違う、妙な段差ができるのだ。瞼《まぶた》の奥の黒目が光っている。私は目をそらして「そうですよね」と答えた。「なァ？　赤ん坊でもいてみ。温泉なんて母親はよう浸かることもならんわ。なァ？　歩き出してみ。目離されんちゅう。つるっと滑らんかなァ走って転ばんかなァ溺《おぼ》れやせんかちて。中でオショーサンでもせんかちて。人様に迷惑かけんかてせこせこ追い回さんならん。なァ？　腹から一度出てきたもんは戻らんちゅう。大人んなるまで心安らかな日々はなァでなァ。夫婦二人でゆっくりは今だけちゅう今だけ」義母の声は歌うようだった。未《いま》だ耳慣れないイントネーション、私の爪《つめ》の先にミカンの皮の内側が入りこんで黄色くなっていた。「ほらええ機会ちゅう。今のうちに。温泉ねえ温泉」義母は歌いながら卓上のカゴに入っていたミカンを次々と剝いた。義父は四つ割のうち三切れを食べ残していた。動物たちは苛《か》酷《こく》な地形で育児をしようとしていた。ほんの数センチの足場に踏ん張って乳を飲ませ、仔《こ》も震えながらそこに立ち首を上に向けて乳首を咥《くわ》えている。緑の植物は見渡す限り一切ない。彼らが食べつくしてしまったのだ。崖の下には仲間の頭《ず》蓋《がい》骨《こつ》が転がっている。砂の混じった風が吹いている。「ほらユウちゃんおミカンよかったらも一つ食べ。このおミカンくれたん直志の同級生の家よ。甘いでしょう」「あ、甘いです。甘いです」「直志覚えとらんけ。イクコちゃん。これ全部イクコちゃん家の。ようけもらって毎年気の毒ちゅう」「ふーん」「キズモンでええのよーち言うがきれいなんをくれるな。気の毒な。毎年毎年。あすこの早生は株がええんかな。育て方だけと違うと思うわ。甘いてコクあるちゅう。味が」座卓にすべすべした裸のミカンが三つ四つと並んだ。私はそこから二つ食べた。牛肉で満腹の胃を上からミカンが押している。「ユウちゃんはダイエットなんてせんか。せんでええよ。ワイはちぃっと痩《や》せろちてコレステロールが高いちてマゴト先生に言われるがユウちゃんは心配なァわ。よう痩せとるわ。痩せすぎは言わんが十分痩せとるわ。たくさん食べ。食べ」「はい」夫はつまらなそうな顔でテレビを見ていた。ハァッと息を吐いた。仔が成長し巣立ったところで番組のテーマソングが流れこの種は絶滅間近で保護活動がなされていると締めくくられた。義父が大げさにあくびをした。義母はぱっと立ち上がって「お父さん飲みすぎちゅう。はよ寝、はよ寝。明日早いわ。はよ寝」「うう」夫がチャンネルを替えた。どこもちょうど番組が終わったところだった。全局のコマーシャルを見てから夫はテレビを消しもう一度ハァアッと湿った息を吐いた。

「あ、いらっしゃいませ」我々の話し声が聞こえたのか、フロントの奥から一人の若い男が出てきた。薄水色のポロシャツに、ネームカードを首から下げている。読めない漢字二文字が書いてあった。「日帰りですか？」「はい」「でしたらそちらの券売機で大人一人六百円……お近くの方、じゃないですよね？」男は言いながら少し首をかしげて我々を見た。「え？」「あ、もしご近所の方でしたら、回数券がお得なので。六千円で十二回入れますし、十二枚全部使い終わったらレストランでコーヒーのサービスが受けられるんです」男は全く訛りがなかった。この人ではないのだろうか。しかし、ここの人でもないのにここで働く意義はないような気もした。夫が首を振った。「いや、我々は近所じゃないです、観光です」「でしたら一番上のボタンですね」私は財布を出して券を二枚買い、思いついて男に「これって有効期限はありますか？」と尋ねた。男は「いいえ」と言い、言い終ってから首を振った。ネームカードが胸板の上で揺れた。筋肉がありそうな形の胸だった。私は券売機にもう一度お金を入れた。夫が怪訝《けげん》な顔をしていたので「いや、これ、お義父《とう》さんたちにあげればいいじゃない。収穫が終わったら、くればいいでしょ、お二人で」夫はああと言った。フロントの男が、何かを待ち構えるように身を乗り出していた。私は財布の中に券を二枚仕舞うと、残り二枚を差し出した。彼はにっこり笑って素早くそこに赤い判を押し、すぐにその判の上に指を当てて券をつまみ上げこちらに差し出した。男の指は朱肉色になっていた。今日の日付が押印されていたらしいが、男の指のせいで赤く汚れて読み取れなくなっていた。「本日中なら再入浴も可能です。こちら奥が大浴場、ロッカーの百円は使用後戻ってきますからね」手前が男湯、奥が女湯だった。女湯の脱衣所には誰もいなかったが、ついさっきまで誰かがいたような気配がした。使用済みのタオルが丸まってベンチに残され、備えつけのドライヤーのコードがだらんと伸びて垂れ下がっていた。危なそうだったので服を脱ぐ前にそれを直すと、洗面台に金茶色の長い髪の毛がたくさん貼りついていた。私はそれを置いてあったティッシュで集めてゴミ箱に捨てた。指先が少し濡れた。

脱衣所の百円式ロッカーに荷物を入れ服を脱ぎながら、私はふと、ここに義母と一緒にくるはずだったのだと思った。私は義母の体を想像した。私より背は低い。肥満ではないが年相応に二の腕やお腹や背中などに脂肪がついている気配がある。三十代になり、当社比では衰えが始まっているもののまだ水気を含む私の尻や腿《もも》を義母は盗み見たかもしれない。自分の息子が触れているはずの肌を鋭く検分したかもしれない。私も、かつて夫が収まっていた腹やそこにある帝王切開の痕《あと》(夫は帝王切開で生まれた)をこっそり横目で見たかもしれない。私は手首にロッカーの鍵《かぎ》がついたゴムバンドをはめ、義母から借りたタオルを前に当てて風呂に入った。中には誰もいなかった。大きくて透明な湯の張られた湯船があり、その手前には水風呂とジェット水流風呂の小さな湯船、大きな湯船の左手奥に露天風呂へ続く透明な扉があった。扉は曇っていたが、その向こうが緑色の山なのだということはわかった。私はシャワーの前に座り化粧を落とした。シャワーは勢いが足りなかった。私は手桶《ておけ》を蛇口の下にあてがってそこに湯を溜《た》め洗髪した。何度流しても髪がぬるついていた。ようやく流し終えた髪の毛を後頭部にクリップで留め、スポンジがないので素手に液体石鹸《せっけん》をまぶし肌を撫《な》で洗った。自分の手でさえ、直《じか》に肌に触れるのは久方ぶりだった。細長い水路の先にある排水口に、私の髪の毛と泡がわだかまっていた。私は大きな湯船に入った。高い位置に作られた窓から光が差しこんでいた。黒い石の龍《りゅう》がだくだくと湯を吐き出していた。湯は透明で無臭だった。私は龍のすぐそばまでいって湯を手に受けた。壁に温泉の成分と効能を書いたプレートが貼りつけてあった。胃腸虚弱、リウマチ、関節痛、皮膚炎、婦人病、私の尻が平らな湯底にぺたりとついて広がっていた。私は声に出してああ、と言った。うつ伏せになり、足と尻を浮かせて、手で体を支えながら浴槽の中を動き回った。そのまま仰向けになり手を離した。体がずぶと沈みかけたので肘《ひじ》を底につけた。湯の中に髪の毛や耳が浸かった。耳の中でゴーゴーという音が聞こえた。しばらく天井を見ていた。天井は白かった。一人でよかったと思った。義母が私の腹を見た目つきを思い出した。結婚してもう五年、今年三十になった、親孝行というならばまずそのことのはずだった。私は透明な湯から立ち上がった。肌に触れているとさらさらしていたのに、体を引き抜こうとすると少し粘り、抗《あらが》うような感触があった。私は露天風呂へ通じる扉を開けた。

さあっと冷たい空気が私の体を包み、濡れた髪の毛がぺたりと背中に張りついた。誰もいないと思っていた露天風呂には二人のおばあさんがいた。二人は驚いたような顔で首だけ回して私を見た。私は慌《あわ》てて会釈《えしゃく》をし、クリップを外して髪の毛を絞って留め直した。義母よりも十くらいは歳上《としうえ》だろう。二人は皺びた乳房を垂らし、湯船の縁に並んで座っていた。股《また》のところにたたんだタオルを載せて、膝《ひざ》から下だけを湯に浸けている。一人は頭が白く、もう一人は真っ黒だった。顔は同じくらい老いていた。私は二人から離れて湯に入り景色を見た。空が青かった。山の緑が湯に照って私の肌まで緑がかって見えた。どうどうと瀬音が聞こえた。「ほんでニイダのおっさんに言うかい」おばあさんは私が入ったせいで中断していたらしい話を再開した。「手間賃払ってなァ」義母のと同じ訛りだったが、やや早口に聞こえた。「カラスがこん前にな。今から骨折りちゅう」声はしゃがれて低かった。二人の声はよく似ていた。言葉の合間にペチョッ、ペチョッという粘つく舌打ちのような音が聞こえた。「下の方ならワイが枝バサミで切るが上の方はいよいよ無理ぞ。足場組んでだ。ニイダのおっさん頼りだわ。今年がオモテなばっかりに。いまいましい」二人はグッグッグと声を出して笑った。「いくら採っても食い手がないちゅう」「箱に詰めて送ったるン。いらんち言うが送るわ。送り賃何千円もかかるがうちで腐る方が気が悪いちゅう」「タダシにか」「タダシも。ほかにほうぼう。姪《めい》やら誰やら」「タダシはどうしよるんな。まだできんかい」「できんなあ」「ほんでマリは」おばあさん達の声は徐々に大きくなった。露天風呂に他人がいることを忘れたのかもしれない。いても関係ないのかもしれない。ニイダもタダシもマリも誰だかわからない以上、聞いたこちらもどうにもしようがない。犬の遠吠《とおぼ》えがかすかに聞こえた。露天風呂は内風呂よりややぬるかった。白くて薄い湯気が時折渦巻いたりさっと吹き払われたりしながら湯面に立ちのぼった。「マリか」「子ができとったんだろ。産んだんな」不意に耳元で義母の声が「ウマンテカ」と言った。私はギョッとしてあたりを見回した。白黒二人のおばあさんしかいなかった。黒い方がしゃがれた低い声で「ウマンテカ」と言って緑色の小さいものを口に入れペチョペチョと舌を打った。「孕《はら》んどるのに気づくのが遅かったんな。まさかと思うちゅう。当たり前な。手術するのもなァちて」「産んだか」「産んだよ。ノジリさんは怒っておるぞ」「怒るちゅう。怒らァな。誰だって怒ら」どちらのおばあさんも、義母とは全然違う声だった。私は空を見上げた。黒くて大きな鳥が空を横切った。ピユーイピューイという細くて高い鳴き声がした。空耳にしては湿った声だった。「誰も知っとらァ。ノジリさんは実の子よりもマリのがかいらしいちゅうて朝に夕に連れて出よったわ。聡《さと》い子だちゅうて。親父の足の強いのと母親の聡くて辛抱強いのと。ほれを引き受けとったんだわマリは。ノジリさんは楽しみにしとったんだに。誰ぞに嫁《とつ》がすかちゅうて」「なァん」「ええ子を産むぞちてなァ」私は少し喉が詰まったような感じがした。私は義母のことを思った。誰ぞに嫁がすか、ちゅうて、楽しみにしとったんだ、義母は当然、自分の息子、長男であり唯一《ゆいいつ》の男児、のところに誰かが嫁いでくると思ったのだ。それが自分たちの血を引くええ子を産むと思ったのだ。「なァん。ええ子をなァ」「ほれがいっち楽しみよ」産まないとも産めないとも産みたくないとも思うわけがないのだ。私は自分の腹を見下ろした。湯の下で緑色に揺れ心なしかふやけて見えた。「ほれが父なしの仔犬産みょった。オスメス取り混ぜて六匹」私はほうっと息を吐いた。人ではなく犬の話らしかった。私はそろそろと中腰になって露天風呂の一番端まで行き、手すりから首を伸ばして外を見た。正面には山、下の方に川が見えた。そして川土手の大きな岩の上に、オレンジ色のチョッキが広げてあった。白バンの老人の上着を思い出したが形が違った。あたりに人影はない。釣り人がライフジャケットのようなものを乾かしていて忘れたのかもしれない。瀬音は鮮明で、水が冷たくて澄んでいるのが見ているだけでわかった。ところどころが深緑色に静まり、その他の部分は白く泡立って飛び跳ねながら流れていた。湯から半分だけ出ている尻がすうすうした。チョッキの載った岩の向こう、川が深そうなあたりに急に水柱が立った。ドボンと音がした。驚いて見ていると、もう一度同じように音がして水が白く上がった。どうも、チョッキの岩陰に隠れてその姿が見えないが誰かが今そこにいて川に石を投げているらしかった。私は慌ててしゃがんで湯に浸かった。川原から露天風呂が見えないようになっているのか心もとなかった。チョッキの雰囲気からすると石を投げているのは大人の男だろう。おばあさんたちは熱心に話していてこちらを見てはいなかった。二人の尻と尻の間にタッパーが置かれているのが見えた。中に緑色の小さいものが入っている。白い方がそれを一つつまんで口に入れ舌をペチョッと鳴らした。何か柔らかい実か、菓子のようだった。「父なし仔犬は貰《もら》い手がつくだろか」「それよ」黒い方がクックッと笑った。「年寄りがな。マリはきちんと檻《おり》に入れて錠もしとったに孕んだだろ。山の猿でも入りこんで孕ましたんでないかちてえがい心配し出したちゅう」猿、犬、孕ます、白い方が呆《あき》れたような口調で「そんなもん孕ますかよ」黒い方は頷《うなず》きながら「しかしワイが子供の時分はそういう話も聞いたちてまたどこぞの年寄りが言い出したァん。手に毛のない五本指があるようなものが生まれて人の言葉を喋るぞ悪さをするぞちてえがい脅して。おぞいわおぞいわちゅうて」「おぞいちゅうても犬が人の言葉を喋《しゃべ》るかよ。猿でも」「本来あってはならんことになるちゅうことだろ。ワイが子供の時分にはほういう化物が隣村に出たちて。山で行きおうて悪ふざけを言いかけられたちて。並のモンより知恵があってなまじな口では勝てんちて。年寄りがバァノバァノと言い出したァん」夫の実家からたった一時間でたどり着いたこの場所はどんな秘境だというのだろう。山に猿がいて（そりゃいるだろう、これだけの山だ。何がさるなし温泉郷だ）それが人家の犬と交尾するということがそれなりの現実感を持って信じられる土地だ。人語を話す犬猿だか猿犬について老人が唾を飛ばしながら言い張る過疎《かそ》の村だ。「せなからもしほうなら生まれた仔はすぐに処分せんならんちて。ノジリさんはマリがいきみよる横で氷水用意して待っとったんと。息のせんうちに氷水に沈めろちて年寄りが騒ぐけに」このおばあさんに年寄りと称されるのは一体どれぐらいの高齢者なのだろう。生まれたての仔犬を氷水につけるなんて都会の愛犬家が聞いたら卒倒しそうな話だ。「近所中のレートーコの氷を集めてノシオらのベビーバス引っ張り出してよ」「カー」片方がカラスの鳴き真似のような声を出した。もう一人も「カー」と言った。感嘆詞のようだった。「したら、生まれてきたんは犬よ。犬の仔よ」「カー」「いやはてさてちゅうて。したらやっぱり年寄りがな。いやこれは犬のようだが犬でない指に毛がないだなんだ言い出して。どうでも水に入れろ入れろ言い出した」「カー」「仕方なしにノジリさんがほれをベビーバスに放りこもうとした段に声が聞こえたちゅう。マッテェーっちて」急に黒いおばあさんが金切り声を出した。京劇のように高い頓狂《とんきょう》な声、私の肌にざっと鳥肌がたった。「マッテェーヤメテェーっちて飛び出してきたんだ。末の孫が」「……末の孫、ノシオの子か」「ほうよ。ノシオの二番目の嫁さんの産んだ」「ワイは姿を見たことないな」「滅多に見んわ。まだ幼稚園生くらいだろ。夏休みだかで帰っとったんだわ。ワイも見たんは何度かちゅう。ほいでな。その子が大泣きしてカワイソーカワイソーマリチャンカワイソーちてエンエン泣くちゅう。大人がなだめてもダメよ。二番目の嫁さん黙ってタバコ咥えて見よる。抱きもせんでな。子供は外に出してくるなてノジリさんが言いよったのにそれも守らんでひょこひょこ出して」「あの嫁さんなァ」ため息が聞こえた。「髪の毛を妙な色しとるな。一人目のが感じがよかったが」「しかし子はな。まあほんでワァノワァノしとるさいにとうとうマリは全部産んでしまいよったん。六匹。マリが舐めるだろ。ほしたら全部当たり前の犬の仔で」「なァん」「指に毛も生えとる。かいらしい仔犬よ」私は両肩が急に軽くなったような気がした。いつの間にか、おばあさんの話をずいぶん熱心に聞いていた。なかなか話し上手なおばあさんだ。またピューイという鳴き声がした。鳴き交わすようにまたピューイ、ピューイ、ワンワンワンという犬の吠え声も聞こえた。「ほうけえ」「普通に考えたら当たり前な。猿が孕ますかよ今時分。したら仔犬の毛がみるみる乾くだろ。ほれを見とるうちにな。イオセんとこのボンにそっくりになりょったちゅう」「なァん？」「鼻先が丸くて横にぷしゅっとしとる。鼻づらの毛だけが黒いでほんで地の色の茶色いとこも何もかんも。耳もぴっとしとってな。生まれたてやのに。マリは色が薄いちゅう」「薄いな」「耳も垂れとるちゅう」「垂れとるな」「六匹残らず同じ顔よ。ボンのアホ面《づら》な。ほんでノジリさんが一匹摑んでイオセんとこ怒鳴りこんで申し開きでけたら言うてみいて銃持って出る勢いぞ。震え上がってイオセの爺《じい》さんは。ワイは知らんちゅう。ボンが勝手にしたか知らんがワイは知らんちゅう。しかしなあ。ボンはともかくマリは普段錠のある檻に入っとんぞ。人か猿なら簡単な錠だがボンに開くかよ。ほんで問い詰めたらばとうとうイオセの爺さん泣き出して」「泣いたちゅう！」「泣かんてか。爺さんはダメな。年寄るとすぐ泣くわ。女はだんだんに泣かんようなるが男は泣くわ。もう泣いて泣いて泣いてボンがマリに惚《ほ》れとるちて猛《たけ》って鳴くのがかわいそうでならんちゅう。ほんで一度だけマリの檻の戸を開けてつがわせたんだちて白状した」「えがいことしたなあ」「あれは長いことないわ。じきに動けんことなるわ。お迎いちゅう」「したらばイオセんとこが引き取ったけ。仔はよ」「まだ乳離れするかせんか。ノジリさんが見とるかもしれん。イオセんとこは爺さんが杖《つえ》ついて一匹いらんかいらんかちて方々言い回りよる。女親はええ血ぞちゅう。親父は駄犬だが母親はええ犬ぞちゅうて自分で。ヤケクソな。ワイんとこもいらんかちゅうてきたな。うちはもう今おる犬がダメになったら猟やめだろちゅう父さんと決めとるからいらんち言うたけどな」「ほうけえ。したらあと十年ももつまいな」「もつがとこ。いっち若い犬だちてもう五年は飼うとるに。その前にうちの父さんの脚が使いもんならんようなるちゅう」「ほうけえ」

「ほうでえ」二人はケラケラ笑った。「ほんでも何匹かは貰い手があったちゅう。オスはな。脚が太い走りげな格好で。仕込次第だわちて。お買い得でないかちて。種にもなるかしらん」「ほうけえ」「あとはメスな。一匹か二匹か残っとるだけだろ。貰い手があればよし。なければどうなるか。イオセの爺さんが最後までみるんは無理だろな。犬でも十年は生きらァな」「また山から落とすけ」「おそいなあ」「あの」私が急に声を出したので二人は驚いた顔でこちらを見た。ドンという地鳴りのような音がした。

ピューイピューイと鳥が甲高く鳴いた。

「ほれは鳥でない。シカの鳴きよる。今ハツジョー期な」ノジリさんはそう言ってがっはっはと笑った。「ワイも猟に出とるつもりがマリのことがあって気の塞《ふさ》いでな。ワイは今季は行かんちてふてくされとったんだわ。もらってもらえてありがたいちゅう」ノジリさんもまたオレンジ色のジャンパーを着ていた。ノジリさんの広い庭にはマリ以外に何頭も犬がいて、それぞれに小さな屋根つきの犬舎のようなものがあてがわれていた。聞けば全て猟犬と元猟犬なのだそうだ。「シシとあとシカな。最近はこの辺もシカが増えて増えてして害獣になっちゅう。どんどん撃ってどんどん食えだ。町からお達しがきとるくらいだから」ノジリさんの前歯下側は残らず銀歯だった。そのほかの歯はまっ茶色だった。「春にでもなったらまあ。ぴょこぴょこぴょこ仔やら親やら集まって集まってして。窪地《くぼち》ちゅうんか盆地っちゅうんか山の決まったとこに五十じゃ百じゃと集まってぴょんこぴょんこしてから、それが一斉にかじってかじって糞《くそ》して山はあっちゅう間に丸裸よ。ええ迷惑ちゅう。そんなとこに雨が降ったら一発ぞ。崩れて。おたくらどこからな?」「え?」「自動車道をおいでたか。ほしたらダムんとこ見たろ。水が濁って濁ってして。木ィがぼこぼこ浮かんぢゅう。ありゃシカに弱った山が雨で崩れてどどっとダムに流れこんだちゅう。木ィごと。ダムならまあよかったがあれが畑じゃ家じゃの上であったらオオゴトぞ。人が死ぬるぞ。じゃから鉄砲持って猟師が集まっておのおの犬連れて吠えさしてシカ集めてな。ほんでころになったらドンドンドンドン撃っちゅう。撃て撃てちゅうて撃っちゅう」ノジリさんの笑い声は缶コーヒーとタバコのにおいがした。マリは自分の仔を撫でている私をじっと見た。目が合うと尾をはたはたと振った。あまり大きくない、四肢のしっかり張ったいかにも持久力がありそうな体つきだったが、猟犬とは思えぬほど穏やかな顔をしていた。「ええ猟犬は人に懐《なつ》くちゅう。人を信頼でけんと猟にならん。撃った獲物《えもの》は犬にもええとこをやるちゅう。ほれが楽しみで犬はなお人に懐くちゅう。撫でてみたらええわ。マリは初めての人もワイと喋っとん見たらすぐ懐くわ」私は手を伸ばしてマリの首筋あたりに触れた。短い毛がなめらかだった。黒い目は近くで見ると茶色かった。聡明《そうめい》そうに澄んでいた。じっと見つめられるのが恥ずかしいのか、マリはぷいと横を向いたが尾は振り続けていた。犬舎から他の猟犬たちもこちらをちらちら見ていた。色の濃淡や多少の大小はあったが、どれも似た顔かたちをした犬たちだった。「ワイの犬はどれもええ血ちゅう。血が濃過ぎんよう話聞いてエンポーまで種貰いに行ったりな。犬が悪かったら猟にならん。マリはほんまにええ犬で。まあ今回のことはアレながまた次でもあるちゅう。オスほどでもないがまあまだマリは何度か仔を産めるわ。な。次はちゃんと……いやこの仔も悪いことないわ。普通に飼い犬にするならな。ボンの血ならなお人懐こいわ。そう大きィもならんわ。あまりカサがある犬はシカ撃ちには向かんちゅう」ノジリさんはまた銀歯を出して笑いながら仔犬用のペットフードと、今寝床に敷いているタオル、輸送用に段ボール箱、ふてくされた顔をしている夫に冷たい缶コーヒーを分けてくれた。温泉郷では風呂上がりに散々待たされ、やっと出てきたと思ったら妻は見知らぬ老婆《ろうば》を連れていて、彼女らに昼食も食べないうちに道案内され古いタッパーに入ったよくわからない草の実のようなものを食べさせられ「これがさるなしちゅう」「アマカロ」「ウマカロ」「体にええわ」「滋養になるわ」「ワイが山で採ったちゅう」「えがい苦心してこんなもんを採るわ年寄りは」細い田舎道を通らされ車の両脇に雑草や枝の擦り傷を作らされ、挙句猟師と名乗る男からカリントウの空き段ボール箱に入った雑種の仔犬を渡され好物である唐揚げを用意して待ってくれていた親には仰天され問い詰められそれぞれに本来答えるべき妻は素知らぬ顔で仔犬の世話ばかりしている、夫は帰宅するまで不機嫌だった。私のことをうろんな目つきで見た。不安そうでもあった。事情はどれだけ説明しても意味不明のようだった。私にとってもそうわかりきった話ではなかったが、とにかく仔犬は厳然とそこにいて、小さく震えたり母犬を恋うて鼻声を出したりしているのだ。幸い我々の住む分譲マンションはペット飼育可だった。階下の住民のために防音マットを敷き詰めトイレやケージを買い獣医を探すために私は連休後に一日仮病で有休を使い、翌日も離れがたくまた仮病を使い、そうするとあと一日で週末だったのでそこも休み、結局四日間の連休が九連休ということになり上司が心配して携帯電話に連絡をよこした。犬はマル子と名づけた。仔犬が自分の呼び名を覚えるころには、私ほどではないが夫もマル子を可愛《かわい》がるようになった。ヨチヨチ歩きだったのがあっという間にしっかり走り回るようになり、私は朝夕散歩へ行き、無添加のフードを求め、予防接種を施した。マル子はマリの健康そうな体つきになっていった。ややおどけた顔立ちはおそらくボンに生き写しだった。賢く勘がよく甘えん坊だった。家族として愛するには最高の犬、山を駆け吠えながら鹿を追い詰め咬《か》み殺すには向かないだけだ。ノジリさんが送ってくれた冷凍鹿肉《しかにく》を叩き潰《つぶ》して焼き、マル子のためにジャーキーを作った。その明るい茶色の目はいつでも私の視線を求めて動いた。くるりと巻いた尾が喜怒哀楽を示した。陽気な口元はジャーキーをねだって私の指を舐めた。仰向いた薄ピンクの腹の毛を柔らかく撫でてやると尾がほろほろと動いた。仕事で疲れ帰宅した私はマル子を撫で、抱きしめ、食事を与えおもちゃで遊んだ。まめに体重を測り歯を掃除し爪を切りレインコートをオーダーし獣医へ連れて行き一泊二日で避妊手術を施す予約を取った。夫のまだ帰宅しない夜、食事を終えた私の膝の間で赤黒いジャーキーを嚙んでいたマル子が不意にこちらを見上げ、私をじっと見た。「なあに？」私が見返すと、犬はその丸い瞳《ひとみ》に私の顔を映したまま、義母の声で「ウマンテカ」と言った。

広い庭

　僕は母に連れられて耀子《ようこ》さんの家に遊びにいった。耀子さんは母の大学時代からの友達で、ここ数年疎遠《そえん》になっていたのが最近また会うようになったらしい。母の運転する車はナビの指示を無視してどんどん森の中に入っていった。細い、車一台がぎりぎりの道の両脇《わき》に背の高い木が生え、その幹につる草がくるくる等幅に巻きついていた。このままだと暗い原生林にでもたどり着くのではないか、僕が外を見ていると細い道は不意に現れた少し大きな通りに合流し、田んぼや畑や民家や学校らしい白い建物などが見えてきた。「本当、近道だった」母はつぶやいて、ようやくナビの指示通り小さい郵便局の角を曲がった。灰色の瓦《かわら》に金色の縁飾りのようなものを載せた巨大な家があった。母が「豪農ね」と言った。ただ広い駐車場に大きくて平たくて四角い黒い車が一台だけ駐《と》まり、その隣に黒くて車輪が赤いベビーカーが横倒しになっていた。「ハウスイチゴなんか、うまくすれば相当儲《もう》かるらしいわよ。脱税しないといけないくらい」ただ、耀子さんの家は農家ではないらしい。母は得意そうに「自由業よ」と言った。「耀子さんはただの主婦よ。働いてるのは旦那《だんな》さん。それもね、年に三分の一は出張なんですって。海外にいったり、東京にしばらく滞在したりして。甲斐性《かいしょう》はあるけど耀子さん、気重と言ったら気重だし、気楽と言ったら気楽よね」母は運転席に、僕は後部座席に乗っていた。僕が助手席に座っていない方が母はよく喋《しゃべ》った。僕がいないで、一人で運転している時もそうやって喋っているのではないだろうかと思った。ミラーの中の母の目がいつもより大きく尖《とが》って見えた。母は時々こういう顔に化粧をする。大きな灰色のサギがいる小さな川を渡り、イチゴのなのか白いビニールハウスが何棟も並んでキラキラ光っている脇を通り、広大な空き地の真ん中にぽつんと小屋が建っているのも過ぎ、田植えの済んだばかりらしい田んぼ、その向かいに耀子さんと旦那さんの家があった。屋根つきの駐車場には一台の車が端に寄せて置いてあって、母はその隣にするっとバックで駐車した。

広い庭でバーベキューをするのだと母に聞いていた。何家族か集まって、多分あんたくらいの歳《とし》の子供も何人かいるはずだから遊んでもらえたらいいね、話したりとかさ。でも、実際着いてみるとそこにいたのは耀子さんの旦那さんだけだった。僕は少し驚いたが、母は別にそれに対して疑問を呈するでもなく華やいだ声で「心配してたけど、天気大丈夫だったわねえ！」と言った。庭先でコンロの支度をしていた耀子さんの旦那さんはニッと笑って僕を見て母を見た。「予報がずれて、夜のうちに降りきったんだろ、もう乾いたね」母は車の音で外に出てきた耀子さんに今日はお招きありがとうと言い、旦那さんにお久しぶりと言い僕にも挨拶《あいさつ》をさせた。多分他の人々はまだ到着していないのだろう。僕が名乗って頭を下げると、おじさんは「覚えてないかなあ」と言った。黄色に大きな花柄が染め抜かれたくたっとしたシャツ、首に白いタオルを巻きズボンの腰のところにもタオルを挟みこんでいる。背の高い、やや太り気味の、優しそうなおじさんだった。「赤ん坊のころ、会ったんだけどなあ、君に」「覚えてるわけないじゃない。それもう十何年も前のことよ」母が早口で言った。耀子さんがにこにこして僕を見て「そのシャツ」と言った。僕は頷《うなず》いた。耀子さんはこの前一度うちに遊びにきた。その時僕にシャツをプレゼントしてくれた。肌触りがごわつくがそれはこれが新品でかつ非常にいい生地だからなのよと母は言った。母は選ばないような、くすんだ緑と茶色の不規則なチェック模様で、その裾《すそ》をズボンの中に入れたものか出したものかわからなくて出したままにしておいて母がそれを直さなかったのでこれでいいのだとわかった。耀子さんはゆったりした藍色《あいいろ》の半袖《はんそで》シャツを着ていて、鎖骨のあたりに並んだほくろが見えた。艶《つや》のある顔にも髪の毛をお団子にまとめている細い首筋にもほくろはあった。おじさんがすっと僕の前にしゃがみこんだ。僕の顔より低くなった位置から、まじまじ僕の顔を見つめ、でもどういうわけか僕と目が合わないふしぎな目つきで「でも大きくなったねえ。真澄ちゃんに似てるねえ」眉《まゆ》に少し白毛があった。丸い顎《あご》にまばらなヒゲがあり、そちらには白いものはなかった。「そうお?」母が大きな声で言った。「そんなの私言われたことないけど」「ううん、この、目の形なんてそっくりだよ」言いながらおじさんはぐいっと立ち上がった。立ち上がると、しゃがみこむ前より更に背が高くなった気がした。「そうそう。私もそう思う」耀子さんが頷いた。「まつげの生え方とか細かいところが似てるのよ。なんか、真澄が子供だったころはきっとこんなだったんじゃない? 今みたいにお化粧するようになる前……」「今みたいに?」僕は母をそっと見た。母は細い指輪をした手を頬に当てるようにして僕を見下ろしていた。頬に当てた手の指先だけをぺたぺた動かしていた。何も塗っていないように見える色のマニキュアを昨夜塗った爪《つめ》が濡《ぬ》れたように光った。僕は目を逸《そ》らした。母は「一緒に住んでてちゃわかんないわねえ。でもまあ、異性の親に似るっていうしねえ。雪子ちゃんはどう、どっち似?」「耀子だね」

おじさんが即答した。「身も心も耀子似さ……ありがたいことに」「ありがたい？」

「骨太で頑丈そうな、真面目《まじめ》な、ね」「あ、そうそう、ごめんなさいね、尚志くん」耀子さんが僕の名前を呼んだのでどきりとした。「うちの雪子、今日急に部活が入っちゃって。なんか、卒業生の先輩が指導にきてくれることになったって言って、それが決まったのが昨日の夜だって言って、急にで」「あらあ、今日部活なの。私雪子ちゃんに会いたかったわあ」「うん、雪子も真澄に会いたい会いたいって言ってたんだけど、あの子この夏休みで引退でしょ、あとちょっとだからって、意地みたいになって引退までは休まないって。こないだなんて熱があったのに無理やりいったりして」

「それもまた、耀子似だね」「だからごめんなさいね、雪子、尚志くんと会うのも楽しみにしてたんだけれど」耀子さんが軽く僕に頭を下げた。頭のてっぺんのお団子が揺れた。僕はお辞儀をし返した。耀子さんとおじさんは二人とも素足につっかけだった。耀子さんはつっかけの足にもほくろがあった。

　母は一人だけ長袖を着ていた。母は日焼けを気にして一年中長袖を着る。大きな帽子もかぶっている。でも僕にはもっと日に焼ければいいのにと言う。少年野球チームがあるわよ、サッカークラブがあるわよ、チームでうまくやってくような力って、どうやって生きていくにも必要よ。訓練よ。「ねえ、何か私、手伝うことなあい？」母が大きな帽子をばさりと外し髪の毛をほぐすように振りながら言った。母用のシャンプーの匂《にお》いがした。母用のシャンプーは風呂場《ふろば》の床がヌルヌルする。僕はいつも母がもっとちゃんと床をすすいでから出てきてくれればいいのにと思う。「あ、じゃあちょっとお肉とか運ぶの手伝ってくれる？」「ええもちろん……」耀子さんと母は僕を置いて家の中に入っていった。引き戸の閉まる音がガラガラと大きかった。それを聞くとここがとても田舎の気がした。家の中はシンとしていた。

僕は背負っている、何が入っているわけでもないけれど背負わないと格好がつかない気がしている黒いリュックサックの肩紐《かたひも》を持って軽く揺すった。「それ、そこの縁側に置けばいいよ」おじさんがそう言って家から庭に突き出たようになっている板張りを顎でしゃくった。大きな四角いクーラーボックスが置いてあった。隣に紙コップをいくつも重ねたものが立てかけてあった。「リュック、中身何？　ゲーム機？」僕は首を振ってから「中は、ハンカチ、とか」と答えた。「ハンカチ？」僕は頷いた。ハンカチ、学校用のとは別の細い筆箱、メモ帳、ガム、溶けかけているのど飴《あめ》、お守り、おじさんは少し笑ってコンロの前に立って僕に「これの中、は、炭」と言った。コンロに対して背が高すぎるのか、すごいがに股《また》だった。僕が覗《のぞ》くと、中には確かに炭が入っていた。まだ火はついていない。黒くて軽そうで表面にいくつも割けたような筋が入っていて、その内側がところどころキラッと光っていた。僕が頷くとおじさんは小さい声で炭、な、スミ、いい炭悪い炭、と鼻歌のように言いながら軍手をはめた手で触り始めた。左右を逆にしたり、一つを二つの上に載せたり、二つを立てかけてトンネルのようにしたり、サ、サ、と炭同士がこすれる軽い音がした。組まれた炭が倒れるとカサッと鳴った。外側がカーキ色で内側が銀色のバーベキューコンロは新品ではないが清潔そうだった。その脇には、座るところが布の小さな椅子《いす》と簡易なテーブル、テーブルの上に小袋に入った割り箸《ばし》がたくさん積んであった。僕は家と庭を眺めわたした。家は横に広くて、瓦が濃い灰色で外壁が白く塗ってある。上にちょこんと小さい二階がくっついている。そこだけ瓦の色や壁面の色が微妙に違い、きっと後から増築したのかもしれない。二階の窓に降ろされたブラインドが一箇所引きつれゆがんでいるのが見えて、僕はそれを整えて引っ張ってしゃんと直したいと思った。玄関は波うったガラスの引き戸で、その左右に広がるように縁側があり、縁側の向こうは暗い畳敷きの部屋で網戸が閉められていた。屋内に人が動いている気配はなかった。母と耀子さんの気配もしない。声も聞こえない、かなり奥行きがあるらしかった。庭も広く、僕たちが住んでいるあたりなら豪邸の部類に入りそうだったが、この土地では多分この大きさが普通なのだろう。母と僕の家がまる三つはゆうに入りそうな庭は上から見ると多分楕円《だえん》形をしていて、家はその長い方の弧の真ん中あたりにある。あまり背の高い木はなくて、そのせいで余計広く見えるのだと僕は思った。何かで囲まれた花壇も丸や三角に刈りこまれた木も小川も芝生もない。ところどころ茶色い地面が見えていた。楕円形の庭を取り囲む背の低い生垣もハサミで整えてから時間が経《た》っているらしい輪郭で、白い細かい粉のような花が固まって咲いていた。そのすぐ手前、庭の最奥《さいおう》に大きな岩が二つ、少しずつ斜めにずらして置いてあった。それがこの庭の唯一《ゆいいつ》の装飾らしかった。詰まった濃灰色の堅そうな岩と、白い中に黒い点々がたくさん見えるざらついた岩で、どちらも上が鈍く尖った三角形をしていた。「見立てって、言ってさ」不意におじさんが言った。まだ炭を動かしている。軍手が真っ黒に汚れ、目の下に鋭い黒い筋が走っていてネイティブ・アメリカンのように見えた。

「ああいう岩とかを庭に置いて、山とかに見立てて飾るわけ。もともとあの岩の手前に池があってさ。それが海で、岩が島のつもりだったんじゃないかな。池は手入れが大変だから、前の持ち主が自分で作ったくせに埋めちゃったらしいけど。風流だよねえ」岩の手前の地面には丸く平たい葉っぱを傘のように広げた草がたくさん生えていた。少し暗い緑色をしてゆらゆら揺れていた。その丸い葉は岩の前の一帯にだけ固まって生えていた。そう思って見ると、その群生が池のあった形をそのまま示しているのかもしれない。池はこの庭を縮小したような楕円形、水は黒っぽく、でもそれは汚れているせいではなくて池の内側にびっしり滑らかに苔《こけ》が生えているせいでそう見える、丸に切れこみの入った睡蓮《すいれん》の葉が浮いている。黒い大きな魚が泳いでいる。カポ、と口の形の波紋が浮かび上がって消える。アメンボの脚が作る小さな丸い水のくぼみが、沈んだ魚の鱗《うろこ》に光って映り六弁の花模様になっていた。「今も池があったら尚志くんは面白かったかもしれないね」おじさんは言って目の下を軍手の指でこすった。さっきの黒い筋と平行にもう一本線が入った。「たくさん錦鯉《にしきごい》がいたらしいから。鯉は残飯を食べるんだよ」残飯、錦鯉、丸い葉はどれも揺れていたがその揺れ方は不規則で、大きさも向きもまちまちだった。黒い水の中を泳ぐ黒い魚の薄黒い尾に触れた茎は大きく、魚が吐いた泡が撫《な》でた茎は小さく揺れるのだ。僕はそっと池に近づいてしゃがみこみ、一枚の葉っぱをめくってみた。毛の生えた茎がいくつも突き出た地面は少しだけ黒く湿って見えた。僕は地面に触れた。背中の、大きさの割に中身の入っていないリュックサックが僕が前かがみになったのでガサリと揺れた。地面はその黒ずんだ見た目より乾いていたが、それでも奥に冷たい水気を感じた。水脈を探るように僕が地面に触れ指の腹を動かしていると大きなアリが慌《あわ》てたように僕の手を登り始めた。アリはものすごい速さで僕の白い腕を駆け上がり、あっという間に半袖シャツのあたりまで登った。僕が払うと地面に落ちたアリは触角を左右交互に動かしながら今度は茎を登っていった。登るときに尖って膨らんだお尻《しり》が揺れていた。僕は立ち上がった。いくら庭が広いと言っても大した距離ではない、しかし、うつむいて炭をいじっているおじさんが急に遠くなったように見えた。僕は両手についた細かい土の粒をはたき落した。やっぱり手は少し湿っていた。嗅《か》ぐと、家の庭のとも校庭のとも公園のとも近所の家庭菜園のとも違う土の匂いがした。ほうっと息を吐いた。

池の隣には木が生えていた。ややねじれたような灰色の枝ぶりに薄緑色の葉っぱがたくさんついていた。葉の間に緑色の丸い実があった。池の草の揺れ方とは違う動きでその葉と実も揺れていた。僕は木に近づいて空を見上げた。まだ茂りきっていない葉の隙間《すきま》から空が見えた。いい天気だった。空と接して見える実は縁が金色に光っているように見えた。葉っぱが揺れて薄い影が僕の顔の上をチラチラした。「それは梅」おじさんが言って咳《せ》きこんだ。いつの間にかコンロから煙が上がっていた。炭に火をつけたらしい。僕はあの黒い炭に火が燃えつくところを見逃したのを少し後悔した。僕が届きそうなところにあった丸い実に手を伸ばそうとしていると、「梅にはオコゼがいるぜ」おこぜ？「毛虫毛虫、刺すやつ」「エッ」僕は慌てて木の下から飛び退《の》いた。地面に映っていた梅の木の影から僕の形がずるんとちぎれたように見えた。「そんなに慌てることないけどさ」おじさんは笑おうとしたらしかったがまたげほげほ咳きこみタオルで口元を覆《おお》った。額が汗でか光っていた。オコゼ、オコゼ、僕はオコゼが見えないかと少し離れたところから葉っぱに目を凝らした。薄いちょっとくしゃっとした葉っぱのところどころに虫食いの穴が開いていた。毛虫は見当たらなかった。きっと見えないところにじっと潜んでいるのだろう。毛虫が近くにいる証拠の、黒緑色の糞《ふん》で汚れた葉っぱも見えなかった。どんな色だろう、大きいのか、ツノはあるのか。おじさんは火ばさみでコンロの中をしきりにつついている。息を吹きかけているのか、口が尖って眉が寄っている。遠くの方から風に乗って学校のチャイムの音が聞こえた。それは僕の通う学校のチャイムと同じなのに違って聞こえた。全然違うのかもしれない。おじさんはガシャンと音を立ててコンロの上に網を載せると家の中に向かって「おおい、耀子サーン、火がついたよ！」と叫んだ。

「はぁい」家の中から高い声がして、ガラガラと開いた引き戸の中から僕の母、続いて耀子さんがそれぞれ大きな皿を持って出てきた。まるで母がこの家の住人のようだった。母はテーブルの割り箸を片手で端に寄せて空間を作りそこに肉の入った大皿を置いた。割り箸が何袋か地面に落ちたが、母は拾わなかった。「あら尚志、そんなとこで何してるの」「梅の木を見てたよ、彼は」僕の代わりにおじさんが答えた。僕がそちらに近づこうとするとおじさんは「尚志くんは学者にでもなるかい」「学者あ？」足が止まった。「だってこの子……」「いいじゃないか、末は博士か先生か、夢は大きく限りなく、おーい耀子サン、俺にビールおくれ」おじさんは首に巻いたタオルで汗を拭《ふ》いてから、腰に挟んでいたタオルをとって頭に巻いた。耀子さんは縁側に布巾《ふきん》を被《かぶ》せた大皿を置くとクーラーボックスから缶ビールを取り出してプルタブを開けておじさんに渡し落ちた割り箸を拾ってポケットに入れまた忙《せわ》しげに室内に入っていった。戸を閉めないで開けたままにしていたが今度は母は入らなかった。おじさんは一口飲んでふーと息を吐いた。冷たくておいしそうだった。母は脚をすらっと動かしておじさんの傍らに立ちコンロを覗きこんで「うわあさすが！」と叫んだ。「いい火ねえ！」おじさんは頭に巻いたタオルの位置を調整するよう引っ張りながら「さすがも何も、火ぃつけただけよ俺」「ううん、炭って難しいって、やりもしなかったもん。バーベキューなんて、尚志が小さいころとかやってやりたかったんだけど私は本当は」「好き好きだよ。俺はこういう休日が好きだけど、わざわざこんな火あぶりみたいのごめんだっていう人もいてさ。肉なんて焼肉屋いけばいくらでもうまい炭火で食えるわけだし。ほら見てこの汗」おじさんは母に自分のシャツの胸元を開くように見せた。「わ、すごい！」母が口の奥でクックという笑い声を立てたのを僕は聞いた。「ダイエットになるんじゃない？」「ダメダメ、それ以上に俺食うし、飲んじゃう」おじさんはぐうっとまたビールを飲んだ。いかにも冷たそうだった。大きな喉仏《のどぼとけ》が動いているのがわかった。僕は自分の喉を触った。異様に大きく感じられるのは僕が猫背のせいだと母は言った。おじさんの喉仏も大きいけれど変な感じはしない。おじさんが背が高くて小太りだからそのせいかもしれない。僕はクラスで二番目に背が高いのに、体重は真ん中より軽い。「真澄ちゃんも飲めたらいいのにね。今日は泊まってけばいいんだよ。耀子も、そう言ってるし」「ウフフン」母は少し身をよじって僕をちらっと見た。僕は喉仏に当てていた手を上に移動して口元をこすった。母は「ま、主婦がそんなことしてたら家庭がね」「主婦ねえ。そうだ真澄ちゃん、近道ちゃんとわかった？」「うん、かなりショートカット。でもあの道ナビに入ってないのね」「そうそう、正規の道路じゃないんだよ」「私道？」「この辺の人はみんな通るんだから、半私道かね」チュリチュリチュリ、と鳥が鳴いていた。数家族くるという他の客はまだだろうか。待たずに火をおこしたりビールを飲み始めたりしていいのだろうか。一体あと何人がくるのだろう、肉も割り箸もたくさんある、クーラーボックスはものすごく大きい。僕はまた梅の木を見上げた。さっきと枝の形が全然違うように見えた。角度によって、見える枝と隠れる枝があるのかもしれない、僕が回りこんで確認しようとしていると耀子さんが茶色い液が入った大きなガラス瓶を抱えて出てきた。焼肉のタレらしかった。母がすっとコンロの前から離れ、後ろ手に戸を閉めた耀子さんの瓶に顔を近づけた。「わあそれ……何、自家製？」「まあ一応……でも、にんにく醤油《じょうゆ》にちょっと味噌《みそ》とかナシの缶詰とか足しただけよ」「耀子のタレは絶品だよ、他にも隠し味が入るんだ」「本当？　すごーい、ねえ後でちゃんとした作り方教えてよ私にも」「私の目分量だから人様には……あ、ねえ尚志くんは何を飲む？　コーラと、オレンジと、ウーロン茶があるよ」「あ、この子はウーロン茶ウーロン茶。そうでしょ？」僕は頷いた。頷くと喉仏がごろりと動いた気がして僕は咳払いをした。「はーい」耀子さんがにっこり笑うと紙コップにクーラーボックスに入っていたウーロン茶を注いだ。母が怖い顔をして僕を手招きした。僕は急いで近寄り、耀子さんからコップを受け取って頭を下げた。「私もウーロン茶、ちょうだいな」「はいはい。あ、ノンアルコールビールも買ってたんだった。飲む？」「えっ、欲しい欲しい」「ちょっと待っててね、中の冷蔵庫に入れてるから」耀子さんはガラガラと玄関を開けてまた中に入っていった。「せわしないなあ」とおじさんがつぶやいた。母は黙って首を傾《かし》げた。唇がツンと尖っていた。僕は紙コップを一口飲んだ。おじさんのビールは冷えて見えたのにウーロン茶はそうでもなかった。おじさんが母を火ばさみで手招きして、近寄ったその耳に何かを小声で言った。母は黙って首を振った。耀子さんが出てきた。母は僕に「リュックおろせばいいじゃない」と言った。「ほら、こっち、置きなさいよ、ほら」僕は引き剝がすようにして汗ばんだリュックを外して縁側に置いた。背中に汗が滲《にじ》んでいるのが自分でもわかった。多分シャツの上からも見えるだろう。雪子さんという人がいなくてよかったと思った。「ほら、これ、ウワバミさんには六本パックじゃ足りないかな？」耀子さんが紙で連結された六缶のうち一本を母に渡し、残りをクーラーボックスの中にガシャリと沈めた。氷がたくさん入っている音がした。僕はウーロン茶をすすった。やはりどうにもぬるかった。おじさんが網の上に肉を置くとシュウウッと音がした。耀子さんが立ち上がって縁側に置いてあった大皿の上の布巾を取った。中には真っ白いおむすびがたくさん並んでいた。「尚志くん、いっぱい食べてね」この人数のために用意したとは思えない量だった。やはり僕たち以外の客がこれからくるのだ。風がないのに空では雲が流れていた。つくつくつくつく、という音が聞こえたが、それがなんなのかはわからなかった。僕はじりじりと汗をかいた。

ひとしきり食べ、満腹になったと思ったので僕は大人たちから離れた。煙と肉の脂《あぶら》と僕自身の汗とで全身がべとついていた。僕がリュックからハンカチを取り出して拭こうとしていると、耀子さんがウエットティッシュの箱を差し出した。二枚取って顔や服から出ている部分を拭いているのを見て、なぜだか母が嫌な顔をしておじさんが笑った。まだ他の家族はこなかった。肉もおむすびもまだまだあった。堅く握られたおむすびには何も入っておらず塩もまぶされていなかったので一つ食べるとなんだか喉のすぐ下までお米になったような気がした。梅とは違う、見上げるとつるんとした赤い実がたくさんなっている木があった。少し細長い形の実を取り囲むように葉っぱがついている。いくつかの実は先が五つに裂けて中から黄色い雄しべと雌しべが見えて、ということはこれは実ではなくて花であるらしい。その色形が弁当のタコ形ウインナのようで面白かった。なんという名前の木か知りたかったが、振り返ってもおじさんも耀子さんもこちらを見ていなかった。二人とも喋っている僕の母を見ていた。母は片手に缶を持ち、反対の手に割り箸を持ち、右側のお尻に重心をかけたいつもの格好で何かをとうとうと喋っていた。僕はゆっくり庭の生垣沿いに歩いた。白い粉のような花は近くで見ると一つ一つちゃんとそれぞれ五枚の花びらに分かれていた。ミツバチがきて花塊に塗《まみ》れるようにして翅《はね》を震わせた。斑点《はんてん》の多い朱色のテントウムシが僕の頬のすぐ脇の葉っぱから生垣の向こうへ飛び立った。生垣を透かして見ると田んぼがあった。苗が並んだ水面が光っている。ツバメが低く飛んでいた。田んぼの向こうは山だった。振り返って家のすぐ裏も山のように見えた。実際にはあの山とこの家との間には距離がある。多分田んぼや家や畑もある。あの山の方角から僕たちはきたのだ。でもここでこうして眺めていると山がほんのすぐそこ、家に入って通り抜けて裏の戸を開けたらあの緑色がこんもり盛り上がるように溢《あふ》れているような感じがした。山には明るい黄色い部分と濃い緑色の部分があった。庭の中にも濃い緑も薄い緑も黄色い緑も黒い緑もあった。大きい毛だらけのハチが空中に浮いたり沈んだりするように飛んでいた。濃い青い小さいチョウチョもいた。僕は毛虫が落ちてこないか警戒しながら梅の木を眺めた。梅の幹がまだらな灰色で、そこを大きな黒いアリがよじ登っていた。白地に黒の網目模様のチョウが葉の裏で休んでいた。翅の縁にオレンジ色の斑点がある。もしかしたらこれがオコゼの親かもしれない。灰色の方の岩に足を引っ掛けて登り、頂上を股に挟むようにして座った。ふくらはぎがザラザラとして気持ちよかった。おじさんが何か面白いことを言ったらしく母と耀子さんが笑った。母の声の方が大きい、体を二つに折るようにして笑っている。岩から降りると岩に一瞬僕の両脚の形が残像のように残りすぐに消えた。

庭は同じ庭なのに立つ場所によって温度や湿度が違った。日向《ひなた》でも涼しい場所もあれば、日陰なのにむっとする場所もあった。煙と焼肉とビールの匂いがふっと遠ざかる場所もわだかまっている場所もあった。細い長い葉の草むらを踏むと小さいものがたくさんぴょんぴょん跳ねた。かがんで見ると小さいバッタで、多分幼虫だった。草と全く同じ緑色で、草の種が弾《はじ》けているようにも見えた。僕が手を伸ばすとぴょんと逃れたが、逃れる先を予測して手を伸ばしておくと容易に捕まえられた。懐《なつ》かしい感触だった。もう何年もこんな風に虫を触ったりしていない。うちの庭にはバッタはこないしここ数年はトンボも見ない。別に大都会になったわけではないのに、空き地や昔からあったため池などがあっという間に更地になり真新しい白やクリーム色の建売住宅が出現する。僕はバッタの子を一匹手の中に潰《つぶ》さぬようそっと握りこみ、指をずらして覗いて見た。小さいのにちゃんと触角も目も足も揃《そろ》っている。でも大人のバッタとはどこか違う。部分は揃っている、縮尺もだいたい同じ、でも全《すべ》てが機能し調和しているわけではない。バッタは僕の手のひらの中でもぞもぞと向きを変えた。僕が握った手を緩めるとすかさずぴょんと飛び、尖った草の葉の先に止まった。葉がその振動で左右に揺れた。草むらの中の地面に丸い棒のようなものが突き立っていた。一メートル半くらいの高さで、そっと触れると表面が乾いていた。少し力を入れると軽く左右に揺れた。新しくもなかったが古びてボロボロにも見えなかった。何のためのものなのかわからない。ひんやりしていた。僕は立ち上がった。上から見るとそれはプラスチックか樹脂でできたような管《くだ》で先端からカエルが顔を出していた。カエルは驚いている僕をちろりと見てかすかに喉の下を膨らませた。カエルも久しぶりに見た、時々家のそばで轢《ひ》かれて干《ひ》からびて死んでいるのは見る、でも生きているカエルは見ない、金色の目、少し横にひしゃげた黒目、尖った口がぴったり閉じられていて、その下の柔らかい黄色がかった白い喉が震えている、僕がゆっくり顔を近づけていくと、カエルは制するような目つきをしてからゆっくり後退《あとずさ》ってパイプの中に消えていった。しばらく息を潜めていると、ぽちゃんと小さい水音がした。僕がパイプに目をくっつけて覗きこむと、金色の目が二つあり、しばらく見つめあってから一度瞬《またた》いた。僕はカエルがまた安心して出てこれるようにパイプから離れてしゃがみこんだ。「おおい、尚志くうん！」おじさんが叫んだ。周囲の空気がすうっと薄くなった気がして僕は大人たちを見た。「焼きおにぎり作ったけど食べないかい！」僕は立ち上がって首を振った。母が「あの子小食でねえ」もしかして誘惑に負けて飲んでいるのではないかと思うほど顔が赤かった。「赤ん坊の時からミルク飲まなくて困ってねえ」「食べる量も個性よ」耀子さんが言った。「ちゃんと大きくなってるんだからいいじゃない」「ちゃんとねえ」「ちゃんとよ」おじさんはトングに挟んだ、焼肉のタレを塗って焼いたらしい茶色いおむすびを僕に掲げ、軽く左右に振って見せた。てらてら光って所々が黒く焦《こ》げている。タレの濃い匂いがむっとした。「うまいよ、炭火のおにぎり！」「いいじゃない、いらないんなら……あとからまたお腹《なか》すいたら言ってね！」「じゃあ、まあ遊んでればいいさ、庭でならご自由に」僕は頷いて見せるとしゃがみこんでさっきのバッタの子供たちを探した。あんなにたくさんいたのが一匹もいなくなっていた。バッタの子らが葉先に摑《つか》まって揺れていた草むらはただ僕の身じろぎにだけ反応して揺れた。今何時だろう。僕はしゃがんだまま空を見ようとして後ろに倒れた。大人たちに何か言われるかと思ったが何も言われなかった。気づかなかったのかもしれない。見えなかったのかもしれない。

太陽はより中天に昇り、僕に落ちる木や岩の影は濃かった。すがめた目で僕はその影を受けた。僕の視界の端の方から、細かい毛の生えたしなやかなつるが伸びた。艶のある薄紫色のつる、ところどころに互い違いに節のあるつる、僕はこの庭を葉がぎざぎざのつる草やちぎると臭いつる草や太くてハサミでも切れないようなつる草やべとべとした黄色い花がつく草やススキと猫じゃらしが混ざったような草やそういうもので覆った。湾曲した二股に分かれた細いつるの先がどこに巻こうか探しながらゆらついていたので指を出した。人差し指に巻きついたつるが柔らかく軋《きし》んだ。子供のバッタが草の穂からぴんぴん跳ねながら現れ、僕の顔の上を跳ね出したので僕は口をしっかりと閉じて目を細めた。彼らの細くて尖った脚の先で皮膚がちくちくした。草と草が絡《から》まった中から大きなバッタや縞《しま》模様のトンボが飛び出してきて僕の上を横断した。シャツの上でカマキリが目の赤いハエを鎌《かま》で挟んでかじった。地面を細い蛇やぞろぞろしたムカデが這《は》っている音が後頭部に聞こえた。アリやダンゴムシ、彼らが触角で地面を叩《たた》く音、大きなクモの巣が陽光に揺れている。小さいチョウチョが引っかかってもがいている。黄色と赤の模様のクモがさっと近づき糸を巻きつけ始める。乾いた穂が風にサラサラ鳴り、広い葉っぱの裏表を赤いハダニが移動して何匹かぼとぼと落ち、まっすぐな茎を黄緑のアブラムシがじりじり登り鮮やかな蛍光色の毛虫が移動した。金色の模様のカメムシが群がって茎の汁を吸うさわさわという音、葉の表にいるハムシの影が僕に落ち、ごしゃごしゃ絡み合った茎葉が壁や天井のようになってできた空間の中に僕がいる。僕の下には草が生えその下には土があり冷たい黒い水が流れている。耳をすませているが誰の声も聞こえない。自分の心臓の音も聞こえない。息遣いも聞こえない。汗もかかない。毛の生えた葉が僕を撫で、つるが足首を巻き取り黒い魚が僕の顔のすぐ隣、水面を盛り上げるようにぬるっと浮上してきて青灰色の目で僕を一瞥《いちべつ》しまた深く沈んでいった。ぴちぴちと深い水が鳴った。

「ねえ」不意に僕の足の向こうで声がした。びくりとして首を持ち上げて見るとTシャツに膝《ひざ》が半分隠れる長さのズボンをはいた女の子が立っていた。「カエルを見た？」「かえる？」僕は体を起こした。めりめりとひげ根がちぎれる音がした。僕は地面に座って女の子を見上げた。女の子は腕を伸ばして人差し指を突き出した。「あのパイプの」指しているのはさっきの灰色のパイプだった。僕は「見たけど」と答えた。女の子は僕を見下ろして少し険しい顔をした。小さい眼鏡をかけている。大きくすわった鼻、「いじめなかった？」「いじめる？」口の両脇に黒ずんだ影のようなものが見える。上半身が細いのに、腰骨のあたりがぐっと広がり、仁王立ちになった両脚もがっしりして見える。硬そうな膝から下に無数の赤い点々がある。汚れた白い大きなスニーカーを履いている。女の子は伸ばしていた右手をだらりと下げ、肘《ひじ》のところで直角に曲げた左手で押さえた。僕の葉っぱがカサカサ鳴った。何かがぽとりと落ちる音がした。「パイプのカエルは、奥に入ってったよ」僕は軽く咳払いをした。「僕を見たら、近寄るなみたいな顔して、それでゆっくり穴の中に入ってった、よ」「へぇえ」女の子は僕をまじまじ見た。小さい黒目がきゅっと顔の中心に寄ったようになり、開いた口の中の前歯が白かった。「……お父さんの友達の人の息子でしょ」「お父さん？」「あそこで火を燃やしてる人」女の子は絡み合ってもう壁のようになっているつるや茎や葉っぱの向こうを顎でしゃくった。「え、じゃあ、……雪子さん？」「そう」女の子は頷いた。耀子さんにもおじさんにも似ていなかった。おじさんは丸いし耀子さんは細くてつるんとしている。この女の子はもっと角ばってゴツゴツしている。何かがしっくりしていない、僕は自分の喉仏を手で覆った。女の子は少し目を逸らすようにして大人たちのいる方角を見た。睨《にら》むようにして目を凝らさねばもう彼らは見えない。目の焦点は自然にその手前の植物に合う。虫たちが拡大される。女の子はすぐまたこちらに視線を戻して鼻をフンと鳴らした。「それで、お父さんの古い友達の息子の人でしょ」「お父さんの……ううん、耀子さん、の友達、が、うちの母親」女の子は僕を見ていた。小さい目、膨らんだ頬、唇の下のくぼみが深い不服そうな顔、「いや……両方の、友達、なのかも」言いながら僕は大きくて尖った母の目を思い出した。「ふーん。私、今日また庭でバーベキューするからって言われたから隠れてようと思って。嫌いだから。それで、二階から庭見てたらパイプ触ってる人がいると思って慌てて降りてきたの。こないだどっかの馬鹿《ばか》があそこにホースで水道水、流しこんで、カエルびっくりして飛び上がってそのまま地面に落っこっちゃって。カエルずっとあそこに住んでるのに」女の子はTシャツから見えている鎖骨のあたりに右手を持ちあげた。「パイプこのくらいの高さよ、カエルからしたらすごく高いでしょ」ぽっかり開いた袖口から彼女のわきの奥が見えた。暗かった。「私慌てて地面探したんだけどカエル見つからなくて、怪我《けが》とかしてないかすごく心配して、何日かしてやっと戻ってきてまあよかったんだけど、水流した奴《やつ》なんて言ったと思う？　カエル泳げるから大丈夫でしょって、私今度あいつの部屋に入ってホースで水、流しこんでやるの、溢れるくらい」女の子はボリボリと顎をかいた。顎はでこぼこしていてそこを爪が通ると赤くなった。「私バーベキューすごい嫌いなの。ホースの水でそういうことしたり、子供連れてきた人とか大概花火持ってくるの。草とか燃えてすごい嫌だ」僕は少しゾッとして「燃える？」「え？」「草、燃える？」「生だからそんなにウワーッとは燃えないけどでもじわーっと嫌な煙が出て、それでそこ後で枯れるでしょ。男の子とか虫捕まえてきて焼いたりする。コンロに入れたり、信じられる？」「うん」僕は頷いた。女の子はさらに怖い顔をして「カエルとかも焼いた奴いるの」「うん」「わかるんだ」「うん」いろいろなものを捕まえて、投げつけて踏みつけて振り回してちぎって捨てる、拾ったライターで火をつける、生きた虫、死んだ虫、落ちている物、何でも。「自分もする？」僕は首を振った。女の子はついと横に腕を伸ばすと壁から葉っぱを一枚取り自分のTシャツの左胸のところに貼《は》りつけた。広げた手のひらのような切れこみのあるきれいな葉っぱで、柔らかい緑色が先端にいくほど薄赤く見える。粘つくのか葉っぱはすぐにTシャツにくっついた。もう一枚取って今度は左肩、右下、右胸、真ん中、何かのロゴが入ったTシャツは葉っぱだらけになった。ロゴのところは塗料でもついているのか、葉っぱがくっつかずぶらぶらしていた。「この葉っぱ、なんていうの？」「知らない。僕の庭に生えてる」「ふーん。初めて見た。すごいくっつく、ほら」女の子は葉っぱをTシャツのあちこちにくっつけたまま座ると、手を伸ばして僕のシャツにも葉っぱをくっつけはじめた。おろしてのごわつく生地にその葉っぱはなかなかくっつかなかったが、女の子がぎゅっと押しつけながら左右にこするようにするとくっついた。僕も手を伸ばしてその葉っぱを自分につけた。ねばねばするのではなく、裏面に細かい毛が生えていてそれが繊維に絡んでくっつくらしかった。「親、隠れてなくて、いいの？」僕は熱心に、少しの隙間もないように葉っぱをくっつけようとしている彼女に言った。「さっき耀子さんたち、部活だからいないって、言ってたけど」「見てないもん」彼女は自分の背中にも葉っぱをくっつけようと身をよじりながら言った。「全然、見てないもん、親、私」僕はつる草の隙間に指を突っこんで隙間をこじ開けて親たちを見た。まだ何かを焼いている。口が動いている。耀子さんは何か取りにいっているのか姿がなかった。母とおじさんだけがいて、二人でコンロの中を覗きこんでいた。コンロからは紫色の煙が立っている。庭が本当にものすごく広く広く遠くなったような気がした。僕は女の子に「あっち向いて」と言った。女の子は向いた。僕は手を伸ばして彼女の背中の手の届かないところに葉っぱを貼ってやった。布の下に皮膚と体があるのがよくわかった。彼女の背中は滑らかだった。背骨の出っ張ったところに触れ過ぎないように僕は葉っぱをきれいに並べた。女の子は「ありがとう」と言うと今度は自分の髪の毛に葉っぱをくっつけようとしながら「でもなんできたの？」「え？」「嫌でしょ、親の友達とバーベキューとか」「別に……」「ほんとに？」僕が頷くと、女の子はくるっとこちらを向いて疑り深そうな顔をした。「無理やり連れてこられたとか」「……まあ、うん、それは違うかな」「本当？」「多分」何が無理やりで何が無理やりでないのか僕にはよくわからない。母がしろということでできることはしている。これを着ろ、これを食べろ、草をむしれゴミを出せ学校へいけ、休むな、休め、ついてこい、ついてくるな、笑え、笑うな、しろ、するな、喋るな考えるな、もちろんできないことはある。したくないこともある。でもできることはしている。それで母が喜ぶことはないが、しなければ母は怒るのだ。困るのだ。もう今でも困っていて、でも、それは多分僕のせいではない。そのことを僕は知っている。女の子は苦笑いをした。その顎の動き方が少しだけおじさんに似ていた。「お母さんが好きなんだ？　そっち、お父さん、いないんでしょ」「そう。なんで知ってるの」「お父さんが言ってた」「お父さんが？」「そう」「耀子さんじゃなくて？」「家族以外の人に下の名前呼ばれてるの聞いたらなんかゾワッとするね」布と違い髪の毛には葉っぱはうまくくっつかなかったようだった。彼女が何度ぐっと押しつけても葉っぱはするんと下に落ちた。彼女は一応念のためというような感じで、僕の短い、母が切ってくれている髪の毛にも葉っぱを押しつけた。ぐりぐり押されて僕の頭が少し傾《かし》いだ。また彼女のわきの内側が見えた。ちょっとめくれたTシャツの内側の二の腕が白かった。やはり僕の頭にも葉っぱはくっつかなかった。彼女は諦《あきら》めて、でもそれでももう十分我々は葉っぱまみれだった。全身葉っぱだらけの彼女は滑稽《こっけい》だった。僕も多分そうだろうと思った。そこらじゅうが葉っぱの匂いがした。

彼女は地面から生えている細かいシワのある葉っぱを取ってかじり「ミントだ」と言った。僕も嚙《か》んだ。確かにガムと同じ、でももっと青臭い匂いがした。口を動かしている彼女のお腹が鳴った。僕はコンロを見た。まだ紫色の煙が上がっている。耀子さんはまだ戻ってきておらずおじさんは何か紙コップの飲み物を飲んでいる。大皿に茶色く焼けたおむすびが山のようになっていた。もう一度お腹が鳴ったのが聞こえた。彼女は嫌そうな顔でTシャツの裾を引っ張った。半開きの口から見える前歯に粉々になったミントがたくさんくっついていた。「あっちに焼きおむすび……」「いらない」

彼女はそう言ってぶちぶちとミントをちぎった。「ここに、木苺《きいちご》とか、なってたらよかったね」「前あっちに茂みがあったけど、枯れちゃったな、お父さんが枯らしたのかも、わざと」「何色の？」「え？」「実、実、木苺の」「ああ、黒いやつ。最初緑で、それが赤くなって、最後紫の濃いのが黒いくらいになったら食べられるの。少しだけ甘くてほとんど酸《す》っぱいんだけど、口の中が真っ赤になるの」僕たちはそのまま草の中でじっとしていた。密に編まれたつるの内側で、太陽が徐々に傾いていくのが手に取るようにわかった。それに従って、彼女の顔や髪や葉っぱの上にできる影の位置が変わっていった。虫たちが鳴き始めた。何かがジージーと鳴き、リリリ、と鳴き、きいきい、コロロコロロ、カエルも鳴いていた。お腹の音も聞こえた。首筋を穂がこすった。さっき梅の木で見た網目のチョウが逆さにぶら下がっていた。目がつぶつぶしていた。「それチョウじゃなくてガよ、昼に飛ぶけどガ、胴体がおっきいでしょ、飛ぶの下手なの、へらへらって。……一回ねえ」頬にガの形の影ができた。それが小さく震えていた。「さっきのさ、パイプの中のカエルにね、目が四つあるように見えた時があってね」「目、四つ？」「そう、横に二つが縦二列」短い濃いまつげが透けて茶色かった。眼鏡に指紋がたくさんついていた。「びっくりしたんだけどよく見たらそれ二匹のカエルがおんぶするみたいにくっついてパイプに入ってたの。パイプの中ぎゆうぎゅう、それぞれ半円みたいになって。奥さんかおムコさんかと思ってたんだけど、次の日にはまた一匹に戻ってたの」「パイプの中に水がある？」彼女が頷《く》くと服の葉っぱが揺れた。「雨水？」「ううん。下から上がってきてると思う。ここ汲み上げたら井戸水出るんだって。前の持ち主はそれを使って池を作ってたんだって。だから多分、土の奥からそれが上がってきてると思う、パイプの中に」「ふうん」「ねえ死にたくなることってある？」「ない」「本当？」「うん」「なんで？」一本のつるの根元がぐぐ、と動いた。動きが徐々に上の方に伝わり、地下にある膨大な水を吸い上げ吸い上げ、それがみるみる僕たちの頭上のつるの先端に凝固し水の粒になって膨らみ膨らみきったところで落ちてきた。一粒落ちると次、次、冷たかった。彼女がヒャッというような声をあげて立ち上がった。ザアアッと音がした。遠くでワーという声が聞こえた。彼女の前髪がみるみる濡れて額に張りついた。服にくっついた葉っぱは一枚も落ちずにピンと水を跳ね返すように閃《ひらめ》き彼女は曇った眼鏡をTシャツの裾でぐいと拭いた。彼女の白いお腹が見えた。僕を呼ぶ母の怒鳴り声が聞こえた。

庇《ひさし》の下でおじさんはこれは一時的な夕立だからすぐ止《や》むだろうと言ったし母もそれに同調していたのだが雨はその勢いこそ少し弱めたもののしとしとと降り続けた。母と僕は帰ることになった。車の中で、耀子さんに手渡された分厚いふかふかのタオルに包《くる》まりながら僕は行きに見たのと同じ景色を逆の順番に見た。空き地の小屋、ビニールハウス、川、サギはもういなくなっていて豪農、郵便局、「あんた楽しかった？」僕が頷いたのをミラー越しに見ると母はへええと言い、「私は疲れた」と言った。母の鼻の上にシワの筋が入った。母からシャンプーと焼肉と雨の匂いがした。僕は自分のシャツを嗅いだ。草の匂い、カメムシの匂い、バッタの匂い、ミントの匂い、雨の匂い、女の子の匂い、「雪子ちゃんバスケ部なんだってよ」僕はミラーの中の母の目を見た。母はこちらを見ていなかった。母の目はなぜか一回り小さくなっていた。「しかもキャプテンなんだって、すっごいうまいんだって、熱心で」「それは誰が言ったの？」母はこちらを見てすぐ逸らした。「そりゃ……耀子さんと、旦那さんよ。あんたも見習いなさい、雪子ちゃん」僕は頷いて窓の外を見た。山の道、まっすぐな高木とつる草、郊外になり住宅地になった。「私とりあえずシャワー浴びるから」母はそう言って濡れた髪を振り立てながら浴室に消えた。僕は庭に面した掃き出し窓を開けた。細かい雨に狭い庭が濡れていた。シャツを脱ぐと手のひら形の葉っぱが一枚、裾の内側にくっついたままになっていた。僕はそれを庭に落とした。落とした葉っぱが地面で少し揺らいだのでしゃがんでそっとめくってみると中から黒い魚が丸い口を開けカポッと息をした。波紋が広がった。僕が浴室に入ったら、きっと蛇口からはカエルが顔を出すだろう。シャワーのホースに巻いた木苺が黒い実をぶら下げるだろう。口が赤く甘くなるだろう。僕はくつくつ笑いながらシャワーを終えた母が僕に次の指示を出すまでじっと水面を見ていることにした。どこからかもうカエルの鳴き声が聞こえた。

予報

朝、家を出るときにはごく普通の降りだったのが歩いていくうち豪雨となった。通勤時間帯なのに歩いている人は私以外見当たらなかった。その分車の量は多く、減速せず激しく水を撥《は》ねながら進む。私は水をかぶる前に車の通らない細い路地に入った。あまり大きくない家々が建て込んだ一画で、普段は通らない、少し遠回りの道だった。路地はどの家から見ても背中側のようで、玄関や門口はない。時々細い隙間《すきま》を挟んで途切れつつ続くブロック塀や板塀が雨に濡《ぬ》れそれぞれ少しずつ違う黒に染まっていた。民家の裏側はどこも静かだった。雨の音だけがした。道は一応舗装されているが、ところどころに陥没したような水たまりがある。私はうつむいて歩いた。路地に突き出て伸びている枝にビニール傘が引っかかり破裂するような嫌な音がした。ひやりとして見上げたが傘は無事で、若葉のついた細い枝が折れて傘の突起に引っかかっていた。分厚い雲があるせいか空が低く見えた。一軒の家が塀際《へいぎわ》の地面にずらりと猫避《よ》けのペットボトルを並べている。持ち手つきの大きなペットボトルにはどれもラベルを雑に剝《は》がした白い跡が四角く残り、中の水は雨水より黄色っぽく見えた。私は足首までの雨用ゴム靴を履いていて、すねの辺りに雨粒が当たりストッキングが濡れている。今日は定時後に新入社員の歓迎会があるので普段より少しいい服を着てきた。雨の予報ではあったがここまで激しく降るとは思っていなかった。こういう天気に備えて、ひざまであるような長靴を買うべきかもしれないと思い、すぐに、でもそんな風に思うほど降る日は年に数日だけなのだからと思う。でも、大水災害にでも見舞われれば長靴を買っておくべきだったと後悔するかもしれない、いや、そんなときは長靴が数センチ十数センチ長い短いは関係ないかもしれない。道の端に生えた雑草が雨に打たれ絶えず上下に揺れていた。タンポポの綿毛が濡れてしぼんでいる。不意に、ビニール傘を通して鮮やかな青色が見えた。かなり先、いや少し先、明るい青色がゆらゆら動いている。首をあげると雨の冷たさが染《し》みた筋肉が硬かった。すがめた目で見ると、小さな子供が青い雨合羽でこちらに歩いてくる。ポンチョというのか、頭からすっぽりかぶるテントのような形の雨合羽で、その下に同じ色の長靴が動いているのも見える。壁も路面も黒く濡れそぼち、雨水自体に薄墨が混じっているような視界の中、子供の青い雨合羽は浮き上がって見えた。一瞬、子供が一人で歩いているように見えたが、少し後ろに黒っぽい格好をした母親がビニール傘を子供の頭上に傾けるように差しかけつつつき添っていた。路地はほとんど直線で、距離が縮まるにつれパシャン、パシャン、という子供の長靴が水たまりを踏み歩く音も聞こえた。パシャン、パシャン、細い路地だから行き合うには互いに呼吸を合わせる必要がある。私は濡れている壁に服がつかないぎりぎりのところまで寄り、傘を持ち上げながら傾け歩みを止めた。お先にどうぞと目を合わせるつもりで、それが礼儀のような気がして母親を見たが、母親は一心に自分の子供を見ていてこちらは見なかった。その代わり、子供がちらりと目をあげて私を見た。大きなフードに覆《おお》われた頬の中で黒い目がこちらを見た。てっきり男の子と思っていたがもしかしたら女の子かもしれない。すれ違うときに、母親の前傾した傘の縁から水滴が私の肩に落ちた。それは雨粒よりも大きくて冷たかった。母親は我が子の雨合羽の首元を後ろから摑《つか》んでいた。母親の傘はほとんど子供のために差されているようなもので、母親の背中はすっかり水に濡れ、シャツの布地から肩甲骨《けんこうこつ》が浮き上がって見えた。腰を曲げ、片手に傘、片手に子供の首の辺り、ジーパンを穿《は》いたお尻《しり》も太ももの裏も濡れ切って真っ黒だった。すれ違い切ってからもしばらくパシャンパシャンという音が聞こえていた。

自社ビルの三階にあるフロアはひんやりとして雨の匂《にお》いとコーヒーの匂いがした。ブラインドのレールが少し出っ張っている端のところに雨合羽が吊《つ》るして干されていた。私の正面の席に座るパートのサイキさんがすごい雨ねえと言って大きなため息をついた。「もう朝から疲れちゃった、私」「そうですねえ」サイキさんはびりびりと新聞紙を破いていた。「それは?」「靴に丸めて入れとくの。水吸ってくれるから。酒田さんも使う?」「あ、いいです。一応雨用の靴で来たので」言いながらゴム靴を脱ぎフロアサンダルに履き替え、鞄《かばん》に入れてきたタオルで体を拭《ふ》いた。ふくらはぎに黒い泥がぽつぽつ跳ねていて、土の道なんて通らなかったのにと思いながらそこもこすった。湿ったストッキングから雨と自分の匂いがした。私より十歳年上のサイキさんは椅子《いす》に座ったまま上体をかがめて靴に新聞紙を詰めながら「私のもさあ、一応雨靴なのに縫いがほどけてきてんのか、つなぎ目のところから水が滲《にじ》んでさあ、うんざり。自転車無理だから歩いたんだけど、もう裸足《はだし》で来たようなもんよ」「嫌ですよね、足が濡れるの」「嫌よ、いやいや。上半身は合羽着てたから平気だったけど」「あ、あの干してあるのサイキさんのですか」「そうよ。ざっと拭いたから水垂れないと思って干させてもらったの」私は無風の室内にだらりと垂れ下がっている白い雨合羽を見上げた。巨大なてるてる坊主《ぼうず》のようにも見えた。子供の雨合羽とはずいぶん印象が違う気がする。靴の処理を終えたサイキさんは起き上がるとむっちりした肩をぐるぐる回した。大柄な全身から蒸気が立ち上っているような感じがした。私はパソコンを起動させた。パソコンが動いているときの粉っぽい匂いがした。キーボードの定位置に指を載せて自分のＩＤとパスワードを入れた。いつもの手つきをしたつもりだったが、指先が冷えていたらしくぎこちない動きになり、エラーの文字が出た。私は一文字ずつ入力し直した。サイキさんも滑らかにキーボードを叩《たた》き始めた。空調が入っているわけでもないのに妙に肌寒く、私はひざ掛けでまだ湿っているストッキングを覆った。時折、窓に雨がぶつかるザッという音が聞こえた。風も出てきたらしかった。

昼休みに男性社員が立ち上がり、ブラインドの隙間を広げて外を見た。「まだ降ってる。まだひどい」何人かがげーであるとか昼飯どうしようなどと応じた。「社食あればなあ」「大企業かよ」「土砂崩れとかまた、ないといいけども」「げえ」「夜までこんなかなあ」ぼそぼそ喋《しゃべ》りながら数名で連れ立って外に出る。私は持参した弁当箱をまだ湿っている鞄から出した。昨日の残りのグラタンが入っている。それにおむすび一つとブロッコリを入れてきた。温めたかったが給湯室のレンジはいつもこの時間混んでいる。首を伸ばして様子をうかがっているとサイキさんが「ねえねえ酒田さん」

と言った。私は「はい」と答えてサイキさんを見た。サイキさんはうつむいて大きな弁当箱の中の何か茶色いもの、カツかフライかに小さい容器に入ったソースをかけようとしながら「今日の朝さあ」と話し始めた。「私出勤するときに小学校の前通ったんだけどね、道がえらく渋滞してんの。何かと思ったらさ」サイキさんは指についたソースを舐《な》めた。私は弁当箱の蓋《ふた》を開けて箸《はし》を持った。「そんな広くない道でね、車が路肩に止まってそこからランドセル背負った子供がぽろぽろ降りてくんの。雨だから親が車で送ってやってるのね。路駐してる脇《わき》をすっと行き合えるほど広い道路じゃないわけ。それでなんか道路があちこち血管詰まったみたいになっててもう大迷惑。でもねえ、砂糖でできてやしまいし、濡れたからって何よ？　入学したてみたいなちっちゃい子でもない、もう六年生でしょーっていうような子もいるの。ヒゲ生えてるような子もママの車でのこのこ送ってもらっててさ。君たち思春期だろう、反抗期はどうしたんだ！」「まあ」私は、今朝すれ違った母子はどこへ向かっていたのだろうと思った。小学生でもそうなのだ、あれほど小さい子供を、雨の中歩いて、びしょ濡れになりながら連れて行かねばならぬ場所、保育園、幼稚園、小児科、母親の、子供の雨合羽を後ろから摑む拳《こぶし》が固く握られていたのが思い出された。あんなにまでしてどこへ歩いていく必要があったのだろう。どうして車を使わなかったのだろう。この辺りの地区で子育てをするなら車は必須《ひっす》だとされている。バスの便は良くないし駅は遠い。雨は降る。タクシーなんて走っていない。「それもね、校門のところにはおはよう先生が立ってるから少し離れたところで降ろしたいわけよ、それが考えることがみんな同じだから、校門から十メートルくらい離れた辺りで、学校の西側でも東側でもそんなんなってんの。私小学校の西から東へ通るからわかんの。そりゃ私もねえ、子供が体調不良でって言われりゃ車で迎えに行ったこともあるわよ。足折ってギプスしてるとき送ってったこともある。でも雨よ。台風でもない。大雪でもない。雨よ。それで、通勤する人もいっぱいいるような道を車で大渋滞して子供車からぽんぽん降ろして、そっちのが危ないわ」「そうですね」「小学生なんだから校区内よ、あの辺だと隣小学校近いからそんなべらぼうに遠いところから通学してる子いないでしょ、そんな、山越えて通学してるわけじゃない。小学生のうちからそんな楽し楽させの人生だったら、大人になったって年金も税金も払わないわよ。払えないわよ。雨に濡れたら死ぬような、自力で、濡れずに行く術《すべ》を学ぶ機会を与えられないような人間はもう。うちの悪ガキどもにそんな甘いことしてたらお家《うち》がつぶれちゃうよ！」私は頷《うなず》いて冷たいホワイトソースとマカロニを箸で口に入れた。「うちの三人ボウズなんて、まあほっぽって育ててるけど、ちょっとしたジャングルに放したって多分生き延びるんじゃない、なんか実とか探してきてさ、芋虫食べたりさ、食べれる芋虫いるでしょ、ジャングルに」「カミキリムシの幼虫とかですね」「まあ知らないけどさ。なんか毒とかまで食べて死んじゃうかもしれないけどさ、雨ぐらいで動けなくって餓死するよりかは、ましな死に方と思うわよ私は。それがうちの教育方針」サイキさんは指でプチトマトをつまんで口に入れプチンと噛《か》み指に残ったヘタを床に捨てるような仕草をした。多分足元に小さいゴミ箱を置いているのだろう。サイキさんの雨合羽はもう乾いているように見えた。

定時のベルが鳴ると同時にサイキさんは帰り支度を始めた。立ち上がり合羽を手にとり畳んで小脇に挟む。仕事ができて勤務歴も長いのに正社員にならずパートでいるのは、多分こうやって定時と同時に帰りたいからなのだろう。子供が三人もいればそうなるだろう。飲み会にも大手を振って欠席できる。羨《うらや》ましくなくもない。「じゃお先に失礼しまーす」私はサイキさんの声に顔を上げてお疲れ様でしたと応じたが、サイキさんはすでに自分が進む出口への動線を見ていて目は合わなかった。別の島に座る男性社員が二人同時に腕を上げて伸びをした。今日の幹事の若い社員が立ち上がって「タクシー呼んでますので準備できた方は下に降りて乗ってってください」と大声を出した。外に出ると雨は小降りになっていた。ほとんど止《や》んでいると言ってもいいくらいだった。「こういう天気だと俺傘忘れるんだよ、店に忘れてくのやだから職場に置いてくわ」一人が言い、数名が同調し数名が夜にはまた降るかもしれませんよとか明日の朝降るかもしれないしほらあっちの雲なんて真っ黒だしなどと言い、言い言いしているうちに幹事が呼んだタクシーが次々来て適当な四人ずつが乗りこんで店に行った。座敷席の長机に座り新入社員の自己紹介や部長の挨拶《あいさつ》や乾杯の音頭があり卓には大皿の料理が運ばれた。私は自分の正面に座っている男性社員の子供の話を聞いた。上が幼稚園、下はまだ赤ん坊の兄弟、兄が食べているお菓子を赤ん坊が欲しがって困る。「かわいそうだから、下の子には見せないように食べろって上の子に言うんですけど、全然聞かなくて」「まだわかんないんじゃない？」私の隣に座る、男性社員より年上の、未婚の女性社員が応じた。耳たぶを引っ張るように掻《か》いている手に華奢《きゃしゃ》な金色の腕時計が光っている。「かわいそうだから隠して食べるみたいなことの意味が、まだ」「わかってるんですよ」男性社員は首を振った。「わかってて、それで、わざと、こう、口に入れたチョコを、舌をべーッて伸ばして見せつけて、下の子の鼻先で。べロの上で溶けていい匂いがするでしょ？　それで欲しがるんです、で泣いて」「ふーん。でもさ、そもそも、おにいちゃんだってまだ幼稚園児でしょ。チョコ、早いんじゃない」「無理よ」別の女性社員が口を挟んだ。こちらは子供がいる。高齢出産だと聞いたと思う。「保育園のおやつに出るもん、チョコパンとか」「本当?」「園によるみたいだけどさ。食事からおやつから全部手作り無添加ですっていう園もあるし、チョコでもスナック菓子でもあげちゃう園もあるし」「なんか、そういう差って、いやあね、一歳やそこらでもう始まってて味覚とか人生とかを形成していくわけね、本人の意思とは関係なくって」「うちの子が行ってた園は普通だったけどね、おやつはいりことかフルーツで、クリスマスとか特別のときはケーキとか出るみたいな」「うちは幼稚園なんでそういうおやつとかはないですけど……あ、ヨコイさんはお子さんおいくつなんですっけ」私は話に頷きながら料理をせっせと食べた。あちこちで二人から六人くらいのグループができ盛り上がっている。話に夢中になっている人たちは料理にほとんど箸をつけていないように見えた。赤っぽい照明の中でどれが自分と同じ職場の人で、どれが他人なのかわからない感じがした。この座敷にいるのはみな知り合いだ。同じ会社の、同じ部署同じフロアの社員だ。新入社員の人だってもう何週間かは一緒に働いている、でも、少し離れた場所に座っているあの人には見覚えがないような気がする。私はもう十年もこの職場にいるのに、あの人はどう見ても新人などではないのに、でもやっぱり知らない顔がいる。知らない声がする。私は水っぽい枝豆のさやから豆をひしぎ出して食べ、カニらしいもろもろしたものが混じった餡《あん》かけ卵を食べた。ものすごく美味《おい》しくはないかもしれないが私には十分美味しい。ジャコの載ったサラダを食べ、刺身を食べ、次に醬油《しょうゆ》色の煮豚を一切れ食べた。瓶ビール用のコップはすぐ空になる。新入社員が上司にお酌するため今日は生ビールがないらしい。私は幹事が補充しては各卓に置いて回っている瓶ビールから冷たそうなものを一本選んで誰も見ていないか確認し自分で注いで飲んだ。素早く、でもできるだけうまく泡が浮くように注いだ。料理がなくならないうちに次の料理の大皿が来て長い卓は混み合った。私は青菜のおひたしを食べ揚げシュウマイを食べもう一度手酌して飲んだ。飲食していると、斜め後ろ辺りから名前を呼ばれた。振り返ると課長と、入社二年目くらいの若い女子社員が向き合って座り私の方を見ていた。課長が手招きしたので、私はコップと箸を持って女子社員の隣に移動した。「酒田さん飲んでる?」「はい」「顔変わんないね」「そうですか」課長は私のコップにビールを注いだ。半分ほど残っていたまだ冷たいビールに課長のビールが混ざって濁った。「ありがとうございます」「ほれ、ユウキさんも」「あ、すいません、ありがとうございます」課長のコップにはユウキさんが注いだ。先が丸い爪《つめ》に塗られているのがピンクかベージュか白かわからなかったが、とにかくつるつる光っていた。促され三人でコップを合わせ一口飲むとやはり少しぬるい、私は自分が置きっ放しできたまだ冷たい瓶ビールのことを思った。あちこちで栓を抜かれたビールがどんどんぬるくなっている。笑い声が聞こえる。ワーという歓声も聞こえる。課長が言った。「酒田さんはさあ、サイキさんと仲、いいの？」「え？」私が聞き返すとユウキさんがなぜか励ますような口調で「お昼いっつもお喋りしておられますよね。毎日、何話されてるのかは、聞こえませんけど、お喋り、お二人で」「お喋りっていうか、サイキさんが一方的に喋ってるのを聞いてる感じだよな、酒田さんが」私は頷くような頷かないような角度に首を動かしながら「まあ」と言った。仕事ができないで有名な、それなのに傲慢《ごうまん》なパートさんがいる。若くて美人で生理が重くて有名なパートさんもいる。サイキさんがとりたてて話題になっているのはあまり聞いたことがない。仕事は速いし丁寧、明るい、ありがたい、優秀な労働力だ。「まあ、お話は、ええ、いつも」「それがさあ、俺サイキさん目撃してさあ、こないだの休みの日」私はぬるいビールのコップを置いた。今まで座っていた席の近くにはなかった揚げ出し豆腐の大皿が目の前にあった。「ショッピングモール、あるじゃん？　すごい大きいやつ。ユウキさんも行ったりする？」「行きますよ、時々」ユウキさんは頷いた。「俺はめったに行かないんだけどさ、たまーに子供連れてくの。そんでね、俺のいとこがね、そこのフードコートでパートさんしてんの。クレープ屋。ユウキさん知ってる？」「あーはい、クレープ……フードコートに売ってますよね」課長は私にはショッピングモールについてもクレープ屋についても聞かなかった。私は揚げ出し豆腐を傍らにあった新品の取り皿に盛って食べた。てっぺんにおろし生姜《しょうが》が載った豆腐は、表面は冷めかけていたが内側には熱が残っていた。「俺ね、子供にその店でクレープ買ってやってさ、そしたらフードコートにサイキさん、いてさ。家族で、つうか子供と」彼女らはとても目立っていたという。サイキさんが六人掛けの席の奥側に一人で陣取り、その正面に三人の子供が並んで座っている。「大中小って感じでお互いそっくりなんだよ。母親似の体型つうか、まあちょっと太めで髪型もそっくりで服も似た感じの男子が三人。上が小六で下が小一くらいに、まあ、見えたけど、それがほんと、縮小拡大コピーしたみたいな三人で」彼らの前には清涼飲料水の五百ミリペットボトルが三本とスナック菓子の大袋が三袋、子供達は時折それに手を伸ばして飲み食べながらゲームをしている。サイキさんは一人大きな声で何かを喋り笑っているが、子供達は反応せず、じっと手にした携帯電話やゲーム機に眼を落とし指を動かしている。互いに声を交わすことも顔を見合うこともない。「なんか異様な光景なんだよ、だから俺さ、クレープ作ってもらってる間じっとそっち見てたの、そしたら俺のいとこがさ、なんかクリームとかしぼり出しながら俺に小声でいっつも来るのよねって言うんだよ。え、誰がって聞いたら、あの太ってる一家って。三人兄弟のって、マスクした顎《あご》でしゃくるみたいにして、嫌そうに」「えー」「なんか、他の店みんな混んでたのにクレープ屋は客いなくて暇そうで。そんでその子が言うにはね、あの四人は毎週土日、祝日も、開店と同時に来て、たーっと走って来てフードコートの同じ席に陣取って、持ちこんだ飲み物とスナック菓子で閉店まで粘ってんのよねって。いっつも、休みのたんびに」「え、一日中ですか？」「らしいの、その子が言うには」一応ここ、持ちこみはある程度容認されてるけど、毎回スーパーの袋持って来てお菓子並べてここでは何も買わないの。昼時になったらお昼ご飯買うかなって思ってもなしで、今飲んでるペットボトルのジュースとお菓子だけで一日。そんで、子供はずっとゲームして、お母さんはああやって喋ってるか、つっぷして寝てるの。ちょっとどっか行くこともあるかな、お母さんだけ。買い物してんのか何なのか、でも物買った風の荷物は見たことないしね。本当迷惑なんだけど、それに休みの日は結構混むから他のお客さんから苦情もきたりするんだけど、それで一回どこかの店のスタッフが注意したんだけど、全然聞かなかったんだって。なんだろうねえ。「トイレに行く以外は本当に一日中なんだって、その子が言うには」「あの、その子ってちなみにおいくつなんですか？」ユウキさんが言った。「いや俺のいとこだからまあ三十五とかそんくらいだと思うけど」それを聞いて、二十代前半だろう彼女はええ、と少し笑って頷いてビールを飲んだ。多分あまりお酒に強くないのだろう。私は素知らぬ顔で彼女のコップにぬるいビールをふちまでいっぱい注いでやった。「まあだから、俺はその子に、あの母親はうちの従業員だっていうのは言わずにクレープ買って妻子が待つ席に戻ったんだよ、チョコバナナなんとかみたいなやつ」「あーおいしいですよねー、私クレープ結構好きです」「若いね。俺は食べなかったけどさ、アイスコーヒーだけ。百二十円よ、ああいうとこにしちゃ安くない？」「え、クレープですか」「いやコーヒー」「あー安いですよねえ、なんでも、安くなきゃ」「で、ま、その日は実際満席近くてさ、奥さんに席とっといてもらわないと座れないくらいでね、俺と奥さんと交代で物買いに行ってでないと、子供一人席に置いといたらずるでもされそうな」ユウキさんがフンフン頷いた。「ああいうフードコートって普通に民度低いですからね」「ミンド？」ユウキさんは唇を舐めた。私はもう一切れ揚げ出し豆腐をとって食べた。添えてあった揚げししとうも食べた。「だからまあ、サイキさんのしてたことはかなり迷惑だよな」「でもなんか意外ですね、サイキさん……」「だろ？」課長は、若いユウキさんが前のめりになって話を聞いているのが嬉《うれ》しいらしい顔をしていた。ユウキさんは「酒田さんはどう思います？」と言った。私は彼女を見た。ユウキさんは卓の上の何かを見ていた。横顔の目の下にひとかけら、黒いマスカラのかすがくっついていた。それがきらきら光って見えた。私は「サイキさんは、お仕事もすごく速いし、お話も面白くて、いい方です」と言った。「だからとても、今のお話は意外です。お弁当も、ちゃんと毎日作っておられます」「じゃあ、本当に見かけによらないもんですねえ」「見かけっていうか、なあ」私はコップを心持ち自分より遠くに置いてからおしぼりで口元を拭いた。拭いてから、それが自分のではなかったことに気づいたが幸いそれはそう臭くも汚くもなかった。私はそれをきつく丸め直して元あったところに置いた。私は自分がもともといた席を見た。見知らぬ人が座り両手に箸を一本ずつ持ったのをしきりと振りながら何か熱弁していた。ヨコイさんが頷きながら聞き入っていた。「まあ結婚生活も大変だよなあ、三人子供がいたらなあ」「三人はすごいですよねえ」「偉いっていうか」「お疲れ様っていうか」「つうか男が育休とかふざけんなって話だよな」「結局は政治のせいですよね」「んで、いつまで常務は居座るわけ？」「ヤドクガエル。南米の」「景気は悪いよ、もうずうーっと悪い」「ファミリーセールの話、結局ヨコちゃん誘わなかったんでしょ？」「新聞読むのも仕事のうちだぜ」「毒を含んだものを食べるから、毒が体内に溜《た》まって、で、毒を持つ生き物になるわけ」「保護者会の役員になっちゃって忙しいって言うから」「心の闇《やみ》だなあ」「え、平よ、ヒラ。ただのヒラ」「モチベーションの話にされるとさ」

「ローンはね、旦那《だんな》が死んだら払わなくてよくなるから」「真っ赤なの、ピカピカの真っ赤。すごいきれい」「話の焦点がね。雑談じゃないんだからさ」「それは大企業の話」「あー、すごく勉強になります」「で、朝電話一本来て、休みますんでー、で、おしまい。毎月そう」「それって個人が飼っていいんですか？」「子供に罪はないんですよねえ」「日本ではね」私はちょうどそばを通った幹事に烏龍茶《ウーロンちゃ》を頼んだ。すかさずユウキさんが「あ、私もー」と言った。両手に空きビール瓶を持った幹事は「課長はどうされます？」「俺はいい、あ、焼酎《しょうちゅう》飲んでる人いる？」「部長がさっきお湯割りを」「じゃあ俺も湯割りで、え、芋でしょ？」「多分……、じゃあ烏龍茶二つと芋焼酎のお湯割りをお一つ」「幹事がんばれー」ユウキさんが笑いながら言うと、いいな、そっちは飲めてと幹事も笑った。同期なのらしい。「だって忘年会は私の番でしょ、忘年会はビンゴあるから今日幹事の方が楽だよ」「言えてる。ええと、烏龍茶とお湯割り」「芋よ」笑うユウキさんの口元からかわいいとんがった八重歯が見えた。烏龍茶を待ちながら私は枝豆を一つとって食べようとしたが、最初からそうだったのか誰かの食べさしだったのかさやには実が入っていなかった。課長は中腰になって、お湯割りを飲んでいる部長の方をちらちら見ていた。ユウキさんは煮豚を一切れとって食べ出した。ユウキさんの割り箸の先に、いろいろな料理の汁が染みて色づいているのが見えた。

サイキさんって、お休みの日とか何されてるんですか？　翌日尋ねるとサイキさんはうーんと唸《うな》って「どうしてるかなあ」と言った。「家族で出る日が多いけど、まあ近場だけどね」「そうなんですか」どちらに、と言おうとした一瞬先に「でもなんで？」「いやなんとなく……あの、お子さんが三人もおられたらお出かけするのも大変だろうなって」「まあ赤ちゃんじゃないからねえ、ほっぽってってもいいしねえ。逆に言えばもうちょっとしたら誰も、お母ちゃんなんて相手してくれないだろうしねえ」サイキさんは大きな口でがばりと弁当のお米を口に入れるとしばらく嚙んでふっと息を吐き「団らんっていう年でも、ねえ、もう」と言って少し笑った。

世話

私は三歳の娘を抱いて実家の前庭に出た。見慣れぬ黒い服の母が縁側に座り庭を見ていた。母のサンダルのつま先にこぼれ種のホウセンカが咲いている。夕方近く、空は水で薄めたような色をしていた。私は母の隣に娘を抱いて座った。黒く見えた母の服は紫に同色の糸で水玉模様が織り出された、昔からよく着ていた夏のワンピースだった。娘はうつむいてTシャツに縫いつけられたリボンの飾りをいじっている。母は脚をぶらつかせながら庭が荒れて困るとこぼした。「お父ちゃんが亡《な》くなってから庭に手が取れなくて」生垣からは枝が飛び出し、そこここに雑草とも園芸種ともつかない花が咲き、芝生は所々乾いてめくれあがり……確かに祖父が丹精していたころと比べると全体がぼやけていたが、荒れ果てているというほどでもない。「仕方ないよ」

「大体が手間のかかる庭なのよ」この家は母の生家で、入り婿《むこ》だった父は祖父より祖母より先に病没した。母は自分が生まれ育った家で夫を看取《みと》り娘を嫁がせ父親を看取り寝ついた母親の面倒を見ている。実家には他に、仕事が長続きしない弟がにこにことパソコンの番をして暮らしている。

私は芝生の上、少し先に白いビニール袋が落ちているのに気づいた。「何あれ、ゴミ?」母がぬっと首を回して私の顔を見た。「え?」眉《まゆ》が不審そうにひそめられた。「いや、あの、白い袋」膜が張ったような妙な目つき、「ああ……あれ」母は羽虫でも飛びこんできたのかぎゅっと目をつぶった。そしてゆっくり開くと私の耳に口を寄せて「トマトよ」「トマト?」母が立った。使い古しなのかくしゃくしゃの袋を持ちあげると、中から真っ赤なトマトが三つ、ごろりと芝生に転がり出た。焼け色の芝生の上で、張りつめた皮が爛々《らんらん》と赤かった。「うちの畑のよ」前庭の向こうには小さい家庭菜園があって、確かに今はトマトが実っている、が、今年は気候のせいか尻《しり》が熟れきっているのに肩が青く堅いままいびつにいじけたような実が多い。落ちているのはそんな出来損ないとは違う、立派でおいしそうなトマトだった。「□□さんよ」母は共通の知人を呼ぶときのような口調で私の知らない名前を言った。「□□さんが勝手に入ってきてトマト、とっていって配るの」「誰に?」「近所の人とか」「何で?」「お父ちゃんがぜひともそうしてくれって言ったって」ざわざわとした話し声が遠くから聞こえた。油蟬《あぶらぜみ》が鳴いている。「そりゃ、お父ちゃんはああいう性格だし、昔から知ってる相手だもんでそう言ったか知らないけども……でも、もらった方はうちのトマトなにやかや気に入らないって言うの。水やりが下手だの虫食いがあるだのそもそも苗が悪いだの。それで、□□さんもそうかそうかってうちに返しにくるの、勝手にとってったトマトをこうやって」「本当？」「本当」「それって」私は何と言うべきか少し考えたのち「ひどくない？」と言った。もっと何か違うことを言いたかったが思い浮かばなかった。母は頷《うなず》いた。「本当にひどい。お父ちゃんが亡くなってからよ、こんな風に……けいちゃん！」急に母が私の娘の名を小さく叫んだ。娘の顔をのぞくと、彼女は目を開いて母の足元にあるトマトをじっと見つめていた。トマトの表面に凝った一点の陽光が娘の黒目に映っている。ぽちっとした白い光、母が震え声で「けいちゃんまで……」「こん、にち、はァ」

門扉《もんぴ》の方から間延びした声がした。小柄な禿頭《はげあたま》のお爺《じい》さんが門扉の向こうからこちらを見ていた。祖父が着ていたような鼠色《ねずみいろ》のジャンパー、丸い背中、柔和な顔に何となく見覚えがある。お爺さんはにっと笑うと母を見て「古川さん」と言った。母は答えず、大股《おおまた》でこちらにくると私の隣にぴったりくっついて座った。「古川、さァん」

私も長年呼ばれていた苗字《みょうじ》、はいと答えそうになったのを母が片手で膝《ひざ》に触れ制した。煮えたぎった油の音で蟬が鳴いた。気がつくと下の方からじわじわと何かがせりあがってきていた。黒い、いや暗い、あっと思ったときにはもうあたりが暗くなっていた。真っ暗で何も、膝の上の娘も隣の母も庭も何も見えない。月も星もない真夜中だってこんなに暗くはない。私は目を閉じた。何か妙に温かいものが私の背中に触れた。びくりとしたが、それは母が腕を伸ばして私の背に回したのだった。娘の向こう側からも母の手、母が三角形に私と娘を抱いた。私も娘をしっかと抱いた。娘の背は滑らかに息づき、頰を寄せると唾液《だえき》のにおい、大丈夫、悪いものに持っていかれたりはしていない。さしあたりそれが一番大事なことだ。ぷんとトマトのにおいがした。母が、私たちを抱いたまま上下に揺れていた。足で地団太を踏むような動き、ピチャッ、ピチャッと何かが粘る音、闇《やみ》は密度を増した。この上なく暗いのにまだ暗くなる。闇の奥からお爺さんの声がした。「古川さん、これ、うちの、いつもの」私の足首に水滴のようなものが散った。むんと青臭い、イツモドウモ、女性の声がした。震えるように微《かす》かな高い、イツモドウモ、ハハガ……「また調子、よくなったらこっち、顔出すようにって、言って、ね」ホントウニハハガヨロコビマスイツモイツモ……「多少無理したって、外、出ないと。寝たきりになっちゃっちゃあ、年寄りは脚から、くるんだから」イツモドウモ……「もっと、ずうっと、長生きしないとね、おとーさんの、分まで」ハハガヨロコビマス、フフ、フフ……ジャアッ、ジョリ、ジョリ、ジョジョ、ジョ、油蟬が声を叩《たた》きつけながら空に飛びあがった。「そいじゃ」門扉がきしんだ。母が腕の力を抜いた。私はそっと目を開けた。

先ほどまでと同じ、夕刻の前庭だった。空が黄ばみ始めているあたりにコウモリが飛び交っている。門扉の向こうに歩き去るお爺さんが見えた。後ろ姿が祖父によく似ていた。母は息をついて抱擁を解いた。汗で張りついた背中に風が通った。母の傍らに、中に何か丸いものが入った白いビニール袋が置いてあった。薄いビニールから赤い色が透けている。丸い赤い手のひらに載るくらいの大きさの……「トマト？」家の中から、祖母が母を呼ぶ甲高い声が聞こえた。母が縁側から立ちあがって家に入ると、重みに耐えかねたように袋が傾いて中からトマトがこぼれ出た。どこからともなく醤《しょう》油《ゆ》と砂糖の重だるいにおいがした。私たちのすぐそばで別の油蟬が鳴き始めた。

蟹《かに》

私が卒業した女子校には蟹がきた。初めて校舎で蟹を見たのは一年次の初夏ごろ、雨の日だった。蟹はくぐもって湿った空気の垂れこめる外づきの廊下を横歩きしていた。小さくて丸みのある砂色の甲羅から灰緑色の目が突き出し、脚が廊下に擦《こす》れてカチカチ鳴っている。思わず立ち止まると同じクラスの生徒にぶつかりそうになり不審な顔をされた。「蟹が……」説明しようとした舌が乾いてもつれている間に蟹は姿を消した。生徒は細い眉《まゆ》をさらにひそめた。

蟹たちは学校のそばにある川からやってきているらしかった。土手下一面に背の高い葦《あし》が生えた川からは、まだ先にあるはずの海の気配がなんとなく漂っていた。水位が日によって時刻によってかなり違い、濁った水から葦の穂と葉先だけが突き出しているときもあれば、根元まで露《あら》わになった葦の隙間《すきま》を蟹が歩いているのが見えるときもあった。私は駅を出て学校に向かう道筋でその川にかかる橋を通った。蟹は駅から橋までの道に一匹も見ないのに、橋から校舎へ向かう道では何匹もが轢死《れきし》していた。日差しでそれが熱せられるとひどくにおった。生死不問でカラスはつつき乗用車は砕いた。それらを免れ学校にたどり着いた蟹たちは廊下や校庭や花壇や教室の中などをうろついた。何かを探してさまよっているようにも見えた。その度に私の目は蟹に吸い寄せられ、その度に他の生徒たちはうろんそうな目つきで私を見た。生徒たちは蟹を避けているようにも、そもそも見ていないようにも、いっそ強く意識しているようにも見えた。すぐそばにいる蟹を全く話題にしない、かと思えば横目に見ながら何か低い声で語り合う、一跨《ひとまた》ぎすればいいだけの蟹を大きく迂回《うかい》して避ける、派手に悲鳴をあげてケタケタ笑う、靴箱の上履に入りこんでいるのをつまみあげることも逆さに振って落とすこともせず靴下で校舎に入っていく……校内のいろいろな場所に蟹の死《し》骸《がい》があった。全身もあれば部分もあった。それらはホコリや落ち葉や他のゴミと一緒くたに掃き集められゴミ袋に入れられ焼却炉に運ばれた。当時燃えるゴミは校舎裏手にある焼却炉で用務員さんによって燃やされていた。用務員さんは固太りした中年の女性で、生徒たちにはおばちゃんと呼ばれていた。一部の教師たちも彼女をおばちゃんと呼んだ。ちょっとおばちゃん呼んで割れたガラス片づけてもらえ……それがさ、おばちゃんって時々ね、週ごとの持ち回りで用務員さんを手伝わねばならない美化係の生徒がひそひそ声で言っているのを聞いた。まだ生きてる蟹を焼却炉に入れることがあるの、火バサミでひょいって中に、においがぷんとするの、香ばしいみたいな、塩辛いみたいな……。そうなの。ちょっと怖いね。どうしてだろう。おばちゃん苦労人だって聞くしね。五十歳くらい？　六十歳くらい？　七十歳くらい？　蟹をね……

私は耳をそばだてたがすぐに生徒らは口調を変え人気のある体育教師の話を始めた。原センセ、県内二位でインターハイ確実だったんだって、見たかったなぁ、靭帯《じんたい》やってなければって、今も鍛えてるの、硬そう、硬そう……私はその教師が廊下で蟹を踏みつけているのを見たことがある。わざとか偶然かわからない間合いで、でもつぶれた蟹を後ろ蹴《げ》りに廊下の側溝に落とす足つきは妙に慣れていた。ジャージの下から筋肉で膨らんだふくらはぎの形が見えた。教師が通り過ぎるといつも人工的な青リンゴのにおいがした。あのシャンプー○○のだって、超いいにおいだよね、あのくせっ毛、やだそれ私も使う、どこ売ってるの？　お揃《そろ》いになっちゃうよ、バレちゃうよ、いいの、いいの、だって……

ある日、私は体育の授業後に教師から用具の片づけを命じられた。体育係ではなかったから、多分出席番号が日づけに当たっていたとかそういう理由だっただろう。命じられたのが私だというだけで生徒たちはクスクス笑った。教師もニヤニヤ笑っていた。細く角張ったあごが剃《そ》りあげられグラウンドに照り返っていた。作業を終え校庭の隅の方を歩いて校舎に戻っていると、校庭を取り囲んで生えている木々の裏側の地面に四角いものが突き立っていた。灰色に白や黒の粒が散った花崗岩《かこうがん》で高さは膝《ひざ》くらい、一辺が十五センチほどの正四角柱、角がところどころ崩れたようになっている。その一面に色褪《いろあ》せたような、削り取られたような字が刻まれていた。なんと書いてあるのかはよくわからない。今までこんなものがあるとは知らなかった。風に揺れる木々の影に覆《おお》われたそれは、大きさこそ違うが墓石のようだ。「何してんの」不意に声をかけられて私は息が止まるほど驚いた。作業服を着た用務員さんが木々の間から現れにっこり笑った。麦わら帽子をかぶって首にタオルを巻き、枝切りバサミを持っている。隅々まで塗りこめられた化粧が生え際《ぎわ》から落ちる汗で白く浮きあがっている。「何してんの？」「あ……これ……」声がかすれた。自分が誰かに向けて声をだすのが久しぶりな気がした。私は足下の墓石を指差した。用務員さんは心配そうに「転んだん？」と言った。「え？」「石碑につまずいたん？」石碑、いくら私の運動神経が鈍くてもつまずいて転ぶような大きさではない。私が首を横に振ると用務員さんは再び笑顔になった。「ならいいけど。こんなのに転びよったらつまらんけえね」「あの……これ、何ですか？」尋ねながらなぜか動悸《どうき》がした。「海岸線の碑よ」用務員さんはこともなげに答えると枝切りバサミで薄赤く芽吹いた枝先をちょんと一切りした。「かいがんせん？」「何度か埋め立てて、海はもうずーっとあっちに行っとるけど、元々はここが海の境目で、この先は」と今まで私たちがハードルをしていた校庭を枝切りバサミで指し示し「海。遠浅の」白く乾いたグラウンドにざっと風が吹き、粉砂糖のように細かい砂が舞った。昼休みで誰もいない。グラウンドの向こう側にさっきまで私が片づけをしていた体育倉庫が黒い入り口をポッカリ開けている。「思ったら不思議よね。埋めて固めてから、上に学校やら家やら道路やら作って誰のだ彼のだって切り分けて、平気で住んで」この下が海、私は自分の運動靴を見下ろした。学校指定の白が薄汚れている。半透明の石英の粒、用務員さんは周囲の木の枝先をちょんちょんちょん切りながら「ワタシが子供のころはもうこのへんは埋まっとったけどね、ほら、工場団地あるじゃろ、あのへんを工事してたのがワタシがアナタらくらいのころかな。工事ってもそのころは、海っぺりにガラクタやなんや放りこんで、それから砂入れて、水面まで埋めたら上に馬を引いてきてうろうろうろうろ歩き回らせたら地面がまた沈むけえ最後の方は蹄《ひづめ》がチャプチャプ鳴るん、そしたらまたトラックで砂入れて……今時そんなのんきな工事ないね。お馬でチャプチャプなんて」私はほーと息を吐いた。「なんだか不思議ですね」「不思議よ。大昔っていえばそうだけど、でもちょっと前って思ったらそんな気もするのにね。ワタシらのころはもう汚いけえダメじゃ言われよったけど、親らの代はここらの砂浜で貝やら掘って食べたりしよったって聞いたよ」蟹もだ、と思った。きっとその砂浜には蟹もたくさんいたに違いない。用務員さんは目をすがめて遠くの方を見る仕草をした。私も見た。建物の屋根が折り重なっている。屋根や壁は古びている。とても海だったとは思えない。「今も埋め立て工事しよるでしょう。いつ終わるんかね。もう終わったらいいのに。これから人はどんどん減るんじゃけえ。ワタシ子供のころに大人になったら終わっとるんじゃろう思って、自分が子供産んだころはこの子が大人になったら終わっとるんじゃろう思って、でもまだまだみたいなね、むしろどんどん終わりが遠くなりよるみたいなね」「お子さん、おられるんですか」なんだか意外な気がして言うと用務員さんはクックと笑い「子供だけね。そしたらもう戻りんさい、お昼食べる時間がないなるよ」「はい」「アナタちゃんと食べてもちっと太らんと、細すぎよ。華奢《きゃしゃ》よ。体力勝負よ、これから」「これから?」「これから、ずっと、もうしばらく、まだまだ……アナタらは」用務員さんは枝切りバサミをザキザキ鳴らした。「かわいそうなね」「え?」「いや、楽しみなね、「いろいろ」切り落とされた赤い芽が碑の周りに散らばって花のようだった。

ここが海、海岸線、つまりそれで蟹がくるのではないか？　かつてここが海岸線だったのが何十年前かあるいは百年前とかもっとなのかわからないけれど、生物の仕組みはもっと長い周期でしか変わらなくて、だから何かに呼ばれるように今や海でもなんでもない場所へ引き寄せられるのだ。きて、でもそこに海がなくて困ってうろうろして……教室の扉を開けた。さえずったりくぐもったり揺らいだり切り立ったりする声声声、弁当のにおいがした。自分の机の前に立つと、脱いでたたんだ制服の上に一匹の蟹がいた。いや、蟹の死骸が置いてあった。蟹が一匹、制服の上にちょこんとこちらを向くように載せてある。私はそれを眺めた。声が高まりあちこちで小さい笑い声が弾《はじ》けた。私は蟹を手に取った。つぶれていない。ハサミも脚も揃っている。軽い、死に切った、乾き果てた、標本のような蟹の外側……教室がだんだん静かになった。私はすっかり色の抜けた砂色の両目を見た。濡《ぬ》れた表面に自分の顔が映るのを見た気がした。光る泥を走る筋肉の重みと海の水に満ちた、購買にでも行っていたらしい生徒が一人教室に入ってきて静まり返っている空気にぎょっと立ちすくんだ。誰もが何かを待って息を飲み、その中心にいるのは体操着姿のクラス一いや学年一地味な生徒その手には……何があったの、と無声音で尋ねる声がした。私は問われた方が答える前に蟹を机に置き、ぐいと体操着を脱いだ。私がブラウスのボタンをとめ終わったあたりでまた教室はおしゃべりに満ちた。私は着替え終わってから蟹をプリーツスカートのひだの奥にあるポケットに入れた。シュウウッと誰かが歯の隙間から息を吹いた。蟹はほとんど何の質量もなくそこに収まった。私はそれまでもうつむいて歩いていたし、その角度はこれ以上倒しようがない。帰り道、橋の上から川に蟹を投げ入れた。軽すぎて風に流され、橋からかなり離れたところで急にまっすぐ落ちた。水没した瞬間、そのハサミや脚が閃《ひらめ》いて動いたような気がした。手のひらからか川からか海のにおいがした。血のにおいにも似ていた。

私はそれから時々海岸線の碑に行った。行っても何もない。誰もいない。校庭からも校舎からも木に隠れてよく見えない。大きめのハンカチを敷いて腰を下ろし、私は尻《しり》の下に波を感じようとした。潮の満ち引き、揺れ、でも何も感じなかった。地面は平らで、下の下の方までずっと平らで乾いていた。足元を蟹が横切った。下半分が砂にもぶれていた。疲れているのか妙に遅い、ぜんまいが切れたような動きで、でも脚を律儀《りちぎ》に動かして横向きに進もうとしている。仰向いた空は木々に縁取られていて指につけて舐《な》めた砂は塩辛くもなんともない。碑の下の方、地面からすれすれのところに、見たことのない赤いボコボコしたものがついているのに気づいた。はいつくばるようにして顔を近づけると、それは一センチくらいのまん丸い赤い粒が五粒ほどブドウのようにくっつきあったもので、そっと触れると結構硬い、スーパーボールのような質感だった。粒の中は液体が満ちていて、それが濃い赤と少し薄い赤とに分かれていた。その色味といい様子といいイクラによく似ていた。硬いイクラ、何かの卵？さっき足元を行き過ぎた蟹のことを思い出した。これはつまりあの蟹の卵ではないか？　海岸線で産むつもりで、そこにある砂浜とか岩場に産みつけるつもりで、謎《なぞ》が解けた気がした。虫とか蟹とかそういう小さい生き物たちはものすごい距離を移動したり危険を冒したりしてまでもどうにかして産卵、繁殖しようとする。それこそが彼らのようなささやかな生物が生まれた多分唯一《ゆいいつ》の意味で、それを理不尽とか辛《つら》いとか思うようにはそもそもできていない……私はあたりを探した。蟹は見当たらなかった。あんなによろぼい歩いていたのにどこにもいない。死骸も痕跡《こんせき》もない。私は爪《つめ》を卵と碑の間にくじり入れて卵を剝《は》がした。最後はプチンと破れる感触がした。手の中に転がりこんだ卵は壊れていなかった。濃い赤と薄い赤が混ざり合わずにゆっくり傾いて揺れ陽に透けた。房になった粒のそれぞれに世界が映っていた。私はそれをポケットに入れた。砂に敷きっぱなしだったハンカチをとるとじっとり湿っていた。

大学に行くと少し人と話せるようになった。飲み会で、私は隣り合わせた理学部生物専攻の学部生と話していた。何度か言葉を交わしたことがある程度の相手だったのだが、気がつくと店内の喧騒《けんそう》がテントのように私たちをすっぽり覆い、私は初めて人に蟹のことをしゃべっていた。海を求めて女子校にやってきたこと、学校はもともと海辺にあったがもう違うこと、丸い赤い卵を見たこと……そこまで聞いた彼は半切りのレモンが添えられた酎《ちゅう》ハイのジョッキを片手に笑って「ありえない」と言った。「え？」「それは蟹の卵じゃない。蟹はできた卵を孵《かえ》るまでお腹《なか》に抱えて、それも何万個って数よ、それだけ死にやすいから。で、孵るのと同時に水に放出するんだ。卵は小さくて、だからそこからでてくるのもすごく小さくて透明なプランクトンで、そんなどでかい卵を陸地に産みっぱなしにするなんて聞いたことがない、僕は甲殻類は専門じゃないけど断言できる、ありえない」でも確かにあったのだ、他の何かとは思えない。「それは違う生物の卵だよ。いや、卵かどうかもわからない。赤くて丸くて弾性があるんだろ、子供の、ゴムかなんかのおもちゃとか」あれは間違いなく卵だった。人工物ではない、生き物の卵、私はその感触を思い出した。指でつまむと丸くて張り詰めて生命感に満ちていた。あの乾いた場所にかつての海岸を見る間違えた蟹以外、誰があんなものを産みうるだろう。「メスガニ」「え？」「つまり、学校にきてたのは産卵間近の雌蟹ばっかりだったってことだ、その、本能の呼び声的なカナちゃんの解釈だと」「……うん」私はこくりと頷《うなず》いた。「でも、そんな場所にしか産卵できないんだとしたら蟹はとっくに死に絶えてないと嘘《うそ》じゃない？　埋め立てられてからの何十年の間に」「……確かに」私は残り少ないウーロンハイを飲んだ。上唇に粗い氷が当たった。「それに校内で蟹をそんなに見たんならその卵は他にもいっぱい産みつけられてないとおかしいし」そうなのだ。注意して見ていたが、卵を見つけたのはあの一度きりだった。「それは、だから、よくわかんないんだけどでも」自分の声が妙に高く速くたどたどしくなっていると感じた。彼は手を挙げ店員に自分の飲み物のお代わりを頼んだ。私は氷を噛《か》んだ。「それで、その卵的なものはどうしたの？　制服スカートのポケットに入れて？」「それも、川に、落とした」「それも？」「いや、それは。それを。せめて水のそばにと思って」「それで？」「わかんない。水に落ちて、ちょっと浮かんで、沈んで」彼は下を向いてぐつぐつ笑った。馬のように大きな前歯が濡れて光った。「そっちの図書館にも甲殻類図鑑ぐらいあると思うよ、禁帯出だろうけど。調べてみたら？」彼は運ばれてきたジョッキにレモンを搾《しぼ》りこんだ。香りのしぶきがぱっと散った。私はおしぼりで自分の指を一本一本拭《ぬぐ》った。「ほんとに、調べてみたら？　女子高生が発見の新種かもよ」「もう女子高生じゃないよ」「当時、当時。あんま想像つかないけど、カナちゃんが女子高生の制服着てるとこ」「……普通だよ」「普通って」ぎしぎしした笑い声、地味な色のネルシャツ越しにむうっと汗がにおった。

次の休みに実家に帰り、電車に乗って歩いて川に行った。川土手に黄色い無人のショベルカーが斜めに駐車されていた。それを除けば、橋から見下ろす葦の茂る川の様子は私が毎日見ていたのと変わらなかった。川は滑らかな茶色い水に満たされていた。雀《すずめ》が何羽も集まってかしましく鳴き合いながら水からのぞいた葦の穂先に止まり、それが重みでしなるとさっと飛びあがって別の穂先に止まる遊びをしていた。遊びかどうかわからないがとにかく無為な行為に見えた。何羽も何羽もでチュンチュンチュンチュル鳴きながら繰り返す。一羽ずつの声は小さいのに、集うと耳にさわった。橋の上からぼんやり眺め下ろしていると、ぽこり、と葦原の隙間から何か尖《とが》ったものが水面に突きでた。白く尖ったものが太く、みるみる水面から姿を現した。私はぎょっとした。それは巨大な、蟹のハサミだった。ギザギザした刃がかみ合い、外側がオレンジがかった砂色、硬い表面がわずかに凸凹《でこぼこ》して藻のようなものがへばりついている、こんな大きさのハサミを有する蟹がいたとしたらそれは怪獣だ。人間の子供くらいあるハサミ……雀たちが鋭く鳴いた。もつれるように空に飛びあがる。ハサミの先端がすっと開き、気づき損ねたのか体が重かったのか逃げ遅れた一羽を挟んだ。巨大なハサミにくわえこまれた雀は体が縮んだようで、砂色のハサミに溶けこんでしまったようで、ここからはもがいているその動きだけが見えた。水面に白い羽が散った。他の雀たちの姿は消えていた。チュンチュン鳴く声は聞こえた。どこかで見ているのかそれとも別の雀の群れか、蟹のハサミは雀をくわえたまま徐々に水に沈んでいった。ぽ、という音がして尖った先端が濁った茶色い水に消えた。丸い水紋がそこに広がったがすぐゆがんで乱れ、ぐしゃぐしゃになって消えていった。私は顔をあげた。川下、海の方を見た。背の高い、信じられないくらい背の高いクレーン車か何かが蜃気楼《しんきろう》のように揺れて見えた。海と陸の際で今も工事が行われている。本当の海岸線がどんなだったかなんてもう誰にもわからない。海は満《み》ち干《ひ》をやめない。やめようがないのかもしれない。私はそれから女子校に行ってみたが、関係者以外立ち入り禁止と書かれた札が下がった門は固く施錠《せじょう》されていた。グラウンドは静まりかえっていた。門は青く錆《さ》び敷石の隙間から雑草が穂を噴きどの窓も無灯で、それは今日が休日だからではなくここがもう終わった死んだ場所だからのように思えた。ポケットが震えた。電話がかかってきていた。蟹の話を笑った名前が光っている。かすかにカチカチという音が聞こえ、見えない小さい尖った脚が私を這《は》いのぼってくる感触がした。

緑菓子

小学校が午前で終わった土曜の昼すぎ、私は母と二人で祖母のお見舞いに来た。祖母は少し前に家で倒れ救急車で運ばれてからずっと入院している。普段風邪をひいたりしたときは近所の隅谷病院に行く。新しい方の道を通って家から車で十五分ほどのこの大きな病院には、だから祖母が倒れて初めて来た。祖母は、搬送された一週間後くらいには立ってトイレに行っていたしご飯も普通に食べていた。すっかり元気そうで、お見舞いに行くたびどうして退院してこないのかが私は不思議だった。「あれ、坂井さんとこの」病院に入ったところで、近所のおばさんとおじさんにばったり会った。手に大きな紙袋を持って、ちょうど帰るところらしかった。「こんにちは」母は頭を下げた。私も下げた。「ああ、おばあちゃん……どがな？」派手な大きなメガネかを見ていた。視線を追うと、一階の待合室に設置してある小さいテレビに高校野球が映っていた。「おかげさまでもう落ち着いて……ショーエイくんは？」「それがねえ」病院の入り口のところにはランの花がたくさん置いてあった。白やピンクのコチョウランが多かったが、中には別の種類のランもあって、どれも偽物《にせもの》のように満開だった。枯れた花やしぼんだ花はひとつもなかった。「まあよかった」「ほんまに大阿呆《あほう》じゃいうて、脚にこがにごついボルト、一生入ったままなんじゃけえ」花の下のところがツボのように膨らんで見えるランに顔を近づけると、膨らんでなめらかな表面に私の顔がかすかに映った。顔を揺らすとちゃんと一緒に揺れた。「大変ですねえ」「お互い様よおねえ。ここだけの話、バイクのめげたん、見たけどあんだけの怪我《けが》で済んどるのが奇跡のようなかったわ。これが薬でバイクやら馬鹿《ばか》なつき合いやらやめてくれりゃあええんじゃが……」薄黄緑色のランの花のつけ根に透明な蜜《みつ》がにじんでいた。私は指で蜜をなすり取った。母はおばさんと向き合って熱心に話していた。おじさんはうつろな目で高校野球を見ていた。私は指を舐《な》めた。花と埃《ほこり》のにおいがしてちょっとだけ甘かった。「まあちゃんは、えらいねえ」私はぎくっと顔を上げた。おばさんは少し前かがみになって私に笑いかけていた。黒っぽい歯茎が見えた。「おばあちゃんの、お見舞いに、来たんね」私は頷《うなず》いた。「えらいね。かわいい孫の顔が、おばあちゃんに一番の薬なんじゃけえ」「おい」おじさんが初めて声を出した。「こがなとこで引き止めとったら悪かろうが。行くで」「んま。怒られち」おばさんはペロ、と赤い舌を突き出して見せると、「おばあちゃんによろしく、今度お見舞いに寄らしてもらいますけえ」と言いながら病院を出て行った。母は頭を下げて見送った。自動ドアが開き、むわっとした外の空気が入ってきて閉まった。祖母の病室は三階にある。母はエレベーターに乗った。エレベーターを降りるとナースステーションで、中で一人の看護婦さんが大きな、赤ちゃんの頭くらいあるおにぎりをかじりながら書き物をしていた。母は立ち止まると「悪いんだけど、お母さん、ちょっとおばあちゃんと話があるから、麻里子談話室で時間潰《つぶ》してから来てくれる？」ナースステーションの隣にはお見舞いの人と入院している人が一緒にお菓子を食べたり話したりできる談話室がある。テレビや雑誌や古い漫画や文庫本が並んでいる棚、自動販売機、ソファと丸い小さなテーブルセットなどが置いてある。「十分……十五分くらいでいい。漫画でも読んでから、来て」びっくりした。母は私が読むものに厳しくて、少女漫画でも友達のお姉さんから借りたものはダメとか、男の子向けのものもダメだとか色々なルールがある。ここに置いてあるのがどんな漫画か確認もしないで読んでいていいなんて。

方に肩をくるまで、下着や裸の女の人が出てくるもの、殴ったり撃ったり死んだりするもの、鼻血を出しているもの、夜一人でトイレに行けなくなるようなもの……さっき舐めた蜜のせいか、口のなかが変に酸《す》っぱかった。私は談話室の方を見た。丸テーブルが一つふさがっているがソファは空いている。漫画の棚の前にも誰もいない。「うん、わかった……何の話？」「ちょっとね」母の顔は普通だった。怒ったり困ったりしているようには見えなかった。「じゃあ、よろしくね」母は足早に病室へ向かった。私は談話室に入った。誰もいないと思った、大きい、所々剝《は》げた革張りのソファに、髪を短く刈り上げたギプスの男の人と、髪が長い女の人がもたれ合うようにずり下がって座っていた。女の人の方がかなり年上に見えた。二人は目を閉じていたが眠ってはいないようで、まぶたがぴくぴく動いていた。私は丸い小さいテーブルの方を見た。男の子が一人座って弁当を食べていた。私と同い年くらいで、ジーパンをはいているから入院患者ではない。手作りではなくてコンビニのパック入りの、四角い薄い茶色い肉が載った白米、抱え込むように前かがみになって熱心に食べている、男の子が急に顔を上げてぎろっとこちらを見た。私が息を飲むと、彼は私を睨《にら》みつけたまま、不自然なほど大股《おおまた》に開いた片足で貧乏ゆすりを始めた。ガタガタ揺れながら割り箸《ばし》の肉を嚙《か》んでいる。私は怖くなって談話室を出て階段に向かった。一階の待合室にも雑誌のラックがあったはずだ。駆け下りるとキュロットスカートがふわっふわっと広がって太ももを撫《な》でた。待合室には誰もいなくて、電気もテレビも消えて薄暗かった。『午前の外来診察終了しました』という札が受付窓に立ててある。無人の待合室の壁際《かべぎわ》にコチョウランがずらっと並んで鎌首《かまくび》をもたげていた。私は病院の外に出た。病院の駐車場から道路を挟んで向こうには田んぼがあった。かなり茂って水面は見えない。田んぼの先には家がある。新しそうな洋風の二階建てだった。広い庭に芝生が生えていて、稲のより濃い緑色が鮮やかだった。人工芝かもしれない。私のうちの庭は、毎日草をむしっていた祖母がいなくなって草ぼうぼうになってしまった。線香花火を逆さにしたような形のや、地面の中で根っこが繋《つな》がっているのや、そういうちょっと引っ張ったくらいでは抜けない草があちこちに生え、だらしなくつるを伸ばしたノウゼンカズラがぼとぼとオレンジ色の花を落としていた。来週から始まる夏休みになったらきっと朝から草むしりや庭掃除をするよう言われるだろう。祖母は夏休みまでに退院するだろうか。田んぼに一羽のサギが立ち長い首を曲げて地面をうかがっていた。

病院の真裏には濁った丸い池があった。奥は雑木林のようになっていた。緑色で、錆《さ》びたフェンスが取り巻いていて、雑草が池の縁ギリギリまで生えている。雑草には白い泡のような穂がついていてなんだかねばねばして見えた。私はフェンスのそばまで行った。水草なのか藻の生えたゴミなのか何かわからないもしゃもしゃしたものがいくつも水面に浮かんで、その周囲に空気の泡がくっついていた。ぽち、と小さい音がした。石でも投げ入れたような水の輪が池の端っこに広がりすぐ消えた。水の中に、灰色の丸いものが見えた。あ、と思うと目の焦点があって、丸から尻尾《しっぽ》が生えオタマジャクシになった。大きい。普通の、田んぼなどで見かけるオタマジャクシの何倍もある。ピンポン玉より大きいくらいに見える頭には、目と口らしきものまで見えた。目は少し盛り上がったように二つ、口には穴が開いている。これだけ水が濁っているのによく見えるなと思ったら、ただ緑色に濁っていると思った池は表面に透明な水の層があって、その下に濁った層があって、オタマジャクシはそのちょうど中間にいるようなのだった。息を吸うのかオタマジャクシは時々縦になって水面に口をつける、そのとき水面には水の輪ができて広がってすぐ消える。下になった尾の方が動いて濁った水の層をかき混ぜて、透明な層に濁った水が巻き上がって一瞬混じる。縦になったとき見えるオタマジャクシのお腹《なか》は銀色に光っていた。本当に大きい……はっとした。

もしかしてこれはウシガエルのオタマジャクシだ。ウシガエルはうちの近所にはいないが、少し離れたところの川にはいて、夜、自転車で通りかかると襲われるという噂《うわさ》を聞いたことがあった。ウシガエルが牛のような鳴き声で鳴いている川のそばを、ライトをつけた自転車で通りかかるとその声がやむ、と、川の方からどたっと濡《ぬ》れた塊が飛んできて、顔に張りつく。自転車ごと転んで地面に倒れると、同じような塊が川からどたどたぞろぞろ集まってきて、その人の顔をぺろぺろ舐めて食べてしまうのだという。防御策は顔を覆《おお》うヘルメットをかぶること……このオタマジャクシの大きさからしたら、カエルはどれだけ大きいか。体当たりされたら自転車だってバイクだって倒れるかもしれない。林の方から一筋風が吹いて、それが池を二つに分けるように波だてた。ねばねばした穂がフェンス越しに私の膝《ひざ》を撫でた。ぽ、と水の輪が広がった。ぽ、ぽ、ぽ、ぽ、あちこちで丸い水紋が生まれ広がり絡《から》み合って消えた。これが全《すべ》てウシガエルの……ぞううっとした。こんなにたくさんのオタマジャクシは皆ウシガエルになるのだろうか。その大人になったウシガエルはどこにいるのだろう。この池に住んでいるのだろうか。草むらの中に……目を凝らしたが陸に動くものは何も見えなかった。かわりに白い芋虫がたくさん死んでいた。よく見るとくしゃっと曲がったタバコだった。水中、たぶん、どこか離れた場所に移動しているか、夜にならないと動かないとかなのだろう……目の前から少し右にずれた池の縁で水が小さく盛り上がった。ん、と思って近づくと、何匹ものオタマジャクシがもつれてからまってバチャバチャ跳ねている。勢い余って水面から飛び出たりしている。私はしゃがみこんで両手でフェンスを摑《つか》んで隙間《すきま》から鼻を突き出した。赤サビのにおいがした。病院の脇《わき》を通る道路の方からスピーカーの声が聞こえた。危ないよ、ほら、そこ、危ないよ……子供の自転車がパトカーに注意でもされたのだろう。優しい口調で、危ないよ、声がみよみよと歪《ゆが》んでいって私のほほにあたった。額に汗が滲《にじ》んでいた。そろそろ行った方がいいかもしれない。もう十五分以上経《た》ってしまったかも。母たちの話は終わっただろうか。私は時計を持っていなかった。今年の誕生日プレゼントにもらった腕時計は、なくすからと母が仕舞っている。さっきのオタマジャクシの塊は無くなっていて、その場所に何かが浮かんでいた。オタマジャクシではない。もっと大きい……「ウシガエル！」私の手のひらくらいの大きさで、でもなんだかおかしかった。太い脚がだらんと伸びている。泳いでいるわけでもない。カエルが揺れてくるりと表裏逆さになった。白いお腹に大きな黒い穴が開いていた。ぬるんと穴の奥が動き一匹のオタマジャクシが出てきた。残ったカエルの体はあちこち骨が出ていた。細くとがった骨だった。カエルは皮だけになっているようだった。

病院の待合室には何人かの人が座っていた。テレビにはまた高校野球が映っていた。私は階段を急いで登った。一階と二階の間の踊り場に、赤いビニールテープが鳥居の形に貼《は》ってあった。通りしなのぞいた談話室は無人で、男の子もカップルもいなくなっていた。消音のテレビに一階と同じ高校野球が映っていて、日焼けした白いユニフォームの部員たちが互いの肩を叩《たた》き合って小さく跳ねながら笑っていた。

病室に入ると、祖母が窓際のベッドで、一人テレビを見ていた。祖母の顔にテレビ画面の光が緑色に映って見えた。四人部屋で、祖母以外の三つのベッドは、目隠しのカーテンをぐるりと下ろしている。「まあちゃん」祖母は私に気づくと微笑《ほほえ》んでテレビを消した。チー、という小さい音がして、テレフォンカードのようなカードがテレビの下から出てきた。お金を払ってこのカードを買わないと病院ではテレビが見られない。カードには子猫の写真が印刷してある。「まあちゃんのお母さん、今洗濯しにいってくれるよ」「話、終わった？」「終わった、終わった、まあちゃんが待っといてくれたおかげで……」祖母はフーと長い息を吐いた。祖母の口のにおいは入院してからきつくなった。「おばあちゃん、元気？」入院しているのだから元気ではないのだが、他にどう聞いていいかわからなかった。「元気よ」祖母は答え、ベッドの上の細長い机の上に置いてあった吸い飲みに、ガーゼのハンカチをふわりとかぶせた。机には他に丸まったポケットティッシュ、テレビのリモコン、小さい文字が印刷された紙が折りたたんで置いてあった。祖母は丸めたティッシュをつまんでくず入れに入れた。ティッシュには朱色の、血のようだがもっと薄い色の汚れがついていた。「いつから夏休みかいね」「来週」「プール行くんか」「この子、平泳ぎが補習ですって」突然母が部屋に入ってきて言った。手に白いビニール袋を持っている。「前に進まないんですって、クロールや背泳ぎは普通よりできるのに、平泳ぎだけ」「あれまあ」祖母はくつくつと笑った。「せやあないわ。平泳ぎができんくらい。クロールでも犬かきでも何かが一つでもできりゃあ」「私もそう思います」母は言って、ベッドの脇にくっついている戸棚の扉を開け何かを仕舞った。前かがみになった背中のシャツとスカートの間に、肌着のレースが見えた。母は夏休み中の水泳補習授業のプリントを渡すとすぐ、畳の上に座布団《ざぶとん》を並べ、その上に寝転んで手足を動かすように言った。私がやって見せるとため息をついて首を振って、「手の動きを足が全て打ち消している」と言った。「カエル見て勉強せい。あれらは平泳ぎの上手じゃ」「カエル。「今ね……」言いかけてためらった。談話室にいろと言われたのに、外に出て池を見ていたと言ったら母に怒られるかもしれない。「何?」「テレビで、甲子園、しとった」母はなぜか窓の外を見た。カーテンは閉じていたが、隙間から薄く光が差し込んでいた。「まだ甲子園じゃないのよ、地方大会……今日代表が決まるんじゃない。どっちが勝った？」「白いユニフォームの方」「それじゃわからない。今日は蒸し暑いから野球する人も大変ですね」「外は暑いんか」「蒸し蒸しして。今夜から雨ですって」「ほうねえ。さぞ雑草が、生えたろうね」祖母が薄い眉《まゆ》を曇らせた。「こがに暑うで、雨まで降ったら」「大丈夫です」母がきっぱり言った。「心配しないでください。剛さんとも、いろいろ、してますから」「ほうね。ほんでもね……キリがなあけえ。でも、あんたらに全部任すんも、実際悪いけどねえ、こうなったらねえ。ほんまにの、おじーさんが生きとったらねえ……麻里子も見ときんさいよ」「え？」「家のことやら庭のことを、ええね、手伝いんさいよ。ちゃんと見とくんよ」「いつ退院するの？」私は母に尋ねた。母は「じきでしょう、じきに」「ねえええ、坂井さん」隣のベッドから声がした。「寒うない？　この部屋……」「寒うないけど、なんねあんた寒いんね」祖母は割にぞんざいに声をかけた。「寒いような、気がしたんじゃけども……」声は卵色の目隠しカーテン越しに聞こえて姿は見えない。私はこのベッドのおばあさんを知っている。前に来たとき、カーテンを開けて祖母と話していた。手足は細いのに、顔は祖母よりも丸く、全体が白っぽいおばあさん、優しそうだった。私が挨拶《あいさつ》すると褒めてくれた。「かわいいねえ、坂井さんにそっくりじゃわ」おばあさんはそう言って祖母と私の顔を交互に見た。「実のお母さんより、おばあさんに似とってだわ」「そがなこと、なあわ」祖母は笑いながら手を顔の前で振った。その顔は本気で嬉《うれ》しそうに見えた。母はそのとき病室にいなかった。「それに、しっかりしとってだわ」「いいヤァ、うちはおじーさんは早死にするし、この父親は忙しいで、女所帯のような、なかなかね、行き届かんわ」「寒い、寒い……」今日は隣のカーテンは閉まったままだった。「そがに寒いんじゃったら、何か羽織りんさい。一枚布団をもらいんさい。温度はハァ、中央で決まっとるけ上げたり下げたりできんのじゃけぇ」「そうなんね？」声はちょっと悲しそうな感じになった。「ワタシが自分で着たりかむったりせんにゃ、寒いのはなおせんのん？」「だって皆で平等じゃもの、実際、うちは寒いほどでもなあし、快適じゃわ」「私、ナース室で頼んできましょう」母がきびきびと言った。「毛布一枚もらってきましょう」「そうしたげ、そうしたげ」「ええんよ！」おばあさんの声は小さい悲鳴のようだった。「ええんよ、ええの。もう、今の布団でも重とうてようかむらんの。皆が寒うないんじゃったら、しょうがなあわ」「ほんでも我慢しとる方が無駄なわ。骨身に障《さわ》るわ、他のとこじゃなあ、ここ病院で」「そんでも、ええんよ、ありがとう。お嫁さんありがとう。今日もお孫さん来とってんじゃね」母が促すように私を見たので、私はハイと大きめに答えた。「そしたら……」しばらくカーテンの中がごそごそ動く気配がして、白いしわびた腕が隙間から差し出された。手に薄緑色のものが載っていた。「これ、お菓子……」私は母を見た。母は驚いたような顔をしていたが、小さく頷いた。私は駆け寄るようにしてそれを受け取った。つまむとぶにっとして、砂糖の粒が落ちた。軽く触れた、想像より柔らかくて温かいおばあさんの手に四角い砂糖の結晶がきらきらと残った。カーテンの隙間からおばあさんの目と口が見えた。とっさにそらした。母が「ありがとうございます」と高い声で言った。私も後退《あとずさ》りながら「ありがとうございます」と言った。手が引っ込んだ。「どうぞ、食べんちゃい」私はお菓子を見た。半生の寒天の砂糖菓子、薄緑色に見えたのは砂糖の結晶がまぶしてあったからで、所々砂糖が剝がれて見えている中身はかなり濃い緑色をしていた。私が食べようと口を開けると、母が眉間《みけん》に深いしわを立てて首を左右に振った。母はこういう派手な色の駄菓子のようなものを嫌がる。私は祖母を見た。祖母は母を横目に見て苦笑してから「まあ、えかったねえ、まあちゃん」と大声で言った。「きれいなお菓子じゃねえ……」母が無表情で机からティッシュを取って私に突き出した。一枚、二枚、私はそれでお菓子を包んでポケットに入れた。「そう、おいしいんね」祖母が私をじっと見ながらゆっくり言った。白目が白い。どきりとした。「えかったねえ、まあちゃん、ようお礼を言いんちゃい、おいしいんじゃろ」「あ……」カーテンが内側からかすかに動いた気がした。私は、今にも開くのではと思って、ちょっと口をむぐむぐ動かす振りをしながら「おいしいです。ありがとうございます」「きれいじゃろ」おばあさんの声がした。「そのお菓子、きれいじゃろ」「ほんまに、きれい……」祖母が感に堪えたような声を出した。私は今最後のひとかけを飲み込んだつもりで唾《つば》を飲み「……ごちそう、さまでした」「どういたしまして……お菓子、かわいいまあちゃんに食べてもらえて、喜んどるわ」私は気まずい気分で母を見た。母は無言で小さく肩をすくめた。「ほんで、あんたほんまに毛布ええんね」祖母が優しい声で言った。「もろうてくるのにから、すぐ、うちの嫁が」「そうですよ」「ええんよ、ええん。だんだん、そがに寒うのうなってきたわ。気のせいだったんか、しらん」「言うてもあんまりじゃったら、ナースさん呼ぼうで」「そうなったら、呼ぶけえ……」しばらく皆黙った。向かいの閉ざされたカーテンの中からいびきと寝息の中間のような音が聞こえた。看護婦さんが数名、病室の前の廊下を小走りで行きすぎた。私は窓のところに行ってカーテンを開いて下を見た。池があった。太陽の光を反射して白く平らだった。緑色かどうかもよくわからなかった。オタマジャクシは見えなかったが、なんだか池全体が生きているように見えた。私は窓を開けようとした。「開かんよ」祖母が言った。「開かんようになっとるよ……下に池があるじゃろ」「うん」

「ようけ食用蛙《がえる》が住んどるよ」「……食用蛙って、ウシガエル？」「ほうよ。脚んところをね、皮剝《む》いて焼いたら鶏の味がするいうて、食用……うるさいんよ、夜、鳴いて。普通のカエルならまだ風情《ふぜい》があるわな。食用蛙は、サビの出たネジを巻くようなイヤァな声でね。あれが耳につき出すとよう寝れんわ。なんの拍子か、昼に鳴き出す日もあるわ。窓閉めとっても聞こえるんじゃけえ、下の階はもっとうるさかろう。今日は静かなが。こないだ和美さんも聞いたろ？」「聞いたような、ようでないような。麻里子、眩《まぶ》しいからカーテン閉めたげて」「お母さん、ウシガエルのオタマジャクシ、何食べるか知ってる？」母はさあ、と首をかしげた。「水草じゃない？」「カエルだよ」「カエル？」母は眉間にぎゅっとしわを寄せた。祖母は、ほーん？と言いながら私の顔を見た。「オタマジャクシがカエルって、だから親をってこと？」「そう」「食べないわよ」「なにがいの。なんでも食いよら」祖母が私の顔を見たまま言った。「気持ち悪い……共食いですか」「ではないわ。オタマとカエルは、別のもんだわ。全然、別の生きもんだわ。口も内臓も違うわ、だいたいオタマが、カエル見て自分の親と思うかよ。思わんわ。カエルも、オタマ見て子供と、思うかよ」「思いませんか」「おばあちゃん、ウシガエル、生きとる本物見たことある？大きい？」祖母は両手を三十センチくらいの幅に広げ目を大きく見開いて私を見た。「こんくらいじゃろ」

「そんなに？」「ほうでなあと、食いでがなあで。人間様にはよ」母がフンと小さく鼻を鳴らした。車の助手席に座るとポケットの中のお菓子が太ももに当たってなんとなくかさこそした。家に帰り二階の自分の部屋に行って取り出して角っこを少しちぎって口に入れた。青リンゴとかメロンとか何か緑っぽい味がついているのかと思ったらただ甘いだけだった。砂糖粒がジャリッとして、中はほろほろと柔らかかった。ちぎった切り口が緑色に濡れ透けて陽にかざすと宝石のようだった。もう少しちぎって食べた。舌先で砕ける寒天が甘くて柔らかくて、飲み込むのが惜しくていつまでも舐めていた。それでもお菓子は徐々に口の中で消えていった。一階から母に呼ばれた。慌《あわ》てて手鏡で舌を見た。緑色にはなっていなかった。私は残りをティッシュで包みなおして自分の机の引き出しに仕舞った。

次に祖母のお見舞いに行くと、隣のベッドにいたのはメガネをかけて顎《あご》と口元の尖《とが》ったおばさんだった。おばさんは祖母に早口で何かしゃべりかけてはけらけら笑っていた。それに応《こた》える祖母は、笑ってはいたがどこか白っぽく一回り縮んだように見えた。家に帰って引き出しを開けて残っていたお菓子を取り出した。前ちぎったところにティッシュがくっついていてはがれなかった。ティッシュごと口に入れ、ザラザラする砂糖の粒を上顎と下顎でこすって溶かし潰した。窓の外に太陽が落ちかけていた。

母が庭に何かを撒《ま》いていた。私は薄緑色に引きつれたひものようなくしゃくしゃを吐き出した。

家グモ

なんとなく視線を上げるとクモがいた。手のひらを広げたくらいの大きさの、灰茶色のクモが壁にいる。窓から差す秋の西日のせいで八本脚の影が白い壁紙の上にくっきり落ちている。影の方が本物より大きい。実家でよく見たクモに似ている。地元では家グモと呼んでいた。同じ種類かもしれない。結婚し、この分譲マンション七階に住み始めて三年になるが家グモは初めて見た。もっと小さいハエトリグモなら何度も見たが……幼いころ、祖母から家グモについて教わった。家グモは家ごとに一つがいずつ住み着いていて、その家に入ってくる害虫やネズミを食べる。家グモの夫婦は決して揃《そろ》って姿を見せない。家グモが姿を消すと、その家は悪いことに見舞われる。

「家グモもおらんような家はよう栄えん。ほなけん絶対にクモに悪さしたらいけんので」夜のクモは殺すが朝のクモは殺すなだとか、その逆だとか、そういう留保つきのことわざは大人になってから知った。家グモは五十年くらい生きるとも祖母は言った。「本当？」「ほなけん今みゆきが見たんはワタシが嫁いできたころからここにおるんで」「ほんまよね。顔見たらわかるわ」「顔って……」「顔よ。ほら」祖母が顔と言っているのはクモの本当の顔ではなくて、腹にある模様のことのようだった。黒い斑《はん》点《てん》が散っていて、中に、やや平たい黒点が三つ目立つ。それが、なるほど目と口だけを簡単に描いた顔のように見えないこともない。子供のころ実家には土間があった。玄関の真裏、土間は勝手口で台所とつながっていた。当時毎日の調理は台所でおこなわれていたが、泥つきの野菜を洗うだとか、梅干しを作るだとか、貰《もら》い物のイノシシ肉の塊を食べられる大きさにするだとか、そういうときは土間が使われた。かつては台所の中心だったのだろう、床、というか固められた地面にはかまどの跡があり、黒く煤《すす》けた焦《こ》げが転写されたように残っていた。土間の戸棚には漬物の甕《かめ》やプラスチック樽《だる》が並び、雨の入らない深い軒下には柿《かき》やキノコや湯に当てた大根などが干され、引き取りを待つ瓶ビールのケースなども置かれていた。そこは一年中いつでもうすらひんやりとして、清潔なカビ臭さが漂っていた。友達の誰もに用があるらしいとき、私はいつも一人そこで遊んだ。家グモはよく土間にいた。家グモは網の巣を作らない。

いつも壁か天井にじっとしていた。寝室やトイレなど室内で見ることもあったが、そういうときはいつも唐突な感じがした。薄暗い土間にいてこそ家グモはしっくり落ち着いて見えた。私が高校生になるころに実家は建て替えられ土間はなくなった。そういえば、それ以来家グモを見ていないような気もする。土間が消えトイレが全《すべ》て水洗になり木造納屋《なや》が金属製物置になると家グモは住みづらいのだろうか。それとも、私が成長し人生のいろいろなことに忙しくなり土間の隅にうずくまって一人遊びをしている場合ではなくなっただけで、家グモはずっとどこかにちゃんといたのか。大人になって帰省したときも見かけた覚えがないが、他のクモは昔と変わらずにたくさんいて、庭のクモの巣を顔で破った夫は小声で悪態をついていた。

今この部屋にいるクモもつがいの片割れなのだろうか。一軒につき一つがいというのは集合住宅の場合どういう計算になるのだろう。それとも一軒一つがいというのは迷信なのだろうか。考えてみるとカマキリなど肉食の虫は交尾が済んだらメスがオスを食べてしまったりする。クモも肉食なのだからつがいになった時点でオスはそういう運命にあっていてもおかしくない。何年にもわたって添い遂げるような虫が果たしているものだろうか。妖怪《ようかい》ではあるまいしクモが五十年生きるわけもないから、祖母の話は全て迷信という可能性もある……このクモの寸詰まりでぷっくり膨らんだ腹にも、顔のように見えなくもない黒点の模様がある。じっと見ていると壁の上の、大きい青灰色の影が軽く震えた。記憶の中の家グモも、目があうといつもこんな風に体を動かした。クモと目があうというのも変な話だが、でも、目があったとしか思えないような間合いでクモは身じろぎをするのだ。そっと立ち上がりできるだけ近づいた。クモは天井に近いあたりにいたし、壁際《かべぎわ》にはキャビネットが置かれているせいで真下には行けないが、それでもだいたい五十センチくらいまで近づいただろう。クモはまた影をふるふると震わせると、長い脚を一本ずつそれぞれに動かして素早く移動した。そう、家グモは歩くのがとても速いのだ。動かないときはじっと震えているだけなのに、いざ動くとほとんどすっ飛んで見えるほどで、一瞬で部屋の反対側にいたりする。八本の脚はスローで見ればおそらく順繰りに動かされているのだろうが、速すぎて、途中で曲がった脚が長すぎて、そしてそれが影の動きとも重なり混じって、てんでばらばらに動かされているように見える。それ以上追いかけず目で追った。クモは天井に逆さにくっつくとさらに冗談のように素早く居間から廊下に到《いた》り玄関脇《わき》の納戸に消えた。クモを嫌いな人はこういう動きも嫌なのだろう。大学の同期の知子ちゃんはこの世でクモが一番嫌いだと言っていた。ヘビよりサルより(私は一番怖い生き物はニホンザルだと思っている。年寄りのようにしわくちゃなのに目だけつぶらな顔も怖いし、お尻《しり》が赤くただれたようになっているのも、社会を形成しているのも怖い）嫌なのだという。「なんでクモが？　クモの巣とか綺麗《きれい》じゃない？　あとハエトリグモとかぴょんぴょんしてかわいいよ」「考えたくもない」彼女はクモクモ言う私のことまで憎らしいらしい顔で言った。「口にもしたくない。全部が嫌」私は彼女がもしうちの実家に来て家グモを見たら卒倒するだろうなと思った。「知子ちゃんは田舎にお嫁に行かない方がいいよ」「うん。行かない」彼女はきっぱり頷《うなず》いた。彼女は私と同時期に結婚し（私も彼女も相手は田舎の人ではなかった）、今第一子を妊娠している。偶然、近々会う約束をしていた。

それから時々部屋でクモを見た。どういうわけか夫がいない、私一人のときにばかり見た。出勤前靴を履いていると玄関の天井に、本棚と壁のわずかな隙間《すきま》に、衣替えのため開けたクローゼットの秋冬物を吊《つ》るしたレールの奥に、目があうとクモはやはり少し身じろぎした。休日になり、知子ちゃんと会うため身支度をしているときも鏡の隅に小さくクモが映っていた。振り返ると隠れてしまいそうで私は素知らぬ顔で髪をとかし化粧をした。クモはまるで鏡の汚れの一つのように動かなかった。このクモも鏡越しに私を見ているのだと思った。家グモが家庭の繁栄の守り神なら、ただ私を見ているのではなくて見守ってくれているのだ。身支度を終えてからゆっくり振り返った。クモはやはり少し震えた。合図を送られたようで、クモに向けてふうっと細長く息を吐くと、クモはさささと移動して、買い置きの洗剤の詰め替えパウチパックの裏に消えた。その動きは、守り神らしからぬかわいらしくて不安定な感じにも見えた。実家にいたのより甲羅を経ていない守り神なのかもしれない。私はテレビを見ている夫にもし雨が降ったら洗濯物を取りこむように頼んだ。「降らないでしょ。予報でも降るって言わなかったし」無染色のコットンカバーをかけたソファに座った夫はテレビのリモコンを触りながら言った。「降らないよ」「うん……そうとは思うし、あと出かけてるときとかだったらそりゃしょうがないけど、まあ一応ね」「んー」夫はムートン素材スリッパを座ったままパタパタ鳴らしている。衣替えのついでにスリッパだけでなく居間も秋冬仕様にした。雪模様のフリースブランケット、クッションは羊を模してちょこんと手足のくっついたもの、キャビネット上に飾っているニードルフェルトのフクロウ親子には小さいニット帽をかぶせた。それらが相まってとても心温まる部屋のはずなのだが、髭《ひげ》も剃《そ》らずだらんとした顔をした夫が羊クッションを尻に敷いているせいか、その手足のせわしない動きのせいか、ここにもっと重要ななにかが欠如（あるいは超過？）しているせいか、どうにもちぐはぐで殺伐として見えた。

「……なに？」「なんでもない。行ってきます」

エレベーターを待っているとアッというかわいい声が聞こえた。お隣さんと娘さんが手をつないで部屋から出てきたところだった。「こんにちは」「こんにちは」「コンニチハッ」女の子は白い起毛素材のパーカーで、お母さんの方はするんとしたグレーのパーカー、お揃いというわけではなさそうだが、でもそこが逆に親子という感じがした。いかにもいいお母さん風薄化粧、しかし、大きなマスクから見える両目は少し疲れても見えた。お隣さんは多分専業主婦だ。働いている感じがしない。今時専業主婦なんて、もしかしたら保活に敗れてそうなったのかな、などと想像する。このあたりにいい保育施設は少なくないが、その分子供の数も多い。お隣さんはすごく裕福には見えないがお金に困っていそうにも見えないから、あえてのことかもしれない。もちろんお隣さんとそんなこみ入った話をしたことは今まで一度もない。「ママとお出かけ？」一度三階まで上った箱が一階へ降りて行った表示を確認して私が尋ねると、髪を編んで小さいぽんぽん飾りつきピンでとめた女の子は嬉《うれ》しそうに「お出かけっていうかー、スーパー行くだけ！」「あらいいね」「そちらも、お出かけですか？」「あ、友達とちょっと……夫に留守番させてて、あれなんですけど」あれもなにも、一人でテレビか動画でも見て楽しんでいるだろう。昼食にご飯と味噌《みそ》汁《しる》も温めればいいようにしてきたが、多分買い置きのカップ麺《めん》か外食か、コンビニでお弁当とお菓子とコーラかもしれない。雨だけが心配だ。部屋干しにしてもよかったが、白タオル類は風に当てないとすぐに黒ずむ。少しでも黒ずむと夫は不機嫌になる。洗濯槽がかびているのかもしれない。度々洗濯槽洗浄液は使っているのだが。「今日ねえ、りーちゃんのパパねえ、お仕事!」「土曜もお仕事なんですね」お隣さんの旦那《だんな》さんは少し猫背で優しそうな、子煩悩《こぼんのう》そうな人だ。怒っている声も聞いたことがない。一馬力で妻子を養っているのだから、見かけによらず有能なのだろう。お隣さんは目だけで微笑《ほほえ》むと、「毎週じゃないんですけど、土曜日は」「大変ですねえ」お隣さんとこんなに長く喋《しゃべ》るのは初めてかもしれない。ようやっと箱が七階について扉が開いた。入って私が一階のボタンを押すと、「アッ、りーちゃんが押したかったのにぃ!」と女の子が叫んだ。私がびっくりしてごめんねと言う前にお隣さんが「こらッ」と言った。「わがまま言わないの。すいません、この子が変なこと言って……」「いえいえ。こちらこそごめんね、知らなかったから……」「りーちゃんねえ、四歳になったから、もう手、届くのよ」四歳か。四歳でこんなにうまく喋れるのだ。私と夫がここへ越してきたとき彼女はまだ赤ちゃんだった。泣き声がよく聞こえた。窓を開けていたりすると、泣き声と一緒に、あやすお隣さんの声が疲れきっているのや子守唄《うた》を歌うお父さんの声が音痴なのがちょっと申し訳ない程筒抜けに聞こえた。このマンションは子育て世帯向きの物件で、中庭には小さい、住人専用の公園もあって、あちこちで赤ちゃんや幼児を見かける。私も自分がその一員になるつもりでここを選んだのだ。夫はお隣の大声が聞こえるといつも苛立《いらだ》って窓を、ときにはわざと勢いよくピシャッと閉めた。俺子供の泣き声嫌いなんだよと夫は言った。いや、自分の子ができたら違うだろうけど、そうじゃない子供の声とか心底疲れる。私はむしろ聞いていたかった。ちょっと後ろ暗いくらいに耳をそばだてた。「四歳になったからー、七階は届かないけど、一階は届く！」女の子は手を伸ばして一階のボタンに触れた。人差し指をピンと伸ばして、背伸びをして、それで一階にギリギリだった。力がこもっているのかみるみるその爪《つめ》が薔薇色《ばらいろ》になっていった。「ほんとうだ、すごい！」「ちょっと、押しちゃわないでよ」お隣さんが心配そうに言った。このエレベーターは同じボタンを二回押すとキャンセル扱いになってしまう。女の子は一生懸命背伸びしたまま「押さないけど、触ってるだけ！」「じゃあまた今度、押して見せてね」「うんいいよ！」「すいません本当に。ちょっともういいから」お隣さんは彼女の手を強く握り引っ張って背伸びをやめさせた。女の子はフウと得意そうに息を吐くと、ニヤッと笑って私を見た。私は精一杯笑い返した。箱が降りきってドアが開いた。私はもしかして女の子は「ひらく」ボタンも押したいのかなと思ったが、それは興味がないらしく、すぐにお隣さんの手を引っ張るように箱の外に出た。私は女の子がずっと触れていたボタンに手を当てた。温《ぬく》もりなどは残っていなかった。私も箱を出た。息を吐いた。エントランスを出て、女の子は私にバイバーイと手を振った。「バイバイ」「失礼します。すいませんでした」「いえほんと、全然……」彼女は歩き出しても何度も振り向いて手を振った。その度お隣さんも申し訳なさそうに会釈《えしゃく》した。急ぎ足で駅に向かった。幸い親子とは反対方向だった。結婚したとき、最初は女の子がいいなと思っていたことを思い出した。足元に葉っぱが落ちていた。紅葉が始まりかけていて、もっと寒くなるとこの道は靴が滑るくらい葉っぱだらけになる。ナンキンハゼ、モミジバフウ、トウカエデ、どれも地元ではあまり見ない木だったから、都会に出てから覚えた。自然にというより覚えようと思って覚えた。多分誰かに教えたかったのだ。ハナミズキ、ユリノキ、高い枝間に大きなクモがいくつも巣を張っていて、見上げると斜めに空を飛んでいるように見えた。

待ち合わせ時間になっても知子ちゃんは来なかった。駅前のカジュアルイタリアン的レストラン土曜日ランチタイムはちらほらカップルがいて、あとは女性二人連れ、子連れのママ友風グループも複数いた。クリスマスツリーがもう出されていて、白い綿と雪だるまのオーナメントで飾ってある。お隣さんと同じ四歳くらいの女の子が手に持たされたスマホを熱心に見つめる横で母親たちがひそひそ顔を寄せて話をしていた。ベビーカーを脇に置いた、赤ちゃん連ればかりのグループもいた。一人の母親がハンドタオルをくるくる巻いたりひねったり開いたりして小さい人形のようなものを作ってはテーブルの上に並べたり赤ちゃんの手に持たせたりしていた。その母親のトートバッグからは何枚もの白くてふわふわしたハンドタオルが出てきた。タオルペンギン、タオルタコ、タオルうさぎ、タオルマンボウ、タオルひよこ……見とれているとすぐそばに生成り色のカーディガンにワンピース姿の知子ちゃんが丸く膨らんだお腹《なか》を突き出すようにして立っていた。磁力のようなものが彼女のお腹から発せられている気がして息を飲んだ。「ごめんね、遅れて……」「あ、全然。ああああー、おっきくなったねえ、お腹」必要以上の感情が含まれないように発音した。この前会ったとき、彼女はもう妊娠していたもののまだお腹が膨らんでいるほどではなかった。彼女はうん、と頷いて壁際のソファ席に座った。「体調どう？　元気？」「うん元気ー」彼女は私が彼女の向きに開いて差し出したメニューを覗《のぞ》きこんだ。お腹こそ膨れていたものの、顔や肩は前と変わらずほっそりしていて、こうやって座ると妊娠しているかどうかわからないくらいだ。「予定日いつだっけ」「一応再来週だけど初産《ういざん》遅れるらしいからもうちょっと先じゃないかって……」「そうなんだ。今日急に産気づいたりしない？」冗談のつもりだったが彼女は笑わなかった。「よくわかんないんだよね、人によっておしるしがあったとかなかったとか、なんか変だけど陣痛じゃないと思ってたらもうそこまで降りてきててとか。でもとにかく痛いんだよなあって、今さらどんどん怖くなってきてて……あ、女の子だって」「……もう確定？」「そう。なんか女の子だと難しいらしいんだけど偶然はっきり写って。みゆきちゃんは決めた？」「え？」私は彼女の顔を見た。眉毛《まゆげ》だけふんわり描いてあとは素顔のような化粧、切れ長の目は三十越えると突然若く見えるようになった。「パスタ。どれにする？」「……どれも美味《おい》しそうだけど……辛いやつにしようかな」「私どうしよっかなあ」彼女は喋りながら無色のリップクリームを取り出して塗りつけた。カーディガンの袖口《そでぐち》から、手首に繊細な金の鎖のブレスレットが巻きついているのが見えた。アクセサリーはそれと結婚指輪だけ、爪《つめ》も塗っていない。私は自分がつけてきた大ぶりなピアスをいじった。彼女が目を上げてこちらを見た。「私、このランチセットにする。クリームソースで」彼女が指差しているのはデザートのつかない、前菜とパスタと飲み物のセットだった。私は内心メインとデザートつきのミニコースにしようかなと思っていたが、同じ構成のランチセットのオイルパスタにすることにした。まだ十代に見える店員がやってきて電子伝票に打ちこんだ。「ランチセットお二つ、きのこクリームタリアテッレとカラスミとオリーブのペペロンチーノ、お飲み物は？」「アイスティーで」「私は……オレンジジュース」彼女は畳んだメニューを店員に手渡しながら「ノンカフェインのって甘くて冷たいのばっかりなんだよね。なんでだろ」「あー」「あ、ノンカフェインご希望ですか？」若い店員が長い人工的なまつげを瞬《また》かせながら彼女に言った。「ハーブティーもお選び頂けますよ、プラス百円にはなっちゃうんですけど」「あっ、嬉しい！」知子ちゃんは目を輝かせた。「じゃあルイボスティーお願いします」「オレンジをキャンセルでホットルイボスティーですね。お飲み物はどちらもお食後でよろしかったですか？」「はい」彼女は私に確認せず頷いて、店員が立ち去ってから「いいお店だね、ここ」と言った。ネットで店を探し予約したのは私だ。「だったらよかった」「そっちは仕事とかどう？　忙しい？」「うんまあ……」私の目が少し泳いだ。タオル折りの母親が新たになにかの人形を作り上げたところだった。力作らしく、他の母親がおおーと拍手した。一人の赤ん坊がベビーカーから手を伸ばした。小さい、まだ力の入れどころがわからないような動きの手、母親たちはそれに気づかない。「すごーい」「うまーい」「え、もっかいやって」「ネットに」「みゆきちゃん？」知子ちゃんが言った。「どうしたの？」心配そうな顔をしている。「いや……」「変な人でもいた？」

「違う違う。ごめんごめん。仕事ね……」私の課は、女性四人（うち派遣さんが一人）と男性二人で回していたのだが、女性社員が一人育休中もう一人が時短勤務中そして慣れた派遣さんが妊娠して辞め新たに派遣されてきた十九歳の女の子が全く役に立たず業務が回らなくなりかけていた。男の課長（三歳児の父で妻は第二子妊娠中）から、ええと、変な風に取らないで欲しいんですけれども、当分、妊娠する予定とか、ないですよねえありますか、と尋ねられたときマタハラの類《たぐい》だとかはだから一ミリも思わなかった。でも、なにも思わなかったわけでもなくて、ただそのときのごろっとした黒々した気持ちを、うまく名づけて分類できる気がしない。「仕事はまあ、普通かな。ちょっとどたばたしてるくらいで。そっちはスムーズに休めた？」「んー迷惑かけないようにだけは意識したつもりだけど」今度は彼女はハンドクリームを取り出して手に塗りながら言った。ジャスミンの香りがした。「でも引き継ぎ難しいよね。時々後輩からこれどうすればいいんですかってLINE来たりする」「そっかー」「産んだら返信できないからねって言ってあるんだけど」「そりゃそうよ」

彼女はサラダと生ハムとキッシュとチーズとスモークサーモンの並んだ前菜の皿のうち、私に生ハムとチーズとサーモンをくれた。「え、いいの？」「うん、こういう生っぽい加工品って、妊婦さんダメなんだって。チーズも、ベビーチーズとかはいいけど、こういう本物っぽいやつはダメなの」「へー」彼女は小皿に載ってきたオリーブオイル添えのパンも私にくれた。「炭水化物はあんまり食べると太りすぎるから……この後パスタあるし」「や、全然太ってないよ」「ううん、数字的にはやばいのよ」彼女はやたらに水を飲みながら歯抜けになった前菜をつついた。「あ、すいません。お水お代わり、氷抜きでもらえますか」「……氷もダメなんだ」「冷えるのがね。このサラダおいしいね。ドレッシングにニンジン入ってる」私は塩からい生ハムを食べ、少し臭いチーズを食べ、ぬるい脂《あぶら》の浮いたサーモンを食べた。さっきの店員が、氷抜きの水の入ったデキャンタを持ってきて、彼女のグラスに注いでからテーブルの上に置いた。「ありがとうございます」笑顔を向けた彼女に店員ははにかんだような顔で「あのー。何ヶ月かとかうかがってもいいですか？」と尋ねた。「あ、もう臨月なの」「わーすてきー。わたしこないだお姉ちゃんが子供産んだんですよー」「へー。姪《めい》っ子さん？　甥《おい》っ子さん？」「あ、女の子なんですけど」「かわいいんだよねー、女きょうだいの娘ってすごくかわいいって、みんな言うよね」「いやほんとですよ。もうわたし、いつか自分が子供産んだとき、この子以上にかわいいって思えるかどうかちょっと不安になってますもん」「それは大丈夫だよー。自分の子はきっと、めっちゃ、ありえないほど、かわいいよ！」あははは、うふふふ、二人は笑いあった。店員の前歯に口紅が擦れてくっついていた。「スイマセンわたし変なこと聞いちゃって。ごゆっくり……あ、こちら空いたお皿お下げしてよろしいですかね」店員は私が答えないうちにこういう店によくある分厚くて余白の多い大きな皿を持ち上げた。「かわいい店員さんだね」彼女は言うと濃い緑色の葉っぱを折りたたむようにしてフォークで刺した。「気さくだね」私は応じ、常温の水をグラスに注いで飲み、パンをちぎってオリーブオイルに浸しかじった。私が職場の上司の愚痴を言い、彼女も引き継いだ後輩の愚痴を言った。共通の知人の近況、誰それは結婚し誰それは出産し誰それは転職し誰それは実家に戻った。「すごいパワハラみたいのあって病んじゃって引きこもりみたくなって昼ずっと布団《ふとん》かぶって寝てるんだって。夜になって起きて薬飲んでみたいな」「えーひどい、かわいそう」「十代じゃあるまいしきついよね」妊娠してから冷え性がひどいこと、マンションのお隣さんの家の子供とさっき偶然会ってかわいかったこと、産婦人科が混んでいて疲れること、職場近くのカフェ冬限定マシュマロホットチョコレートが楽しみなこと……おまたせしましたと湯気の立つパスタが運ばれてきて、彼女は店員と目交ぜで微笑みあう。私は黒い種ぬきオリーブと赤唐辛子をフォークで突き刺しながら「そういえばさ。うちにこないだでっかいクモが出てね」と言った。「くも？」彼女は白いクリームと薄黄色いパスタをなじませるように混ぜながら私の方を見た。「クモって、スパイダーの？」「そう」「へええー」彼女は嫌そうな顔をしなかった。舌の上でオリーブの酸《す》っぱいような塩味がじわっと広がった。「クモってってもさ……」「うんうん」彼女は眉一つひそめず頷きながらパスタをフォークに巻きつけている。しめじの黒い頭がクリームを弾《はじ》くようにぬるんと覗いた。一瞬、クモが嫌いだったのは彼女ではなくて別の同期だったかなと思った。が、知子ちゃんだ。間違いない。彼女がどういう顔をするのが見たくてクモのことを言ったのか自問自答してげっそりしながらも「すごい大きいの。人間の顔くらいある」「それは大きいね」彼女は一口分に巻きとった平たいパスタを口に入れた。私のオイルをたっぷりまとったスパゲティはフォークに巻きつけようとするとつるつる滑り落ちてしまう。彼女がパスタを嚙《か》みながら言った。「クモ見たら妊娠するって言うよね」「え？」「これおいしい。濃厚……一口食べる？」「いや……」「クモがしょっちゅう出たり、クモの夢を見たりしたら妊娠とか出産が近いって聞くよ。なんかよくある妊娠ジンクスだけど。だったら私も見たいな」私は口から垂れたスパゲティを嚙み切って皿に落とした。ほとんど生のようなニンニクが歯にあたって鋭く臭《にお》った。「そんなでっかいクモだったら、よけいにご利益《りやく》ありそう。いいなあ、私もクモ見て、さっさと産んじゃって、怖いの早く終わらせたい」彼女はフォークを置くと、ここからはその膨らみ始めがかすかに見えるにすぎない丸いお腹に両手を置き、口の端についたクリームソースを舐《な》めとり微笑んだ。「なんかいいことあるんじゃない、みゆきちゃんも」カバンに入れていた私のスマホが鳴った。「鳴ってるよ」促され見ると夫の名前で着信していた。アッと誰かが小さく叫んで、直後にグラスか皿かなにかが割れる取り返しのつかない音がした。

台所でどんぐりを洗っていると、隣戸の方から鈍い音がした。二戸を隔てる壁をなにかで叩《たた》くような、ひゅっと心臓が冷えた。音は三回ほど、ゴン、ゴン、ゴンと少しずつ場所を移動しながら続きふいに止《や》んだ。午前中買い物に出たときに、エレベーターで隣の奥さんに会ったから、今のは夫さんだろう。背が高くて結構かっこいい顔立ちで、でもどこか気難しそうな、近寄りがたいような。前に隣の部屋に住んでいた高柳さんは夫婦とも話しやすくて気楽だったが離婚して突然引っ越して行ってしまった。もちろん、隣人を選べないのはお互い様のことだ。どたどたどた、と娘が走ってきた。下半身裸で、手にパンツごと裏返しになったズボンを持っている。「ママー、はかしてー」シィッと口に人差し指を当てる。娘は「なにっ？」と大声で言った。「静かにって。静かに」耳を澄ませたが、壁はそれ以上鳴らなかった。壁が打ち鳴らされたときちょうど娘はトイレに行っていたし、テレビも今はつけていない。その前に泣いたり騒いだりもしていない。うるさいという意思表示の壁叩きではなかったはずだと判断し力を抜いた。階下への足音は気にして防音床材を敷いているが、横方向の音が結構響くのは把握している。深夜に、隣の夫婦喧嘩《げんか》らしい抑えた尖《とが》った声が妙にはっきり聞こえてきたこともある。うちの子供の声なんてもっと丸聞こえだろう。隣の奥さんは子供が好きそうだが、夫さんは……。少し前にエレベーターで私と娘、そして隣のご夫婦とが一緒になったことがある。大人が挨拶《あいさつ》しあって、娘も張り切って「さくらぐみ、かねこりりあです！　おはようございます！」ほとんど叫ぶような声だった。これは、例えば通園バス乗り場の近くのゴミ集積場でカラスよけネットと格闘しているおばあさんなどにはとても受ける。スーパーのレジ打ちのおねえさんなどにも褒めてもらえる。「ああ、なるほどね」と隣の夫さんの方は整った顔で嫌な含み笑いをした。「お元気な盛りですもんね、やっぱりね」そのとき隣にいた奥さんはなぜか両手をお腹に当てて夫さんを睨《にら》んだ。ねえママ、げんきなさかりってなに？　りーちゃんげんきはわかるけどなさかりってなに？　褒められたと思って執拗《しつよう》に大声で尋ねる娘と手をつないでいたたまれなかった。七階から一階までは長い、しかもそのときは誰かが途中階から乗りこんできてよけいに……あまり騒がないよう言い聞かせてはいるし、隣夫婦が在宅の朝や夜はできるだけ窓を閉めるが、季節的にそれが難しいこともある。閉めきっているとむしろ子供の声が室内で響くように感じられる場合もある。「ママっ!」大声にハッとする。「ちょっと、声小さくしてって」「なんでー」「なんでって……」私は壁を見る。娘の描いた家族三人の絵が飾ってある。眼鏡をかけたパパは結構似ているが、ママは長い髪にリボン長いまつげで本物と似ても似つかない。娘の目にこう見えているというよりは、娘の理想とする母親がこれであるような、ご丁寧に、服とリボンは私が絶対着ないような明るいピンクと赤で塗りつぶされている。年少で、描いた人物に細かいまつげを描き加えられるのは器用な方ではある。参観日で見た同級生たちの絵はもっとずっとつたない感じがするものが大半だった。わありーちゃんの絵上手う! 同級生の母親に褒められた。クレヨンも丁寧だし見てうちの子なんて色もうぐちゃぐちゃだし、飽きっぽいの丸わかり……「ママってば!」「あ……隣の人が、静かにして欲しいかもしれないから」娘はきょとん、という顔をした。「なんで?」「なんでって……」壁はしんとしている。さっきの殴打音《おうだおん》がなければ夫さんも留守なのかと思うくらいだ。私は娘がまだパンツをはかないでつっ立っているのに気づいた。「いいから、風邪ひいちゃうよ。パンツはこう」「むりー」娘は一人でトイレに行ける。今年四月の入園前にできるよう練習したのだ。幼稚園はおまるでなくてトイレ（ミニサイズだが）なので、便座にまたがる練習、その格好で踏ん張る練習、ペーパーを取る練習、拭《ふ》く練習、手を洗う練習……入園当時は失敗もあったが今はまず漏らしたりしない。園ではたびたび漏らす子もまだいるらしいから、その点はよく頑張っている。えらいと思っている。が、脱いで裏返しになったズボンからパンツを引き抜いて裏表を直して自分ではくことはまだできないらしい。少なくとも本人はそう主張している。「こうやって抜いて、こうくるっとして、こっちが前、こっち後ろ、ほらはけるでしょ」「ママはかして」「はけるでしょ」「えーだってあしがいたいんだもん。さっきトイレでころんでうったの」私は娘の顔を見た。娘は至極真面目《まじめ》な顔をしている。「……本当？」「ほんとうだよ。ほら。かさぶたできてる」娘はむき出しの尻を床にペタッとくっつけて座り、私に膝《ひざ》を示した。なるほど小さい八角形のような形のかさぶたがある。しかし、これは数日前にできたものだ。今トイレで転んでもうかさぶたができているわけがない。今だってトイレから走って戻って来たではないか。娘は最近こういう些細《ささい》なうそをつく。楽をするため、叱《しか》られないため、話を盛るため、うそか本当かわからない絶妙なところをついてくることもある。一応、それは育児書通りの発達ではある。妊娠中から読んでいた育児書には子供がうそをつくようになったのは精神が成長した証《あかし》です、というようなことが書いてあった。知能が発達し、想像力が育っている証拠です。本当にうそかどうか判断できない場合に、うそと決めつけるのは絶対にいけません。幼いうちはあまり叱ったりせず、気持ちに寄り添いましょう。「……そっか。痛かったね。かわいそうに」「もうねえ、いたくってないちゃおうかなとおもったけどがまんしたの。えらい？」上目遣い、かわいそうな演技、「……えらいえらいえらい」私は両手でパンツのはき口を広げて娘の前に差し出した。娘は立ち上がると私の肩に手を置き片足をあげた。どう見てもそれは、首尾よくうそを信じてもらえてほくそ笑む顔に見えた。ちゃんと拭きされていない尿の雫《しずく》が太ももを伝い私の手についた。「りーちゃんひとりでトイレいけてえらい？」「えらいえらいえらい」私は時々自分がバカのような気がする。「バカだって、なんだって」実の母親の声がする。「子供さえちゃんと育ててればそれでいいのよ。昔は母親なんてものは髪振り乱して服なんて毛玉だらけで化粧もしないで自分のこと二の次で、でもそれでよかったのよ、子供さえちゃんと育ててれば」じゃあぁーそぼっと、娘はぴょんと跳ねた。あーらりーちゃん足が痛いんじゃなかったの、と脳内で娘に言う。脳内の娘はしゅんとする、かわいそうなくらいしゅんとする、その様子に脳内の私は心を痛める、が、現実の娘はへらへら笑いながら跳ね回っている。濃いピンクの綿スパッツに尿が染《し》みてポツポツと濃い色になっていた。これだってすぐ乾く。乾けば汚れかどうかなんてわからない。うそなんて。うそくらい。「ねえママ、さっきのどんぐりだして！」「ああ……まだきれいにしてないからちょっと待って」「えーなんでー」「なんでって……今ある分で遊んでて。いっぱいあるでしょ」

秋になり、娘は出かけるたびにどんぐりを拾うようになった。子供が生まれるまであまり認識していなかったが、べつに「おやまのどんぐりむら」でもなんでもないこのあたりの住宅地にもあちこちどんぐりの木は生えている。街路樹、公園、神社、民家の庭先に植わっているものもある。そしてその下には秋になると大小色形さまざまなどんぐりが落ちている。緑っぽいの、茶色いの、ほとんど黒いようなの、縦筋があるの、とんがっているの、ずんぐり丸いの、てっぺんが潰《つぶ》れて平らなの、砲弾形、巨大なの、小さいの、帽子をかぶってるの、帽子がトゲトゲの、全体が殻に覆《おお》われているの。名前で言うならコナラ、スダジイ、クヌギ、アベマキ、マテバシイ、シラカシ、娘は拾う。もう本能なのだと思うしかない熱心さでどんぐりを見つけたらしゃがんで拾い出す。時間がなかろうが持ち切れなかろうが地面が汚かろうが家にすでにどれだけどんぐりがあろうが拾う。手当たり次第に見えて基準があるらしく、一度拾ったどんぐりをしばらく見つめてから地面に戻すときもある。拾い直すときもある。よけいに時間がかかる。去年もどんぐりは拾ったが、ここまでの熱心さではなかった。もっと幼いころは、どんぐりが落ちているなと思ったら抱き上げて足早に行きすぎたり、見えもしない飛行機を空のあそこにあそこにと指差してごまかしながら手を引っ張ったりした。今ではそんな手は通用しない。通園バスに間に合うよう急いでいる場合などは相当苛立つが、もう十分じゃないとか、前にも拾ったじゃないなどというとむしろ長引く。気の済むまで拾わせてこちらは全然別のことを考える方がいい。ここでスマホを見ていると育児放棄親と思われそうなので空を見る。どっちも同じことなのに。今日の空は薄く曇っていた。といってそれは湿気ではなくて、まるで春の、いろいろな粒子を含んだような不穏な白い色合い、遠い山やビルもかすかに霞《かす》んで見える。「ママみて!」私は視線を娘に落とす。娘はどんぐりで膨らんだビニール袋を私に差し出している。「これ全部?」「そう!」娘は当然のように私にその袋を渡すと跳ねながら歩き出す。いい母親、優しい母親、子供を幸せにする母親、のびのび、心折れない子にする、ハッピーな子育て、拾ってきたどんぐりを水でざっと洗ってから薬用ハンドソープをまぶす。すすいで鍋《なべ》に水を張り火にかける。沸騰《ふっとう》してからしばらく煮る。中に入っているかもしれない虫を殺す。茹《ゆ》で上がったどんぐりは新聞紙に広げる。数日かけて乾かせば虫もカビも心配しないでいい安全どんぐりになる。娘にはどんぐり用に大きなクッキーの空き缶を与えている。居間からザラザラザラザラッとスタッカートかつアレグロな音がした。娘が缶からどんぐりを床にぶちまけた音だ。防音床材の上にさらに敷いたフロアクッションはフローリング調で表面がやや硬く、そこに乾いたどんぐりがぶちまけられるとこういう軽やかな音がする。娘は口を動かしてぶつぶつ言いながらどんぐりをいじっている。なにを言っているのか耳を澄ませてもよくわからないのだが、でも誰かに話しかけているような口つき、イマジナリーフレンズ、それにしたって育児書通りなのだ。子供が空想のお友達と話したり遊んだりする現象は世界中で一般的に見られます。クスクス笑ったり、なにかを共謀しているかのようにこちらをちらっと見たりする娘の目つき、「なに？」「なんでもなーい」育児書通りにいかないのは私の気持ちの方だ。喋ったり笑ったりしながら手で転がしたりつまみ上げたり、その様子を台所から見て自分が子供だったころのことをうっすら思い出す。私もどんぐりは拾った。どんぐりが落ちているのを見たときの興奮、拾いたいという衝動も覚えている。私も持ちきれないくらい拾った。持ち帰り、並べた。私は並べていたのだ。大きさ、色、形で分けて、あるいは背の順、繰り返し繰り返し、その間に、割れたり中から粉や虫が出てきたりしたものは（ということは母は私がやっているような防虫処理はしてくれていなかったのだろう）即座に捨てた。曲がったり色の悪いものも捨てた。選抜どんぐりは徐々に数を減らし、最後は一粒のお気に入りが残り、それも、でもいつの間にかなくなっている。そうだ、私のどんぐりは増殖しなかった。むしろ減っていった。どんぐりは常に競い合い、脱落し消えていった。どんぐりの鍋が沸いている。かすかに腐った木のようなにおいがする。娘のどんぐりは増え続ける。時々、拾ってきて増える増え方よりさらに急角度で増えているような気がする。夜中に、どんぐりがぴょこっと二つに分かれたり、二粒のどんぐりが結合しそこから三つ四つ五つと子どんぐりが生まれたり。「えー？　コッソリ捨てちゃえばいいじゃん」帰りの園バスを待っているときに愚痴ると同じバス停を使う同級生の母親は不思議そうな顔をした。「幼稚園の間にちょっとずつ捨てたらわかんないよ」「ゴミになるだけだしね」別の母親も頷いた。「変なとこ転がって入りこんじゃって面倒臭いし。でも子供って、どんぐり好きだよね」「上の子と下の子はそうでもなかったけど真ん中は好きだったなあ。個人差あるんじゃない。男女差かな」「一種の本能よね。貯蓄の本能」「貯蓄かあ。だったらりーちゃん将来しっかり者になるんじゃない」「りーちゃんママは将来安泰だァ」あははは……しっかり者の娘は私がどんぐりを捨てたことにすぐに気づいた。まるで一粒一粒を把握しているかのように、あれだけ散らかして遊んでいるくせに一粒残らず重要であるかのように「ねえママ、どんぐりたりないんだけど、どこかしらない？」笊《ざる》にあけた、茹でられ中の虫が死んだはずのどんぐりは湯気を立てている。今は脂が抜けたように艶《つや》を失っているが、乾くとまた光り出す。それから時々耳を澄ませたが、隣からはもう何の音も聞こえなかった。出かけたのかもしれない。娘が一人でうふふ、と笑った。身をよじり、頷いて。耳の奥に、さっきの壁を殴る音が蘇《よみがえ》った。

夕食を作っていると、娘が不意にナントカがない！ と叫んだ。「え？ なに？」「スーパーボールがない！」少し前に夫に買ってもらった半透明にラメが散っているスーパーボール、ビー玉だのおはじきだののそういうものはすぐになくなるので、どんぐり同様専用の入れ物を与えているが、どうしても時々迷子になる。一人遊びが達者になったので、よけいに親にはどこにあるのかわからない。「どこ入れたの？」「わかんない」娘は首を横に振る。下手な子役のようにブンブンと振る。下手な子役は下手なんじゃなくてそもそも子供というのが下手な子役みたいな言動をするのだ。上手《うま》い子役は大人の解釈するリアルな子供を演じているだけで、きっと日常ではやっぱり下手な子役のように首をブンブン振っているのだ。「遊んでたのりーちゃんなんだからりーちゃんがわかんなかったら世界の誰にも絶対にわかんないんだよ」「えーでもー」娘は口を尖らせ、まるで自分が被害者のように不満気な顔、「どこで使ったか覚えてない？ 外には持って出てないんだから、家の中にあるんだよ」「しらない」「だったら諦《あきら》めなさい」「ヤダー」私は娘の隣に座った。「ほら、ママも一緒に探してあげるから。ここは？」人形を入れるボックスを覗きこんだ。「ない」「本当？ ちゃんと見たの？」お下がり、もらいもの、私が買ったものは少ししかない。ぬいぐるみやきせかえやかわいらしいのやリアルなのや趣味がいいのや悪いのやをかき分けていると、指先にザラッと粒が触った。硬い。でもスーパーボールの感触ではない。もっと乾いていて尖っていて……手を突っこむと果たしてどんぐりだった。いくつものどんぐりが箱の底にたまっている。「もう、どんぐりこっちに入れたら混じっちゃうからどんぐり入れにって言ってるでしょ」そう私が言ってどんぐりを掬《すく》い出そうとすると娘がやや顔をこわばらせた。私の手に載ったどんぐりは、白い粉のような短い繊維のようなホコリのようなもので覆われていた。汚い。明らかに洗っていない。私はため息をついた。時々娘はポケットに入れたり自分のカバンに入れてしまったどんぐりを私に提出せずにこうやってしまいこむ。防虫処理だってしていないし土にはどんな菌がいるかわからない。なによりどんぐりを好きなだけ拾わせてあげているのに私に隠して持ちこむ意味がわからない。心の底からわからない。指先がかすかにねとついている。「どんぐり拾ってきたらママに出してって言ってるでしょ？」「だしてるよ」娘は平然と言った。さっきの顔のこわばりも取れている。「でも、洗ってないよ、このどんぐり」「しらないもん」「ほんとう？」「あっ、おもいだした」娘が目を見開いた。力をこめた。正直に言ってくれたらもちろん私は怒ったりしない。「パパだよ」「……え？」「パパがそこにどんぐりいれてたよ。おみやげだっていって、きのうのよる。

ママが、は、みがいてるとき」「……本当？」私は脱力しながらも、努めて優しく娘の顔を覗きこむ。やや茶色い娘の眼球は揺らぐことなく私の顔を映している。私は疲れた顔をしているが、大丈夫、まだ顔には微笑みが、でもそのせいでよけいになおさら疲れて見える。「うん。ほんとうだよ」「でも……」叱られることを回避するための保身のうそは、振り返ってみると叱られすぎているための防御として出ている場合が多いようです。しつけのつもりでいろいろなことを厳しく指導していたり体罰を与えたりしていると、その恐怖でうそや言い訳を言う子供になります。「……そっか」私は目を逸《そ》らした。「じゃあ、パパ帰ってきたら注意しておくね。どんぐりそのままおもちゃに混ぜないでって」「あっ、でも、パパわすれてるかもよ」「うん？」娘を見る。「パパ、いれたのわすれてるかもよ。だから、りーちゃんがパパにおこっておいてあげる。ママはいいよ。りーちゃんがパパにいうから。わかった？」真顔。周到。これだけのことを一瞬で考え言ってのけるのだ。四歳、年少、私の長女、一人娘、トイレに一人で行けるようになり、一人で遊べるようにもなり、幼稚園に行きたくないと泣いて嫌がって通園バスに間に合わず欠席してしまうこともなくなった。抱っこをせがむ頻度も激減した。どんぐりこそ執拗に拾うが概《おおむ》ね順調に育っていると思われる娘、身体的にはどんどん育児は楽になっている。親離れのスタートをもう切っている感覚がある。どこかが痛ければ痛いと、空腹なら空腹だと、言葉で訴えることができるようにもなった。そしてうそだってもうつける、うそをつかない大人なんていない。でも、それでも。子供のうそを追及する前に、子供との関わり方を考えてみましょう。悪いのは親、悪いのはいつでも親、「気にすることはないんじゃないかな」いつか夫はなにかわからないが疲れた顔でそう言った。「実際知恵がついてきてるんだろうし、誰かを傷つけたりするものじゃないんだし」私は傷ついている。「自分の子に、それもこんなちっちゃい子に傷つくなんておかしいわよ」いつか私の母親は苛立ったような顔で言った。「私だってそりゃ、思春期ごろのあんたらにはさんざ傷つけられたけど。だいたい今の親たちってナイーブすぎるのよ。何でもかんでも傷ついた不安だって。もっと鈍感でないと子供によくないわよ」「……わかった。でもこれちゃんと洗わないとダメだから、ママ洗ってくるね」「うんいいよ」娘はうそがばれなかった満足でやや頬を上気させたように見えた。ここで気を緩めるのが彼女の唯一《ゆいいつ》の幼さ、愛《いと》しがるべき愚かさなのか。私は人形入れを逆さにした。ざらざらと汚いどんぐりが落ち、砂粒、ホコリ、髪の毛、折り紙の千切りカス、娘の目がさっとなにかを追うように動いた。私は娘の視線が追ったものが気になったが、そこには雑然と散らかったどんぐりだらけの部屋があるだけだった。最後に白い丸いものが妙にゆっくり落ちてきた。娘がヒュッと息を吸った。「これなに？」五百円玉くらいの大きさで、やや潰れた球形、一瞬コットンフラワーかなにかかと思ったが、すぐに違うとわかった。私は小さく悲鳴をあげた。虫のなにかだ。これは、家の中の虫とすると……「りーちゃん、これだめ。さわっちゃだめだよ。ばっちいからね」「ばっちくないよ」「……え？」「それたまごだよ」娘はきっぱりと言った。卵、そうだろう、卵かなにか、ゴキブリか蛾《が》かなにか……「くもだよ」娘は言った。くも？　雲？　クモ「くもって」「そう。くもだよ。かわいいくものあかちゃんがうまれるよ、いっぱい」私はその、柔らかいんだか粘つくのだかわからない白い塊を見た。かすかに揺れて見えた。いや、震えているのは私の方か。それが証拠に娘だって震えて見える。部屋も。窓の外も。なにもかも。「……パパに聞いたの？」「なにを？」「クモの卵だって」「ううん。くものママからきいた」「え？」「くものママ」娘は真顔で、目をキラキラ光らせ「くもの、ママだよ」「……はあ？」「くものママ」「ハアァッ？」「くもの……」娘が急に顔をぐしゃっと歪《ゆが》ませた。みるみる鼻と口にしわがより、赤くなり、「ママこわいー！　かおがこわいー！」すううっと娘の顔が遠くなった。目が霞んだ。よく見えない。なにかが喉《のど》から出てきそうだった。「かおが、こわいー！」再び娘に焦点が合い、娘の目から透明な涙が溢《あふ》れているのが見えた。透明な、本当に透明な涙、まるで自分は無垢《むく》かのような、自分は全く悪くないかのような悪いのは全部私だとでもいうような「うそばっかりついて！」娘が目を見開き、また新たな涙が盛り上がり滴《したた》った。「なんなの？　ばれないと思ってんの！　バカにしてるの！」「りーちゃんはいい子よねえ。手がかからないし、素直だし、あんたが小さいころとは大違いで」「なんでいま泣くの！」「わざわざ自分で自分を追い詰めることないんじゃないか」「なんでさっき泣かないでいま泣くの！」「りーちゃん一人遊び上手でいいよねえ。うちなんてもうずっとママーママーで」「なんでうそばっかりつくの！」「しっかりしてるもんねえ」「ママを騙《だま》せてうれしいの！」「りーちゃんはお友達に親切にできるとっても優しいお子さんですよ」「うそばっかり！」「うそじゃないもん！」娘が叫んだ。涙声で、引き絞るように、迫真の演技、それもうそ、「うそ！」「うそじゃない！」「うそつき！」四歳の子供相手に、泣いている我が子相手に叫んでいる母親、どうかしている。私は自分がどうかしているとわかっている。わかっていて「うそばっかり！」私はその塊を摑《つか》んだ。そして窓を開け投げ捨てた。娘がなにか叫んだ。地上七階から投げ出された白い塊は青黒く暮れ始めている空気に消えた。勢いよく窓を閉めた。反動で手がしびれた。暗い鏡になった窓に私が映っている。娘も。娘は私を睨みつけている。大人のような顔をしている。小さい大人、小さい私、大きい子供、ザンとカーテンを閉めた。娘の顔と私の顔が隠れた。私は娘の方を見ずテレビをつけて台所に入った。娘はなにも言わない。明るい光が画面から溢れ娘の顔を照らしている。幼児番組の音声、子役の笑い声、水を勢いよく流す。私はキッチンタオルで顔を覆った。夕食になにを作ろうとしていたのか思い出せない。鍋が煮えくり返っている。火を止めると色の抜けた野菜がアクにまみれてぐんにゃり浮かび上がる。炊飯器が湿った湯気を立てている。ただいまあ、と声がしてふっと部屋の空気が緩んだ。「ああ疲れた」「……お帰り」「今日寒いよ。すっごく、ぶるぶるだよ……」私の声の硬さも、娘がいつものように走って出迎えないのもなんとも思わないらしく、夫はのんきに喋りながら居間に入ってきた。「今日のご飯なに？」「あ……」白いフケのようなものが夫の濃紺のジャケットの肩にいくつもくっついていた。「今さっきこの下歩いてたらさ、上から、なんか雪みたいなのがふわふわ降ってきて。でも雪なはずないよな。まだ秋だし……でも雪そっくりだったんだ、白い小さいのがひらひらふわふわ……あれ？　りーちゃんどうした？　泣いてたのか」夫が娘を抱き上げた。抱き上げられた娘は肩越しに私を見た。

私も見返した。見間違いだった。娘は私を見てはいなかった。娘は目を見開いて夫の肩を見ていた。娘は涙で汚れた頰を夫の肩にこすりつけた。「どうしたどうした。ママに叱られたか？」娘は黙って息をふうっと吐いた。夫の肩に載っていた小さい白いものがパッと動き部屋中に舞い上がった。首筋がゾワッとした。手で払うと、細い細い脚の小さい小さい白い白いクモが私の指先から糸を垂らしてぶら下がり、すぐに見えなくなった。

解説──よそよそしい庭

吉田知子

ジンゼンジンゼンジンゼン。今日も鳴る。昨日も鳴った。頭の中で鳴りっぱなし。責められている。生まれた時からジンゼン。死ぬまでジンゼン。いつからかジンゼンが居ついてしまった。実のところ、ジンゼンが何なのかよくわからない。もしかしたらジンセンかもしれない。変な漢字が勝手に頭の中にのさばっている。他にもある。畢竟《ひっきょう》、落魄《らくはく》、余喘《よぜん》、廃頽《はいたい》、朦朧《もうろう》。中でもうるさくがなり立てるのがジンゼン。荏苒《じんぜん》。移りゆく。延び延びに過ぎていく。辞書を引いても漠然としていて得体が知れない。ただでさえ残り少ない脳内の空き地の半分にジンゼンがのさばっているので、理解力はますます減少している。もしやジンゼンとは「日常」のことではないか。思えば若いころからずっと日常がいやでいやでたまらなかった。日常は不倶戴天《ふぐたいてん》の仇敵《きゅうてき》であった。といって、日々日常でないことなどない。毎日顔を洗ってトイレで用を足し食事して風呂《ふろ》へ入って寝る。寸分たがわず同じ。日常まみれ。しかし、気づいていないだけで本当は少しずつ変わってはいるのだ。毎夏耳が変になるほどやかましかった蟬《せみ》が今年鳴いたのはほんの数日。クモもアブラムシも蚊もいない。犬も猫も鳴き声さえ聞こえない。人間以外の生き物には、とんとお目にかからない。いや、そういえばトカゲだけは今年も見た。なぜか家の中にいる。今年いたのは今までで最小の二センチくらい。色も薄い草色。手も足も、シッポの先まで精巧なフィギュアのように揃《そろ》っていた。最初に家の中で見たのは四年前で、それは五センチくらいだった。色は鮮やかな緑。そのトカゲは一か月以上も家のあちこちで見かけた。どうして庭へ出ていかないのか、何を食べているのか心配した。去年とおととしはちらっと一回見ただけ。もちろん違うトカゲだろう。敷居際《しきいぎわ》に溜《た》まっているゴミを掃き出すとき、枯葉のかけらに見えていたのが固く干からびた爪《つめ》ほどのトカゲだったこともある。家の中にいるのは他にはアリくらい。アリは秋口になってもしつこく侵入してくる。大小も違うし色もさまざま。背中やひじが痒《かゆ》いのは彼らのせいではないかと思っている。

小山田さんの『庭』にも虫がよく出る。「うかつ」は虫にさわれない若い男。「延長」は恋人に頼まれて彼女の家の納屋《なや》を片付けに行く男の話。単にお手伝いをするだけと思ったが彼女も母親も手を出さない。結局一人でやる。その納屋にアリがいた、ということではない。終わってから彼女の沸かしてくれた風呂へ入ったら水面に無数の黒いもの（アリ）が浮いている。浴槽の底にも、排水口、蛇口、裸の肌の上にも。おびただしい異様なアリたち。恋人も母親もそのアリに関してなにか心当たりがあるらしい。「十年経《た》っても出るなら」とか言っている。しかしなんの説明もない。このわからなさがたまらない。唸《うな》る。

「家グモ」は最初からクモが出る。マンション七階のクモ。マンションの上のほうには蚊もアリもいないと聞いているがこれはマンション七階のクモ。このクモの描写がいい。もう自分がクモになった気分がしてくる。「クモはまた影をふるふると震わせると、長い脚を一本ずつそれぞれに動かして素早く移動した」クモもアリも池も草も小動物も実に細かく描かれ何度読み返しても飽きない。私は昆虫図鑑もクモの本も何冊か持っているが、名前を知っているとか、生態とかエサとか、そんなのは誰にでも調べられる。ここには顔も表情も手足も意思もあるクモが動き回っているのだ。クモ嫌いにはほとんど拷問《ごうもん》だ。

私の亡夫は気が強く暴力的なくせにクモだけはだめでほんの小さいのがいてもギャッと跳びあがった。クモを殺したり包んで捨てたりするのはいやなので私も怖いふりをして急いで一緒に大声で叫ぶ。それがおざなりだったらしく、あるとき彼は妙に静かな声で「キミは本当はクモなんか平気なんだろう」と言った。ちなみにクモは足が八本あるから虫ではない。蛛形綱《ちゅけいこう》蜘蛛目の節足動物だとか。

「広い庭」にはオコゼ、バッタ、カマキリ、ハエ、カエル、チョウ、トンボ、ダンゴムシ、カメムシ、アブラムシが出てくる。嫌いなら気がつかないはずだ。たしかに小山田さんは虫類生き物類が好きだ。家族も必ず出てくる。違う本の「穴」には義祖父というのが出て驚いた。すると義甥、義孫、義従兄弟《いとこ》なんてのもあるのだろうか。「彼岸花」の義祖母も生々しく気分が悪くなる。どの作品にも家族が出てくる。父、母、夫、義父、義母、恋人。妊娠関連も多出。家族は日常の元凶であるから家族小説が苦手な私はいらいらし憂鬱《ゆううつ》になり、ついにはジンゼンジンゼンと耳鳴りまでしてきて乱心発狂しかけた。

しかし、アリがアリでないように、ここに出てくる家族たちはあまり家族的でない。家族愛とか憎しみ、争い、離婚騒動などは一切なし。夫は一番身近だが顔かたちさえわからない。虫たちとは大違いだ。家族間の感情的会話もなし。たいていの小説は様々な騒動があり、それが解決して「生きる勇気をもらった」「つい泣かされた」となる。小山田さんはそんなのには何の関心もない。自分が書きたいものを書いているだけなのである。いさぎよい。ムシはムシでなく家族は家族でなく庭も庭ではない。私にとっては庭は自分の庭のことであり、雑草の半分、二十本くらいある樹木灌木《かんぼく》の名も、それがいつからそこにあるかも知っている。小山田さんの庭は、そういう庭ではない。池、水の中の小さな生き物、土の上を這《は》う虫、草たちなどのことだ。つまり自然界、というほどの意味らしい。

「どじょう」の庭は、借家とはいえ自分の庭だが庭については雑草が湧《わ》くように生えるくらいしか言及はなく、問題は裏庭に昔あったらしい井戸の跡とそこにいるドジョウである。近所の人が井戸のドジョウをもらいに来る。というのは夫からの視点で妻はどうもいろいろ知っているらしい。ドジョウが出てきてこんにちは、のドジョウではなく読むとうなされそうなドジョウである。「墨を薄く溶いたような色をした粘液に包まれている」ナメクジに近い感じか。苔《こけ》の隙間《すきま》の四角いふたを外して網で掬《すく》い出す。近所の人のひ孫の病気治療に使うらしい。

「広い庭」は十二、三歳の子供の視点から見たよその庭。子供だから黒い、白い、茶色の、ざらついた、ザラザラした、と見たままの形容だが、この庭は魅力的だ。蛙《かえる》の柔らかい咽喉《いんこう》が震え、草の種が弾《はじ》けているようなバッタの幼虫がぴょんと逃れ、ギザギザの蔓《つる》や、べとべとした黄色い花がつく草が生えている広い庭。

「延長」は非常に短く「名犬」はやや長い。もしや長短は著者の自由にならないのではないかと勝手に推察。職人ではなくて芸術家なのだ。物語らしい筋もあまりない。

「名犬」は夫の実家へ行く話。実家の近くに温泉がある。温泉といっても由緒正しきものではなく、少し山奥へ入るとどこにでもあるような雑な温泉。この小説はあらかた〝私〟が聞く会話で成り立っている。最初は夫と義父母。夫は親孝行のつもりで親を温泉に誘う。義父母は農作業が忙しいと断る。互いの思惑が食い違い、ぎくしゃくしている。仕方なく夫と二人で温泉へ行く。そこで同じ湯に入っているしなびた乳房を垂らした土地のばあさんたちの会話部分が第二段。もちろん知らない人たちで何の話をしているのかわからない。私は小説の中の会話が嫌いでいつも会話部分は飛ばすのだが、このばあさんたちの話はべったり絡《から》みついてきて飛ばせない。不穏で剣呑《けんのん》で先がわからずどうしても目を離せない。マリが妊娠したとか子を始末するとか。急に義母の声が「ウマンテカ」と言う。ばあさんの一人がウマンテカと言ったのだ。マリが父なし子を孕《はら》んだのでノジリさんが怒った。そのうちマリは犬のことらしいと分かる。マリはきちんと檻《おり》に入れておいたにもかかわらず妊娠した。イオセの爺《じい》さんの持ち犬のボンがマリに恋して、こともあろうに爺さん自身がマリの檻の錠を外したことが判明。マリは六匹産んだ。子犬はボンにそっくりだったのでイオセの爺さんは泣き謝る。そこで後段の話部分。ノジリさんが語る。ノジリさんは猟師でマリは彼の猟犬の一匹なのである。ノジリさんは必死で六匹の子犬の貰《もら》い手を探す。ここからにわかに話のスピードが速くなる。それまでただの観察者だった〝私〟が、なぜか残った子犬を引き取り、マンションへ連れて帰る。階下の住民のための防音マット、トイレ、ケージ、無添加フードなどを購入、マル子と名付け愛着ただならず、有休をさらに延ばして朝夕散歩に連れて行く。獣医を探し避妊手術の予約を取る。夫がまだ帰宅してないある夜、私の膝《ひざ》の間でジャーキーを噛《か》んでいたマル子が義母の声で「ウマンテカ」と言った。なんだ、内田百閒《うちだひゃっけん》ではないか。ここまで読んできたのはこの一語のためだったのか。百閒なら、もっと短くてきりっとしている。いやいや、この歯切れの悪さ、もたつき感、居心地悪さこそが小山田浩子なのだ。

世間にも読者にも何ら迎合していない。中途半端でない。こんな小説を書く人はいない。世界中にいない。誰の人生にもなんの役にも立ちはしない。何も教えてくれない。愉快、爽快《そうかい》、充実、人生の機微、全然無関係。現実と同じ、日常と同じ。筋など、話などないのだ。今脱いだばかりの下着。生暖かく、ふるふると震えている。いつでもどこかで、ばあさんたちは唾《つば》を飛ばして気味の悪い世間話をしている。結論や人生観などはただの雑音に過ぎない。何が何やらわからなくても日は過ぎる。ジンゼンジンゼンジンゼン。

（二〇二〇年十月、作家）

この作品は二〇一八年三月新潮社より刊行された。

小山田浩子著

穴

芥川賞受賞

奇妙な黒い獣を追い、私は穴に落ちた。仕事を辞め、夫の実家の隣に移り住んだ私の日常を夢幻へと誘う、奇想と魅惑にあふれる物語。

小山田浩子著

工場

新潮新人賞・織田作之助賞受賞

その工場はどこまでも広く、仕事の意味も敷地に潜む獣の事も、誰も知らない……。夢想のような現実を生きる労働者の奇妙な日常。

夏目漱石著

吾輩は猫である

明治の俗物紳士たちの語る珍談・奇譚、小事件の数かずを、迷いこんで飼われている猫の眼から風刺的に描いた漱石最初の長編小説。

ドストエフスキー
工藤精一郎訳

罪と罰

（上・下）

独自の犯罪哲学によって、高利貸の老婆を殺し財産を奪った貧しい学生ラスコーリニコフ。良心の呵責に苦しむ彼の魂の遍歴を辿る名作。

カフカ
高橋義孝訳

変身

朝、目をさますと巨大な毒虫に変っている自分を発見した男――第一次大戦後のドイツの精神的危機、新しきものの待望を託した傑作。

安部公房著

壁

戦後文学賞・芥川賞受賞

突然、自分の名前を紛失した男。以来彼は他人との接触に支障を来し、人形やラクダに奇妙な友情を抱く。独特の寓意にみちた野心作。

庭《にわ》

新潮文庫　お－95－3

令和三年一月一日発行

著者　小《お》山《やま》田《だ》浩《ひろ》子《こ》

発行者　佐藤隆信

発行所　株式会社 新潮社

郵便番号　一六二―八七一一
東京都新宿区矢来町七一
電話 編集部(〇三)三二六六―五四四〇
読者係(〇三)三二六六―五一一一
https://www.shinchosha.co.jp

価格はカバーに表示してあります。

乱丁・落丁本は、ご面倒ですが小社読者係宛ご送付ください。送料小社負担にてお取替えいたします。

印刷・大日本印刷株式会社　製本・加藤製本株式会社

ISBN978-4-10-120543-4 C0193